「これで一対一だぜ」

俺はおもむろに
マゼルの家族の前に片膝をつき、
本来なら王族相手に対して行うような
最上級の礼をした。
勇者の妹
リリー・ハルティング
「……！」
「ハルティング家の皆様には
はじめてお目にかかります」

モブ貴族
ヴェルナー・
ファン・
ツェアフェルト

マゼルはそれを冷静に、
目を細めて見やると、
剣を構えなおし、呟くように宣告した。
「これで終わりだ、
魔軍の将」

魔王と勇者の戦いの裏で

3

ゲーム世界に転生したけど
友人の勇者が魔王討伐に旅立ったあとの
国内お留守番(内政と防衛戦)が
俺のお仕事です

– Author –
涼樹悠樹
– Illustration –
山椒魚

Behind the Scene
of
Heroic Tale ...

3

CONTENTS

イラスト／山椒魚

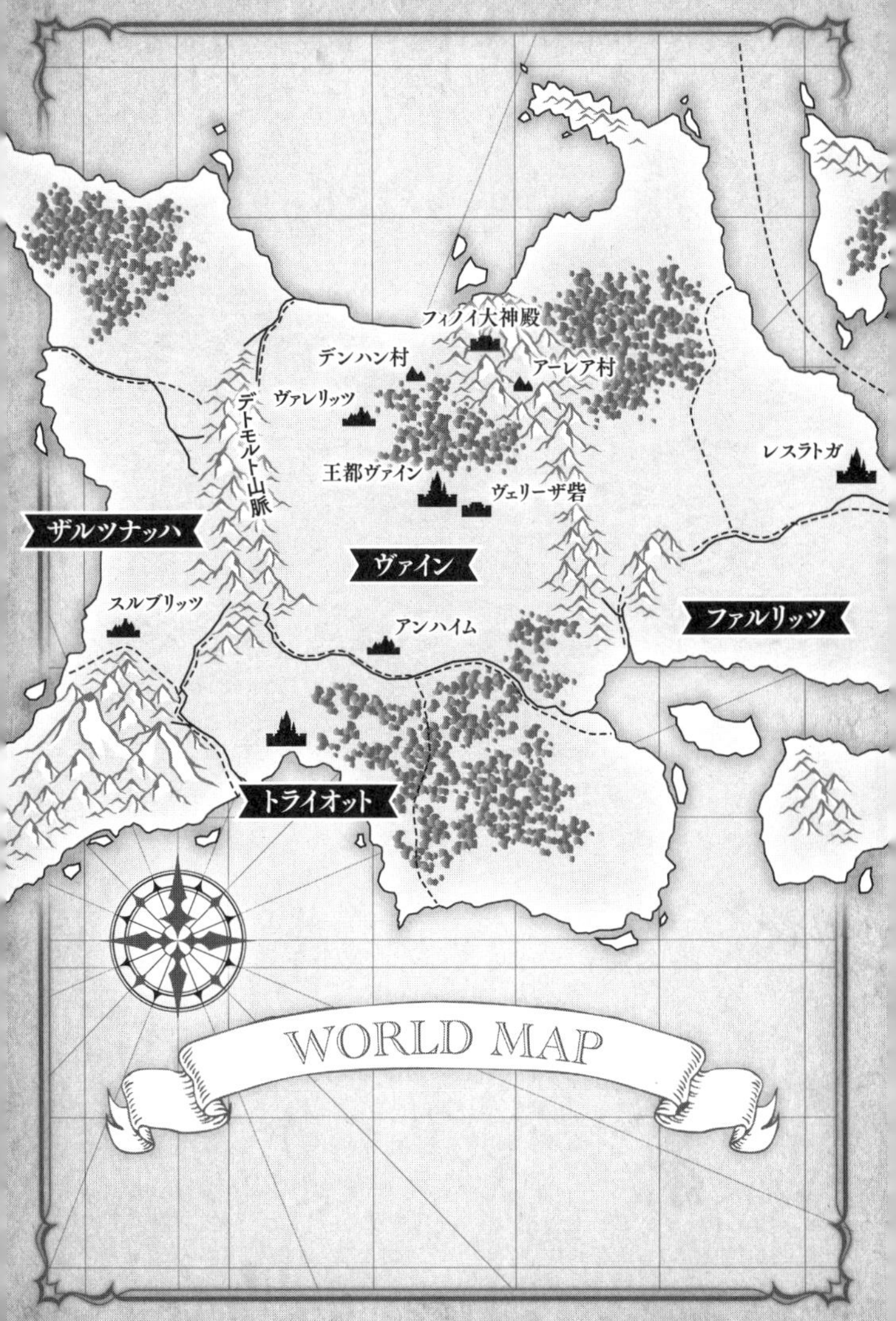
フィノイ大神殿
デンハン村
アーレア村
ヴァレリッツ
デトモルト山脈
レスラトガ
王都ヴァイン
ヴェリーザ砦
ザルツナッハ
ヴァイン
スルブリッツ
ファルリッツ
アンハイム
トライオット
WORLD MAP

Characters

勇者。魔王討伐の旅に出る。
主人公の親友でお互いに信頼している。

本編主人公。前世の記憶を持ち
親友である勇者のいない戦場で戦う。

勇者マゼルの妹。宿の看板娘で働き者だったが大きく運命が変わる。

勇者パーティーの一人で聖女。治癒などの神聖魔法に優れている。

主人公の所属する国の王太子。主人公を高く評価し引き立てていく。

エリッヒ

勇者パーティーの一人で武器を使わず戦う修道士。大人びた性格。

フェリ

勇者パーティーの一人。多少生意気だが優秀な斥候で主人公の弟分。

ルゲンツ

勇者パーティーの一人で戦士。冒険者として有名で勇者のよき先輩。

フレンセン

主人公の部下で執事補。秘書のような役回りで文章業務を補佐する。

マックス

主人公の副将として配下の騎士たちを統率しているベテラン騎士。

セイファート

準王族級貴族の老将軍。主人公の才能に興味を持ち見守っている。

ヘルミーネ

伯爵令嬢で女性騎士。主人公の才能に気が付き、注目している。

シュンツェル

主人公の護衛の一人。ノイラートと共に主人公を支える。

ノイラート

主人公の護衛の一人。活発な性格で護衛という今の立場にも積極的。

オーゲン

主人公の部下で幹部の一人。勇敢で率先して任務に向き合う。

バルケイ

主人公の部下で幹部の一人。冷静な性格で補佐的な任務が多い。

プロローグ

「三班、五班を左から回らせろ！」

「はっ！」

旗と手持ちの笛の音を使い、やや遠方にいる班を前進させて魔物《モンスター》の移動先を塞がせた。多少、坂になっている丘陵地だが特に足場が悪いというわけでもない。騎士や従卒に対する注意は不要だろう。

現在、俺を含む伯爵《ツェアフェルト》家隊は、国からの指示があり王都近郊で新設されている水道橋工事を警備する労働に従事しているところだ。魔王復活後、王都の近郊であっても彷徨う魔物《ワンダリングモンスター》の出現頻度や凶暴性は増しているので、地味だが重要な仕事である。

とはいえ、単純に警備をしていても飽きそう……ごほん、無駄がありそうだったので、いっそ逆転の発想ということで組織だって動くための訓練にも利用することにした。

俺は全員に訓練の意図を説明したうえで、家騎士団を大きく四隊に分けた。今日は俺が指揮する第一隊が積極的に魔物を狩り取る遊撃隊。オーゲンが指揮する第三隊が水道橋近辺で巡邏《じゅんら》警備中。バルケイの第四隊は今夜の夜勤で、先日夜勤だったマックスの指揮する第二隊は本日休日。ローテーションのため、明日は俺の隊が巡邏警備になる。休日を入れないと体力が持たないから休みは大事だ。

しかしまあ、鷹狩《たかがり》は訓練になるって言ったのは織田信長《おだのぶなが》だったか徳川家康《とくがわいえやす》だったか忘れたが、ほんとそう。特に離れた位置にいる味方に声が届いているかどうか、指示が行き渡っているかどうかの判断は経験あるのみだわ。

こういう広いフィールドで多人数を指揮して相手を狩るという行動だけでもいろいろ学ぶ事は多い。騎兵と歩兵を連携させるタイミングとかは経験に勝るものはないからな。そもそも学生だった俺からすればいい研修期間だ。なお教材になってもらっている魔物には同情はしない。

ちなみに俺たち騎士団が自主的に狩った魔物に関しては、工事現場を襲ってきたわけではないので報酬は出さないが素材は自由にしてもよい、という扱いである。国の判断は太っ腹なのかケチなのか微妙なところ。


先回りされた気配を察した狩人狼《ハンターウルフ》の一団が、逃げるのではなく逆にこっちに向かって走り出す。合計八匹か。数は想定の範囲だな。

しかし、いくら魔獣とはいえ殺《や》る気満々でこっちに向かってくる様子を見ていると、魔物暴走《スタンピード》の時より殺意が強く感じられるな。魔物は以前から人を襲う傾向はあったが、現在はむしろ積極的に人間を狩りに来ているような気さえする。その反面、数や戦力差を考えなくなっているのは、やはり魔王復活の影響によるものだろうか。

　と、考え込んでいる暇はないな。

「落ち着いて班ごとに敵を倒せ。その後はそれぞれの班長の指示に任せる。真ん中の奴《やつ》は俺がやる」

「了解」

「行くぞ！」

　どっ、と前に立ちはだかるように進み出る。狩人狼《ハンターウルフ》が牙をむいて向かってくるのを確認しつつ、逆にこちらは立ち止まり呼吸を整えた。次の瞬間。

「押せっ！」

「おりゃぁっ！」

「この野郎っ！」

　こちらの攻撃範囲に入ったところで全員が一斉に動き魔物《モンスター》に刃を叩《たた》きつける。俺の槍《やり》は確実に一頭を葬り去り、返す刀（槍だが）でもう一頭の命も奪った。

　何度か確認済みだが、中盤あたりで買えるこの戦士の槍なら王都周辺《このへん》の敵ぐらい一撃だな。本来なら星数えの塔のさらに先、ポイダ砂漠あたりでも十分使える武器だもんなあ。

　俺の隣でノイラートも一体を斃《たお》している。シュンツェルはちょっと梃子摺《てこず》った様子で他の隊が参加してから斃した。魔物の個体差もあるんでまあ御の字だろう。

「怪我人《けがにん》は？」

「全員無傷です」

「よし、魔石だけは回収しておいてくれ」

「はっ」

もちろん取り出すのは従卒の仕事。騎士たちは俺が何も言わなくても周辺警戒モードだ。うんうん、だいぶ慣れてきたな。

◆

先日、と言ってももう二週間ほど前になるが、取り急ぎ作成した何種類かの提案書は父に提出済み。急ピッチで作成したんで俺付きの執事補であるフレンセンだけではなく、父の執事であるノルベルトにも手伝ってもらう事になったのは申し訳ない。

提案書のうちフェリのいた養護施設の問題に関してはちょっと小細工をした。施設を維持しつつ、孤児たちの今後の生活に備えた土台作りになるという前例になるよう、施設の人間が自分で金銭を稼げるような形にできないかという実験を兼ねる形にしてある。実験なので失敗しても構わないからやらせてください、という形をとれば提案は通りやすい。

父からは「お前は余計なことにまで首を突っ込む」と感心だか呆《あき》れだかよくわからない感想を頂戴したが、提案そのものは「伯爵家として提出しておこう」と言ってもらえたんでひとまずほっとしている。やっぱり俺が名乗れる〝いち子爵〟名義と大臣級伯爵家名義だと、受け取る側の印象が全然違うし。

それ以外の提案に関しては通ったものと通ってないものが半々という所か。就労支援策として提案した、水道橋を警邏《けいら》巡回する任務の支援要員として、実際に難民や貧民街《スラム》からもやる気のある人物が参加してきているのはこの際ありがたい。難民の中には魔物《モンスター》相手に母国トライオットで失った家族や友人知人の敵《かたき》討ちと考える人もいるようで、実力不足、戦意過多なのが一定数いるのがちょっと問題だが。

そこで、彼らには慣れるまでは冒険者ギルドに依頼して冒険者の護衛付きで昼間の警戒活動に従事してもらっている。人手が足りないので警戒の目が増えるのと、万一の時に備えた予備兵力があるに越したことはないからな。

これに関しては数日ちゃんとした食事を提供して、これ以降も食事を提供してほしければ労働に従事しろと通知をしてからの結果。数日の間パンとスープにおかずまでついている食事をした後で、ただ恵まれるだけなら明日からは薄い麦粥《むぎがゆ》一日一杯ね、ただし仕事をする気があるなら食事と場所も準備するよ、と言われれば仕事をする気にもなるだろう。腹いっぱいになって体力回復した後だからというのもある。疲労困憊《ひろうこんぱい》のところに明日から働けって言ったって誰もやる気にはならんのは理解できるし。

　ただ、厄介なのはこの中世風世界では何事にも組合《ギルド》の存在が欠かせないという事だ。前世のように簡単なアルバイトという仕事はなく、その人物をギルドが受け入れなければその業務に従事させることは難しい。信用問題や取引のつながりという面での影響が強いからだ。そしてだいたいにおいてギルドというのは閉鎖的。それこそ代々伝えてきた技術を簡単に他人に教えるわけにはいかないというのは理解できるんだけど。

　結果的に、ギルドのない部分に新しい仕事を創設していく形をとらなければならない。戦えるぐらい体力や勇気のある人物はここの水道橋警邏に従事してもらうとして、そういう事ができない人たちの一時受け入れ先に関する問題もあり、一時は国の方も頭を悩ませていたらしい。

　そこで結局、俺が提案したヴェリーザ砦《とりで》の方にも難民の一部を居住させるという計画が採用された。現在、砦の中は魔物素材の加工工場、兼、様々な物品《もの》の製造工場みたいな格好になっていて、難民の一部がそこで国営の仕事という形で労働に従事している。魔物の肉を使った干し肉なんかのほか、動物性油脂を使った石鹸《せっけん》なんかも量産中だ。

　これに関しては、冒険者ギルドにもそういう魔物素材の解体を専門に行っていた人たちに教官役として報酬を出す形で折り合いをつけてもらった。その交渉の場には俺もオブザーバー的な立場で参加する羽目になったけど。提案したのは確かに俺だけどさ。

このほかに、何を生産するのかまでは知らないが、王都付近で新たに一次産業をやることも決定した。柵や土壁を作ったりと並行して、難民の糞尿《ふんにょう》も一カ所の建物に集めて肥料づくりが始まっている。後々農耕用の牛馬の糞尿もそこに回収するらしい。

糞尿からの肥料づくりって実は相当に重労働なんだが、命の危険はないし、そこそこの額になる報酬も出るってことで、そっちにも従事する人が出始めている。

俺がそういった糞尿からの肥料づくりを屋内で処理することを提案したのは、単純に臭いが強烈な事を口実にしているが、前世同様、数年たてば床や壁が硝石《しょうせき》丘になるかもという期待もちょっとしているからだ。

ラノベなんかでよくある異世界チートの定番、火薬と銃は早々に断念した。銃や火薬があれば王都襲撃イベントが始まった時に役に立つだろうと思い、一度は製造開発も考えたんだが、火薬の原料である硝石があまり産出されていないうえ、ヴァイン王国内では硫黄《いおう》も鉱石という形で産出されていないことが判明したのが原因。

この世界にも火山はあるにはあるんだが、ゲームのマップで記憶している限り、火山があるのは魔王城の傍《そば》。火炎巨人《ファイアジャイアント》とか、敵一体に騎士団が総出で戦うような相手としょっちゅう遭遇《エンカウント》するような場所に戦闘能力の乏しい労働者を連れて行くわけにもいかん。そもそも、魔王城の近くってだけで簡単に近づけるようなところでもないわけだが。

硫黄の鉱脈も探せばどっかにあるのかもしれないが、今から探して採掘して量を備蓄して、じゃあ王都襲撃には確実に間に合わない。ないものをねだってもしょうがないし、俺の知識でマスケットが作れる保証もないんで、方針転換をするのは早いほうがいい。

そのため、銃と火薬は一旦諦めて、勇者が魔王《マゼル》を斃した後に俺が生き残っていたら改めて銃や火薬の開発と成功した時の利用法を考えることにした。火薬自体は魔王がいなくなってからでも利用先があるのは確かだが、まず生き残ることが最優先だ。

余談だが硝石は水に溶けやすいんで、建物の中でないと雨で流れ出てしまう。前世の日本は雨が多い国だったんで、地面にしみ込んだ雨水と地下水に溶けてしまったため、硝石を鉱石という形としてはほとんど採掘できなかった。そう考えるとこの世界でも硝石の鉱脈ってないんじゃないだろうか。何となく気候は日本に近い気もするし。これもゲーム世界であるせいだろうか。

「ヴェルナー様、素材と魔石の回収が終わりました」

「よし、周辺警戒しながらもう二、三群狩るか」

「はっ」

考え込んでいたら処理が終わったらしく、声をかけられたんで次の指示。この集団での魔物《モンスター》狩り、俺の訓練という一面もあるんで、そこはあまり手を抜くつもりはない。

最近やった家騎士団関係者との模擬戦の経験から見れば、俺自身も以前よりは強くなってはいた。とはいっても、マックスたちを相手にするとまだ勝てないのも事実だが。

多分、この間の魔物暴走《スタンピード》で暴れたときに、ＲＰＧ的にいえばレベルも多少上がっていたんだろう。それがなかったら難民護送の際、あの牙羊《トゥースシープ》との戦いで命を落としていたかもしれない。俺みたいな凡人には積み重ねも大事だという事だな。

ただやっぱりこう、マゼルたちと比べるのは烏滸《おこ》がましいかもしれんが、もうちょっと強くなっておきたいのも事実。そんなわけで積極的に魔物《モンスター》狩りもしているというわけだ。

幸い俺の武器や防具といった装備の質は高いから、敵を倒すだけなら楽。マゼルたちが槍じゃなくて剣を選んでくれたのはありがたかった。それとも俺の得意な武器を選ばないように気を使ってくれたんだろうか。

本当なら伯爵家隊の全員にこのレベルの装備を準備したいけど、さすがに金がなあ。俺自身が腰から下げている剣も店で買えるレベルの武器の中ではほどほどに優秀っていえるぐらいの性能だが、この水準だって全員には無理だし。悩ましい。

乗馬についてもちょうどいい訓練期間だ。なにせ俺は乗馬がそんなにうまくない。それはこの間の難民護送の際にヘルミーネ嬢からも指摘されたとおりだ。下手をすると、なんでも万能なマゼルの方が上手だったかもしれん。

とはいえ、一か月の難民護送の最中、ずっと騎乗していたので嫌でも馬に慣れた。いくら基本の動作ばかりであってもだ。一か月の間、毎日八時間手習いをしていれば多少は字が上手《うま》くなるようなもんである。

ただ、まだ足りないところもあるという自覚はあるので、ここでの魔物狩りで疾走や急停止、反転とかの動きや馬上で槍を使う動きを実践しているところだ。こういう基本以外の動きをさせると、少々慣れていてもやっぱり難しい。騎馬民族出身でもないのに鐙《あぶみ》も鞍《くら》もない裸馬に乗って自由に乗り回せたローマのユリウス・カエサルは異常だと思う。

そんなことを考えながら移動を繰り返し、魔物の出現しそうなところを巡回する。地形というか地理の確認という意味も兼ねてはいるが、それが役に立つかどうかはわからない。役に立たないに越したことはないんだけどな。

遊撃の俺たちからはやや遠くに見える工事中の水道橋を確認する。よくもまあ、あんな大規模なものをこの短い間に。この世界、石材や建材の加工技術力はどっちかと言うと高いよな。

「ヴェルナー様」

「ああ、気が付いている」

俺の隣に来たシュンツェルが声をかけてきたので、短くそう応じる。気が付いてはいるんだけど、屍肉喰蝙蝠《ハイエナバット》の群れか。あいつらは飛行していて面倒くさいから、効率がよくないんだよなあ。文句を言ってもしょうがないか。駆除そのものもお仕事だ。

「四班、六班を右に展開。三班と五班は大きく迂回《うかい》させておけ。最初から退路を断つぞ」

「かしこまりました」

「一班、二班は弩弓《クロスボウ》用意」

「はっ」

使番《つかいばん》が走り去るのを待ってから俺も弩弓《クロスボウ》を構える。弓は苦手だが、普通の弓と異なり、弩弓《クロスボウ》は狙いをつけやすいので少々下手でも当てやすいし、威力もある。もっとも、攻撃に関する限り気になっていることもあるんだが。

狙いをつけつつ呼吸を整えると、視界の隅でチカチカと明かりが点滅する。これは鏡を連絡に使う実験だ。ガラスが高い上にモールス信号なんてもんはこの世界にはないんで、合図も全部考えなきゃいけないせいもあり、まだ試作と試行段階。準備完了の合図ぐらいにならら使えるってところ。光を反射させる道具も実験作の銅板製だ。信号が完成していない今の段階なら、合図のため光が反射できれば十分。

「両翼から合図確認」

「撃てっ！」

「撃て！」

合図とともに無数の矢が飛ぶ。いくつかの矢が屍肉喰蝙蝠に直撃した。矢が当たってもまだまだ元気に飛び回り、むしろこちらに狙いをつけて向かってくる奴《やっ》もいる。やっぱり一発じゃ落とせないな。だがひとまずそれはいい。

「突撃！　高く飛んで逃げられる前に倒すぞ！」

「ははっ！」

矢が届くと同時に駆け出していた右翼の四班と六班が先に接敵し交戦状態に入った。その後で俺の指揮する一班と二班もそこに駆け付ける。逃げられる前に倒せそうだな。

屍肉喰蝙蝠の群れを倒した後、さらにいくつかの種類の魔物《モンスター》の群れを三群ほど殲滅《せんめつ》。魔石と素材の回収の方が時間かかったかもしれない。それと、臭い素材を運ぶことになった馬の機嫌が無茶苦茶悪くなった。後で厩舎《きゅうしゃ》の担当者にフォロー頼んでおかないと。

◆

一日中魔物狩りを続け、夕方になって王都城外に作られている宿舎に入って一息。この件では伯爵家隊《ツェアフェルト》だけじゃなく、複数の貴族家が城外で活動しているので、宿舎の数もそれなりに存在している。野宿にならないのはありがたい。

水道橋の完成後にはこの宿舎付近でも一次産業の開発が始まることになっていて、その際にはこの建物は労働者たちの共同住居となる予定。家族での居住も許されている。基本的には難民のためではあるが、前世でいえば社員寮のようなものだろう。

木造の急造建築物なので内装はやたら無骨な作りだが、俺としてはいまさらそんな事で贅沢《ぜいたく》をする気はない。むしろ今現在、文句を言いたいのは、だ。

「アウデンリート伯爵はこの五戸制を貧民街《スラム》の管理にも適応してみたいと提案しているそうですが」

「反対だ。管理する数が増えれば増えるほど書類上だけのものになる。形式じゃなく実行されていないと意味がないし、チェックは確実に働かないといけない」

「なるほど」

「それに、実際のところは管理制度じゃなく権力側の監視手段だからな。仕事をもらえるなら不満でも妥協するだろうが、ただ監視されるのはいい気分じゃないだろうさ」

「解《わか》りました。インゴ様にはそのように伝えます」

いや確かに江戸時代ごろの五人組制をイメージした難民管理のための手段は提案したよ。戸籍作るより手っ取り早いし、住人同士を相互に監視させるため、人手がかからず管理システムとしては優秀だ。少なくとも数年単位の短期的には。

難民は追い出されれば行くところがないから、子供がいる家庭なら組の誰かの犯罪に巻き込まれないように必死にもなるだろう。しばらくの間はこの形でも有効だし、管理する人手も足りない現状ではこれがベストだと思う。それはいい。

問題はそれがなぜかこの王都近郊農地の居住条件の一つになっていたり、難民管理だけじゃなく王都内部にまで広げたいとか話が広がっている件だ。そんな民政レベルにまで俺の意見を聞かないでくれ。俺は江戸時代研究の学者じゃないんだから、運用面とかには詳しくないっての。

それでも発案した以上は責任があるから、意見を求められたら返答はしないといけない。ああめんどくさい。父の言うように余計なことにまで首突っ込むんじゃなかった。

それにしても昔の軍で最小単位は五人一組だし、五人組も考えてみれば五家族一組だ。なぜか近代以前でこの手の組織論では五という数が基準になっている事が多いんだよな。やっぱり指導者教育を受けていない兵士や農民には五人ぐらいが把握し管理するのにちょうどいい人数なんだろうか。今ここで考えてもしょうがないんだけど。

「ヴェルナー様、こちらが報告書になります」

「ああ、ありがとう」

俺付きの執事補であるフレンセンがわざわざ王都内の伯爵邸から持ってきてくれた報告書を確認する。自分で淹《い》れた紅茶は味が安定しないな。今日はちょっと濃過ぎた。そういえば、この世界にはコーヒーってないなあ。気候の問題だろうか。そんなことを考えつつ報告書の束をめくる。

◆

読み進めるとマンゴルトに関しては謎が増えた。例の独断での砦《とりで》攻撃という暴挙の前に誰かと会っていたことははっきりしているんだが、酒場でフード姿の誰かとしばしば会っていた、じゃあ残念ながら役には立たない。そいつが誰なのかは謎のままだ。

マンゴルト本人は落ちぶれていたとはいえ、クナープ侯爵家の元・跡取り息子だ。侯爵家の人間と何度も会えていたってことは、その相手も全くの庶民とは考えにくいんだが、そいつの足取りは現時点ではつかめていないらしい。まあこれはしょうがない。俺もフレンセンにはいろいろ頼んでいるしな。

それ以上に謎なのが、マンゴルトが率いていた人数だ。王都の外で目撃された際、その一団は数十人もの人数がいたらしいんだが、王都の中からはそんな人数がいなくなったという話はない。消えているのはマンゴルトとその側近たち数人だけ。念のため調べてもらったが、他の貴族家からもそんな人数は消えていないようだ。そうなると、どこでそれだけの人数を揃《そろ》えたんだって事になる。しかも城門を出たところが目撃されていないというおまけつき。さすがに怪しいと国も調査を始めているみたいだ。フレンセンも胡散臭《うさんくさ》いと考えだしたらしく、最近はずいぶん調査に積極的になっている。要調査継続ということで任せておいてもいいだろう。

次の資料をめくる。こっちは伯爵家執事のノルベルトからの物で、父の確認サインも入っているな。

中身をざっと読んでいく。難民の中で文字や数字が解る人物に養護施設での教師を任せることには父も同意し、教師役には伯爵家の予算で報酬も出してくれることになった。もちろん、見込みのある子供はそのうち囲い込むつもりなんだろう。この世界、文字や数字の読み書きができるだけでも結構貴重な人材だ。

同時に、難民護送の際に協力してくれた難民に確約した仕事の一つとしての清掃業も始まったらしい。今はまだ不自由している所もあるが、いずれ水道橋で水が潤沢に使えるようになるからこその業務だな。

これは身も蓋もない言い方をすれば、前世の派遣清掃員とコインランドリーをイメージしている。前世の中世貴族もそうだったが、普段の衣服の汚れなんかは館の使用人が洗濯をする一方、洗濯ギルドっていうものが存在していて、例えばドレスについた汚れとか、貴族邸にある絨毯《じゅうたん》のシミとかは、そういうギルドで服の素材や汚れの内容に合わせての訓練を積んだ人間が落とすことも多い。更に上位貴族なら専門職を雇っていることもあるが、それはどっちかといえば例外だな。

余談だが、前世の中世では宴会の際に生花を絨毯の上に散らしておくことが普通だった頃もある。絨毯も生花も高価だからこれも歓迎と贅沢の演出で、来賓はその上を何事もなかったかのように踏み歩いていくのがお約束。宴会が終わるころには絨毯の汚れは酷《ひど》い事になっただろうから、貴族御用達《ごようたし》の洗濯専門職みたいなものまで生まれることになるわけだ。なお、この世界にはそういう演出はない。

それはともかく、貴族なら担当者か専門職が洗濯するが、普通の庶民は手揉《ても》み洗いか、汚れが酷いものは叩《たた》き洗いだ。洗剤なんてそうそう使えないし。

だが、今回は幸いにしてヴェリーザ砦で大量生産中の魔物《モンスター》素材から作られる石鹼《せっけん》がある。これを直接国の予算で買い上げつつ、難民の清掃業務に携わる人たちに優先的に使わせることにした。そうして王都の清掃ギルドと業務内容を干渉させないようにしつつ、ギルドの領分を乱さないよう、こちらから現場に赴き何でもお掃除いたします、というスタンスの業務を行ってもらう。

もちろん、庶民がそんなものを頼むことはほとんどないし、貴族の館はそれぞれの使用人が清掃を行う。つまり、実際の顧客はギルド単位だ。例えば商業ギルドや荷馬ギルドが一括で仕事を依頼し、各店舗や管理する建物などを順番に清掃する形をとっている。

これも五戸制の影響下にあるから、万が一にも誰かが泥棒などしたら、その清掃班の人間は一家まとめて王都追放。そうなったら魔物がうろうろしている城壁外に家族もろとも放置されることになるんで、今の所は窃盗などの犯罪は起きていない。マゼルが魔王を斃《たお》してくれるまでの間の一時しのぎだから、その間ぐらいは何とかなるだろう。

衣服の洗浄に関しては試験的に洗濯板も導入している。二十一世紀の日本でもどちらかというと珍しい代物《しろもの》だったが、昭和の後期ごろまではご家庭で普通に使われていた。

実はあの洗濯板、歴史は浅い。木の枝を複数並べて固定した洗濯板もどきはそれ以前からあったらしいが、板に凹凸《おうとつ》をつけた形状のものは十七世紀になってからの発明品で、この中世風世界でも存在していない。

板に彫る溝の深さや、どういう角度だとよく汚れが落ちるのかというような技術的な部分のノウハウは俺にもないが、形自体は知っているのでそれっぽいものを作って衣服類の洗浄に使ってもらっているわけだ。

絹のドレスなんかは手で洗うしかないが、普通の服なら叩き洗いより繊維を傷つけないし、手だけで洗うよりも汚れが落ちるはず。そのあたりの有効性が証明されたら商業ギルドのビアステッド氏にも持ち込む予定。

一方、王都の養護施設だけではなく、難民の子供たちにも勉強の機会と同時に仕事を与えている。といっても難しい仕事じゃなく、道路の掃除だ。知り合いだった学園での騎士科学生に引率を頼み、子供たちには道路のゴミ拾いや公共建築物における床部分の清掃などをやってもらっている。

養護施設や難民の子供たちのイメージ上昇という意図もあるが、それだけでもない。働かざるもの食うべからず、というわけで子供たちにも仕事を与えて給与を払っている格好だ。都市の美化に働く子供たちを冷遇しているなんて評判は立てられるといい気分はしないだろうから、今のところ邪魔は入っていない。王都に持ち込まれている石鹸はこの子たちにも使ってもらっている。

これにはもう一つ、俺個人には別の目的があるんだが、そっちはまだ全然だ。とは言え、これは一～二週間で終わるものでもなし。こっちも継続だな。

◆

職人街の職人たちには二つの仕事を依頼している。弓の改良と金属球の製造だ。

幸い、これに関してはセイファート将爵がどこからか聞きつけていろいろな面で協力してくれた。多分、父のおかげだろうと思うが、軍事部門に携わる将爵にとっても高性能の弓の研究というのは興味があるのも間違いないと思う。

「前例のないものですから」

「こっちはまだまだ苦戦気味か」

この世界の弓ってどういうわけだか普通の木製の弓からいきなり魔法の弓までランクが飛んでしまう。いや短弓《ショートボウ》とか長弓《ロングボウ》とかの種類はあるんだけど。エルフがいたら弓の種類も多かったのかも知れないが、この世界にはエルフやドワーフはいないらしい。どっかに隠れ住んでいるのかもしれないが、聞いた事がないのは確かだ。

エルフはともかく、弓の件で俺が提案したのは合成弓《コンポジットボウ》って呼ばれる物になる。前世だと長細く加工した動物の骨とか腱《けん》とか金属とか、そういう素材でできた板を木の板で挟んでから作るのが一般的だっただろうか。

このタイプの物は、木を曲げて作られたような単弓と違って射程と破壊力は向上する。その分、張力が高くなるんで引くのも大変だし、保管中に気を使うことも多くなるが。

そして何より、魔獣の素材で合成弓《コンポジットボウ》を作ったらどうなるのか、という点は俺自身がものすごく興味をそそられる。張力が高くなると引くのは大変になるだろうが、相応の威力が出るんじゃないかと思っているし。

どの素材が適当か、などの研究は弓職人の創意工夫に任せるしかないんだが、幸い素材も将爵のお声がかりがあって、いろいろな素材が提供されているらしい。

これに成功したら応用した物も作ってもらうことになっているし、その準備も進んでいる……はず。概念図は渡してあるんでたぶん何とかしてくれるだろう。俺の画力じゃ設計図どころかイメージ図とさえ言えないんで、そこは気がかりだが。

「鉄球の方も苦戦中か」

「バランスのよい球体にするのが難しいそうです」

「今まであんなものを作る事がなかっただろうしな」

王国の装備は近衛《このえ》から順番にだんだん俺が装備しているのと同レベルか、それ以上の品になり始めている。もっとも、貴族の中には先に自分の家にと横から割り込んでくる家も出てきているらしいんで、発注責任者やビアステッド商会を含むギルドは大変らしい。

ただ、そうすると今まで装備を作ってきた工房とかが商売あがったりになりかねないので、古い鎧《よろい》なんかを安く下げ渡してもらって、それを熔《と》かして別のものを作ってもらっている格好だ。現状ではゴルフボール大の物と野球ボールぐらいの金属の球体の二種類だが、ノウハウが蓄積されたらもっと別のサイズも作ってもらう予定。というより、実はそっちが本題。

俺が依頼しているこの金属球、サイズも一定でないと困るし、すぐに壊れるようだとあんまり意味がない。その結果、注文がうるさくなっているのは自覚しているが、間に合ってほしいなあ。

余談ながら、慣れない仕事が急増した職人たちは、ストレス発散も兼ねて職人街近くの公衆浴場をよく使うようになったらしい。客が来るんだから売り上げもそれなりには出るだろうし、今の段階では水不足でもある。王都近郊も魔物《モンスター》が徘徊《はいかい》する数が増えているから薪《まき》の調達先を探すのも大変だろうしで、養護施設の方に場所の明け渡しを求めていた浴場主もさぞやお忙しいことでしょ。そんな状況では施設にかまう暇はなくなるだろうな。俺は何もしていない。

「鋼鉄の鎚《アイアン・ハンマー》は無事戻ってきてくれたのか」

次の書類に目を向けて、報告書というかその内容を記した相手の名前を確認して安心した。冒険者グループだから旅慣れているし、大丈夫だろうとは思っていたが、やっぱり昨今の魔物が活発化している情勢だと多少は気になっていたからな。

　本当は本人たちにも会いたいんだが、何せこの状況だ。もし王都にとどまっていてくれるなら今度の休みの時に屋敷に戻りがてら詳しく話を聴こうか、と思いつつ報告書を読み進めていると、眉をひそめてしまうような内容が書かれている。顔を上げてフレンセンに視線を向けた。

「あー、フレンセン、どういうことだこれ」

「理由まではははっきりわからなかったそうです」

　マゼルの家がアーレア村で村八分《むらはちぶ》になっている？　いや、村八分って表現は使ってないけど。正直理解不能だ。フレンセンに視線で続きを促す。

「宿屋なので金銭は外の客が落としますが、一部の食材などを他の住人や村の商売人から購入できなくなっているようだと」

　鋼鉄の鎚《アイアン・ハンマー》のメンバーが、香辛料や塩に余裕があったら譲ってほしいとこっそり頼まれたんだとか。なんだそりゃ。ゲームでそんなシーンはなかったぞ。あらゆることがなんでもゲームと同じじってわけはないだろうが。

「流通の方の問題か？」

「いえ、他の村人も〝あそこの宿に泊まっているのか〟というような態度をとってきたそうです」

うーん？　そんなことってあるのか？　仮にも王室お声がかりの勇者様ご実家だろうに。なんか謎が増えたな。鋼鉄の鎚《アイアン・ハンマー》の面子《メンツ》から詳しく聴いたほうがよさそうだ。

とはいえ、早く対応しないとどこかに移動してしまう危険性があるのが冒険者である。指名予約入りまーす。いやそんな冗談言っていてもしょうがない。

「フレンセン、今度の休みに……」

「ヴェルナー様、申し上げます！」

突然扉の外から大声が響いた。声に聴き覚えはあったんでフレンセンに合図して扉を開けさせる。騎士が一人転がり込んできたが、俺が指揮している隊の人員ではなく父の直属騎士だったはず。どこか別のところで事件でも起きたか？

「卿《けい》は確かキッテルだったか？　どうした、王都で火事でもあったか」

「違います。宰相閣下より緊急出動令です！」

……は？

緊急出動令。陛下の出す緊急勅令ほどではないが、国内トップクラスの招集命令だ。内容としては各貴族家騎士団の可能な限り迅速な出陣準備など。王族のほか宰相と軍務大臣のみが発令できる。わかりやすく例えるのなら魔物暴走《スタンピード》でも緊急出動令は出ない。

確かヴァイン王国の歴史上でも三度しか出ていないはずだし、うち一度はクーデターが発生した時だった。とんでもなく珍しい命令である。なんてレアな。

現実感がないこともあり、思わずフレンセンと顔を見合わせてしまう。正直、いまいちピンとこなかったが、今の大きな声が聞こえたんだろう。マックスたちが駆けつけてきたんで俺も頭のスイッチを切り替える。

「ヴェルナー様、なにが？」

「俺も今、緊急出動令が発令されたと聴いたばかりだ。説明してくれ」

視線を向けると、マックスたちが駆けつけてくるまでの間に呼吸を整えたらしいキッテルが、俺の目を見ながら爆弾を投げ込んで来た。

「はっ。ヴァレリッツが魔軍に攻め落とされそうだとの第一報が届いたそうです。現在、陛下の御前で緊急の会議が開催されております」

「何っ!?」

俺、マックス、オーゲンが異口同音に驚きの声を上げた。バルケイとフレンセンは沈黙したままだったが、表情が衝撃を物語っている。想像もしない内容だっただけに、俺にとっても驚きは大きい。

ヴァレリッツはフリートハイム伯爵領の中央都市だ。文官系の伯爵であり通常戦力で見ればそれほど強力という訳ではない。町の規模や人口だけで言えばツェアフェルト伯爵家の本拠であるツェアブルクと大して変わらないだろう。

ゲームには出てこなかった町だし、産業的にもこれというほど有名な物はないが、国内では中規模都市という所で、貴族家騎士団も人数だけで見ればうち《ツェアフェルト》とそうそう差はないはず。ただ、流通面で見れば割と恵まれた位置にある町なんで、冒険者とかの貴族家騎士団とは別の、実働戦力はそれなりに充実しているんじゃないかと思う。

要するに、ヴァレリッツは例えば魔物暴走《スタンピード》が起きても籠城していれば堪《こら》え切れるぐらいの規模がある町だ。少なくともそう簡単に攻め落とされそうになる町じゃない。

「伯爵はどうなされた?」

「情報が錯綜《さくそう》しておりますので、現時点では不明とのこと」

バルケイが質問した内容に対する返答を聞いて、伯爵の無事は期待薄だと察する。無事ならそう伝わっているはずだ。もし運よく生きてりゃすぐに判《わか》るだろう。フリートハイム伯爵は文治派なんで派閥的には父のお仲間だが、俺個人は顔も覚えていない事もあり、心配するより現実感がないという方が本心に近い。

　これ以上は詳しく聴いてもしょうがないだろうな。多分、キッテル自身も第一報を受けてここに来たんだろうし。

「そこまでは解《わか》った。父は会議に出ているな」

「はっ」

　ツェアフェルト伯爵家当主として、また大臣として、父が御前会議に出ているなら今の俺にできることはない。代官でもあり現場指揮官でしかない俺としては、次の指示があるまでやれることをやることにしよう。

「解った。キッテルはすぐに伯爵邸に戻り、俺がここで父からの連絡を待っていると伝えてくれ」

「はっ、すぐに」

「バルケイ、緊急出動令が出た以上、第四隊の夜勤出発は次の連絡があるまで待て。マックスとオーゲン、第二隊と第三隊の全員を第二出撃体制で待機。俺は巡邏《じゅんら》の手順と引継ぎのための資料をまとめる。フレンセン、手伝え」

「かしこまりました」

第二出撃体制は隊列を整えるまではいかないが、装備を整えたうえで声が届く距離にいる事を指示している。第一出撃体制は今すぐレッツゴーできる体制なんでそれよりは緊急性が低いが、これは父の連絡がいつ来るかわからんからだ。緊張しっぱなしってわけにはいかんのよな。

「マックス、ノイラートとシュンツェルに俺の指揮する第一隊を第二出撃体制にさせるように伝達。後で様子を見てくれ。問題があった時には二人に助言を頼む」

だいぶ先の話になるだろうが、ノイラートやシュンツェルには俺から指示が届かないときの代理指揮官になることも求められているんで、こういう時は役目を振って経験を積ませなきゃいけない。それはわかっているんだが俺、学生。少なくとも外見年齢というか肉体年齢は。本当は俺が経験を積む側じゃないのか？

こんな年齢《とし》で名目だけでも爵位を名乗れる貴族になんかなるもんじゃないな、ほんと。胃痛を堪えつつ指示を出すが、指導はマックスに丸投げしておく。

「すべて了解いたしました」

マックスたちが頭を下げて退出する。思わずため息。一体全体何が起きているんだ。気にはなるが、考えていてもどうにかなるわけじゃないんで、とりあえず目の前の仕事を見つけてそれをやることにする。

「ヴェルナー様、巡邏の手順と申しますと」

「巡邏の方法とかがころころ変わったら工事に携わっている人たちも困るだろ。俺たちはこうやっていました、っていうやり方を手順書として記録してあるんだよ」

フレンセンが不思議そうに聞いて来たんでそう答える。橋脚の位置と目印になる自然物で警戒範囲を区分けし、どのルートで巡邏するのかを決めてある程度のものだ。時計は一般的じゃないんで、時間での経過に関しては残念ながら手順書に記していない。まあこれはしょうがないだろう。

ただ、こういう巡邏とかのやり方が属人的すぎると、現場で何かあった時にどこに指示を求めればいいのかがわからなくなる。一方、順路や手順がある程度決まっていれば、何か問題が起きた際に救援要請を求める先が明快なので、無駄な時間を過ごさなくて済む。つまり、巡邏を担当する側にも一定のパターンを作っておくほうが、現場の人たちも安心するという訳だ。

「なるほど。そのようなものまで」

「経験に頼るだけってのは嫌いなんだ」

魔物《モンスター》が来た時の戦闘力は別にして、ローマみたいになんでもマニュアル化してあれば、ド新人が来ても最低限の作業はできる。ぶっちゃけ巡邏にオリジナリティなんぞ要らんし。この通りに巡回して何かあったら報告ね、でいいんだ。

この世界ほんと脳筋ばっかりなんでこういう作業をマニュアル化する人が少ない。いや

まあ、マニュアルって作ればいいってもんでもないので、一概に俺のやり方がいいとは限らんが。マニュアルのアップデートは作成に負けず劣らず重要ではあるが、保守点検ができる人材も育っていない。正直、今の段階ではそこまで手が回らないんで、マゼルが魔王を倒した後にやるべき宿題だ。

もうちょっと時間があれば貧民街《スラム》や難民から参加している巡回補佐の人たちの育成マニュアルも作ってみたかったが、こっちはそれどころじゃなさそう。本当はその辺が全部先任者の経験則なのは問題あるんじゃないかと思うんだけどな。これは脳筋世界のせいなのかゲーム世界のせいなのか。それこそ考えてもしょうがないか。

あと副産物として魔物《モンスター》の発生パターンとかが判ればいいと思い、日報的に記録してあったんだが、どうもこっちはランダムっぽいな。まだ母数が少ないが何となくそう感じる。しかし本当に魔物の発生原理は謎だな。

そんな事を考えながら、非常時に備えたポーション類を保管してある箱と一緒に青い箱も忘れずに手元に持ってこさせる。使わないに越したことはないが、こういう緊急事態なのでこれも必要になりそうな気配がする。

◆

それにしても、ろくでもないことは確かだが、何が起こっているのやら。

ざわざわとした空気がここまで届いてくる。

ここの宿舎は難民キャンプ……という言い方はしていないものの、俺の認識でいえば難民キャンプの夜間警備兵とか、そういう人たちも詰めている。おそらくそっちにも連絡が行き渡ったんだろうな。

体感でいえば一時間は経《た》ってないと思うが、書類作業のために一度脱いだ鎧《よろい》を着なおした時間も考えれば、三〇分は経過しただろうか。馬蹄《ばてい》の音が聞こえてきたのに気が付いたのは、こっちも緊張して注意力が高まっているからかもしれない。

「待つ必要はないな。フレンセン、マックスたちを呼んできてくれ」

「はっ」

招集はフレンセンに任せて宿舎を出ると、先ほどのキッテルが馬からちょうど飛び降りたところだった。なかなかの馬術だな。

「ご苦労。指示は？」

「はっ。現在警備任務に就いているツェアフェルト伯爵家隊は総員出立、王都近郊のバーデア村で騎士団と合流せよと」

「総員だと？」

「はい、総員です」

水道橋の業務は放り出せって事か。いや多分、翌日以降は別の貴族家が水道橋警備任務に玉突きのように従事することになるんだろう。その準備時間も惜しいのか。

常時出撃に備えている国の騎士団と貴族家騎士団だと、緊急時の反応速度が違うのは確かだ。その上で、すぐに動ける貴族家騎士団もかき集めるような事態であるという事は理解した。けどこれ指揮系統は大丈夫なのかね。この世界も前世の中世同様、基本的には各貴族家の私兵集団という方が実情に近い。かき集めるだけ集めた後でそのまま突っ込むと末端まで命令が届かないなんてことになりかねないんだが。

とはいえ、そのあたりを俺が心配していても仕方がない。ちょうどマックスたちも到着したんで、後は騎士団に合流してから責任者に説明を聞いたほうがよさそうだな。

「解った。マックス、オーゲン、バルケイ、これからすぐに出る。夜間行軍で朝までにバーデアに着くぞ。フレンセン、後任への引継ぎは任せる」

すぐにフレンセン以外の全員が自分の隊に駆け戻り、従卒が松明《たいまつ》に火をともす。魔道ランプもあるが、魔石を使い高価で煙が出ないランプの方は必要な時まで温存。第一、雨の時はランプに頼るしかなくなるから、普段は原始的な松明だ。

今回のような軍事行動というか夜間の行軍中に使う松明は普通イメージするような短いタイプではなく、前世日本の一部お祭りで使われていたような二メートル近くある物を使う事がある。槍《やり》や旗を持つようにあの長い松明を持つ格好になるわけだな。

これには馬自身も火を怖がるという一面があるほか、そのぐらいの長さというか高さがないと、列の後方にいる歩兵からは前方の松明が見えなくなるためだ。夜間行軍中に列の前方が止まったことが後方から視認できないと余計な混乱が発生する危険があるので、単純な行軍中には遠方からも見える、ロングサイズの方が望ましい。その松明にしても敵を前にした時とかはまた別なんで、こうやって軍事行動の荷物は増えていくんだよなあ。

どの物資がどのぐらい必要かと考えながら指示を出している間に、俺の従卒が馬に鞍《くら》を載せていた。出兵回数が増えたせいかもしれんが、皆準備にそつがなくなってきている。

「魔物《モンスター》の警戒を怠るなよ、出発！」

俺の声に応じて馬蹄が夜空に轟《とどろ》き夜闇の中を松明そのものと鎧に反射した明かりが煌《きら》めきながら通り過ぎる。傍《はた》から見ていれば幻想的な光景だろうと思うが、残念ながらその中にいると見とれることはない。それにしても本当に何がどうなっているんだ。

◆

もともと王都の衛星村とでもいうべきバーデアはそれほど遠くもない。徒歩でも半日あれば十分到着できる距離だ。夜間、警戒しながらであっても到着までにはそれほど苦労はない。幸い魔物の襲撃もなかったし。

余談だが、この世界でも大都市近郊村では葉野菜を育てたりしているほか、牛や羊の酪農をやっていることが多い。冷蔵施設がないんで、新鮮な野菜も貴重なら牛乳などの傷みやすい乳製品も貴重だからだ。真夏の時期には乳製品を飲むためにこういう近郊の村から王都まで牛を連れてきたり、貴族の場合には期間限定で酪農家から牛や羊をレンタルしたりする事さえある。一方でこの世界では魔物《モンスター》が放牧中の家畜を襲う事もあるので、冒険者に任せるだけではなく、騎士団も常に出撃体制を整えているわけだな。

バーデア近郊には既に多数の騎士が到着し、次の出発に備えて準備を続けている。どうやらここにいるのは第一騎士団の人たちのようだ。何というか肌に突き刺さるような緊張感がすごいな。

「ヴェルナー・ファン・ツェアフェルト、到着いたしました」

「お通りください」

本陣テントで挨拶をしたらまさかの顔パス。いや違うな。余計な時間さえ惜しいのか。

「失礼いたします」

「うむ、ヴェルナー卿《きょう》、来てくれたか」

おおう、セイファート将爵とその隣にいるのは確かウベ・フライムート・シュンドラー軍務大臣閣下じゃないか。軍務のトップがこんなところにお出ましかよ。

「遅くなりまして申し訳ありません」

「卿《けい》は早い方だ。だが済まぬがすぐに出てもらうことになる」

おいおい。シュンドラー大臣の発言に渋い顔を隠すのにちょっと努力が必要だった。また随分な指示だな。そうは思ったが将爵の眉間に皺《しわ》が寄っているので反論は控えておこう。代わりに質問はする。

「また魔物暴走《スタンピード》ですか？」

「違うと思われるがまだわからぬ。そして確かなことは今回、完全に出遅れておる。最初に被害があったのはペルレア村で二週間も前じゃ」

将爵の口からペルレアと言われてしばらく思い出すのに時間がかかった。ここもゲームでは登場しない村だが、確かデトモルト山脈の上流域にある村だったか。

「ペルレアは全滅していたとしか思えん。思えん、と言うのもヴァレリッツからの使者が来るまで何も知らなかったし判《わか》らなかったからだ」

大臣の発言を聞きながらデトモルト山脈近辺における魔物の出現状況を頭の中で確認する。ゲームだとあの辺は確か人食い蜥蜴《ハンターリザード》とか山鰐《ヒルクロコダイル》とかの出没地域だったよな。近くに町もないし魔物のドロップアイテムは美味《おい》しくない、無駄に敵が硬いと三拍子そろって足を運ぶ理由がないんで、ゲーム中でも無理に経験値稼ぎとかをしない地域だ。

「その後の状況を確認すると、魔物の群れはヴァレリッツの次にデンハン方向に向かったようでな」

その後の状況、ね。ヴァレリッツは陥落したか。予想していなかったわけじゃないが、想像以上の早い結果に驚きがないわけじゃない。とはいえその言い方だと占領したりはしていないようだな。

ん？　デンハン村もゲームには出ないが、アーレア村と並んで大神殿への巡礼者が宿泊する村だと聴いたことがある。デトモルト山脈からヴァレリッツ、デンハンと線を結ぶとその先にあるのは……。

「……敵の目的はフィノイですか」

「卿は聡《さと》くて助かる」

フィノイの大神殿。そうか、これは魔軍三将軍の一人ベリウレスによるフィノイとそこにいるラウラ襲撃イベントか。ゲームだといきなりフィノイが襲撃された、としか情報がなかったが、実際はこういう経緯をたどっていたのか。

わかっていることだが確認しておこう。

「まさか第二王女殿下も？」

「殿下もフィノイにおられる」

確定。そして王国軍が急ぎたい理由も理解した。人々が信仰する神の聖地とも言うべき場所であり、我が国の第二王女がいるところに一都市《ヴァレリッツ》をあっという間に攻め落とすような敵が向かっているんだからな。

「デンハン近辺には大軍が通れる道がなかったと記憶しておりますが」

「その通りじゃ」

将爵が苦い表情で頷《うなず》く。ゲームだと大神殿前は草原だが、その途中まではそもそも森しかないようなマップだったはず。道なんてとんでもない。多分、この世界でも巡礼者用の小道ぐらいしかないんだろう。軍を移動させるには面倒が多い地形であり、出遅れている点も考えると時間の猶予は多くないはずだ。

俺が記憶を掘り返している間も大臣が発言を続けていた。

「それゆえ逐次投入に近い形になるが、順次行ける軍から現場付近まで行ってもらう。補給は何とかする。ツェアフェルト伯爵家騎士団には別街道を使い、最速でまずヴァレリッツに向かってほしい」

「ヴァレリッツで一度全軍を整えるわけですか」

「そうなるの」

「別ルートだと遠回りになりますね。承知いたしました」

メインの街道は騎士団が通るが、騎士団が通るとなると他の貴族家騎士団が通るスペースがなくなる。渋滞するという方が近いか。分進行軍というわけだな。おそらく、各地の貴族家領からの軍ともヴァレリッツで落ち合う事になるのだろう。

「ではツェアフェルト伯爵家隊は西回りのルートを使わせていただき、ヴァレリッツに向かいます」

「頼む」

　おや、まさかの将爵から頼まれごとだ。しょうがない、やるしかないか、と思ったがその前に伝えておくことがあったな。

「ひとつ提案がございます」

「何かね」

「デトモルト山脈近辺の魔物《モンスター》は毒を持っているものが多いと聞いております。後送される物資に潤沢な量の毒消しの準備をお願いしたく」

　ゲームだとあのあたりから毒持ちが増えてきた。だからこれはあらかじめ準備しておいてもらった方がいい。そう思い提言をしたところ、軍務大臣と将爵が虚を突かれたように目を見合わせた。

「なるほど。わかった。見落としていたな。卿の提案感謝する」

「よろしくお願いいたします」

　軍務大臣閣下がそう言ってくれたので、後は任せるだけでいいだろう。俺は急いで隊に戻ると全員に届くように声を上げる。

「全員聴け！　魔軍の目的地はフィノイだ！　これから最大行軍速度でまずヴァレリッツに向かう！」

マゼルがラウラのとこに到着するまで時間稼ぎをすればいいんだろう……多分。ゲームだと騎士団がいなくても主人公《ゆうしゃ》が間に合うんだから大丈夫さ。というか、ゲームと異なり騎士団がいるって状況、逆にどうなるのか想像がつかん。

それはそれとしてやれることをやる。むしろ現場で変化をこの目で見ないと不安もある。願わくはシナリオ通りに進んでくれますように。

◆

決して広くはない夜の道を騎馬の集団が蹄《ひづめ》の音を蹴立てて移動する。周囲の森に振動と騒音が乱反射しているようだ。魔獣はどうでもいいが、野生の生き物には悪いことをしているな。

馬の息が上がってきたのを見計らい、全隊を停止させる。

「馬の乗り換えを行う！　各自水の補給！」

「固形物は口にするな！　目的地までは酢水だけで行くぞ！」

マックスたちも周囲に指示を飛ばしている。ここまでの強行軍は俺にとっても初体験だし、マックスたちですら知識はともかく実際の経験があるはずもなく、お互いに可能性や問題点を確認、相談しながらだ。

悪意があって食い物を禁止しているわけじゃない。この世界の固形物は文字通りの意味で固いものがほとんどだ。胃に貯《た》まりすぎて移動優先の時には不都合になる。バナナとかありゃ良かったんだが。酢を飲むのが疲労にはいい、というのはこの世界でもあるらしい。経験則ではあるだろうし、濃さに関しては好みがあるけど。

馬の乗り換えというのは非常時に良くやる方法だ。馬が疲労困憊《ひろうこんぱい》になる前に空荷の馬に乗り換えて軍馬の負担を減らす。空で走れば馬の疲労も少なくて済むんで、複数の馬でローテーションすれば距離を稼げる。とはいえ負担がないわけじゃないんで、今回みたいな最大行軍速度指示が出た場合のみに行う。

ちなみに最大行軍速度と言うのは文字通りの意味で最大。「行けるところまで行く」というレベルの強行軍指示だ。ほぼ丸一日移動に費やし最大で七〇キロは進む。普通の行軍では一日二〇から三〇キロぐらいが相場だから、倍以上走り抜ける事になるんで、あまりやりたくはない行軍だ。馬上とはいえ尻や太腿《ふともも》が痛くなるし、歩兵にいたっては脱落者も出る。

一応、最後尾で脱落者の確保をするためにバルケイの隊が歩兵と馬車、それに荷車をひきながら行軍している。消耗品である矢や簡単な食料も運んでいるが、そっちは最低限だ。

本当にもう歩くのもダメな奴《やつ》は荷物扱いで馬車に突っ込まれて運ばれることになるが、バルケイの隊に拾われるまでに魔物《モンスター》や野生動物に襲われる可能性もゼロじゃない。そういう意味では戦う前に損害が出るんで本当にやりたくないんだよな。

そういえば、前世で羽柴秀吉《はしばひでよし》の中国大返しが早すぎるから秀吉が本能寺の変の黒幕だとかいうトンデモ論が浮上したことがある。七〇キロ弱を一日で移動したのが怪しいらしい。いやおかしいのはその発想の方。提唱者はきっと日本の戦国時代の専門家ではあったんだろう。あくまでも一〇〇年間程度の。四〇〇〇年の世界史レベルで見てみるとそれほどおかしくはない。

例えば、第二次ポエニ戦争時のローマ執政官ガイウス・クラウディウス・ネロ（皇帝ネロとは別人だ）の軍が一昼夜で一〇〇キロ移動してメタウルスの戦いに参戦している。また、中国では三国志で有名な魏《ぎ》の曹操《そうそう》が一日で約一〇〇キロ超えの強行軍で相手を追撃して襲撃を成功させているな。この二人は記録がしっかりしているほう。

正確な移動距離の記録こそ残っていないが、一日だいたい七〇キロ移動を成功させているっぽいのはほかにも何人もいる。有名どころはエジプトのラムセス二世、ローマのユリウス・カエサル、中国・明の永楽帝《えいらくてい》あたりか。使ったルートによっては一日で八〇キロ以上の距離に達していそうな奴もいる。前世でマイナーな人物を挙げれば、例えばイングランドのハロルド・ゴドウィンが中世の騎士と歩兵を率いて四日で三〇〇キロを駆け抜けているが、これでも移動速度は秀吉の中国大返しとトントンぐらいだ。日本でも上杉謙信《うえすぎけんしん》や高杉晋作《たかすぎしんさく》あたり、必要があったらやってのけそう。

このほかに、当時は文字を持っていなかったため記録に残すという発想も方法もなかったが、モンゴルの成吉思汗《チンギス・カン》はしょっちゅう一日七〇キロ行軍ぐらいのことはやっているはずだ。というかあいつ絶対一日で一〇〇キロ超えの移動をした事もあるだろ。騎馬民族でいえば、ティムール朝の創始者であるティムール・イ・ラングあたりも一日七〇キロ超えの行軍をやっていると思う。

世界史に詳しい人ならこの辺りであの名前がない、と言う人もいるだろう。マケドニアのアレクサンドロス三世ことアレキサンダー大王《マーニュス》。こいつは誇張抜きで軍事面で変態。

その最高移動距離、三日間進んで二七六キロ。

にひゃくななじゅうろっきろである。三日間で東京発の名古屋あたりまで進んでいる。しかも騎兵だけではなく歩兵も連れて、当時のロクに整備されていない道を。自国の領内ではなく、敵国領内という初めて通る土地で、道路が整備された江戸時代の東海道を行き来した飛脚並みの速度を軍隊という武装集団がたたき出している。

そりゃ兵士からサボタージュ食らうわけだよな!?　考えるのもおかしいが実行しちまうあたり本物のバケモノである。

そんな例外中の例外になる成吉思汗《チンギス・カン》やアレクサンドロスはともかく、世界史レベルで見れば一世紀に一人ぐらいは世界のどこかでだれかが秀吉と同程度の高速行軍を行っている。その後すぐに戦争をしていない、移動に限れば珍しくはないというレベルだ。確かに戦国時代では珍しいが、それで黒幕扱いというのはどうなんだろう。

閑話休題。つらつら余計なことを考えていたら、周囲を警戒していた騎士の一人が声をかけてきた。

「刻線が燃え尽きました」

「解《わか》った」

刻線ってのは前世で言う所の線香みたいなもの。ただ別に香りが出るわけじゃなくて、燃え落ちるまでの時間を計るためのものだ。長さが同じなら大体一定時間で燃え尽きるんで、これで時間を計る。噛み付き花《イーターフラワー》って魔物《モンスター》を素材にしたものなんで、湿度に影響されないのもポイントだな。同じ長さの物に同時に火を付ければ全体で経過時間を統一できる。

機械時計もあるにはあるんだが、デカくて持ち運びできるようなものじゃないし、砂時計はガラスが高価なんで単価が高い上、戦場に持ち込んでも割れる危険性の方が高い。日時計は曇りや雨、夜には使えない。というわけでこの程度の線香モドキが実は一番いい。欠点は流石《さすが》に雨の時には使えないことか。

「歩兵が靴と靴紐《くつひも》の確認を終えたら行くぞ」

「はっ。休息終わり、準備が済んだものから騎乗！」

マックスの声に合わせてほぼ全員遅れることもなく馬上の人となる。俺が一番遅いんじゃないかと思うぐらいだ。ツェアフェルト伯爵家は文官系の家だったはずなんだけどなあ。ものすごい武闘派になっている気がする。

　内心で複雑な感情を抱きつつヴァレリッツに向けて進軍を再開させた。

◆

　夜間にもかかわらずフュルスト伯爵家邸にも緊急出動令の使者が駆けつけてきた事で、フュルスト伯爵家当主であるバスティアンはすぐに家騎士団の団長と子供たちを呼んだ。

　フュルストも武門の家である。夜間だらだら過ごしているようなこともなく、嫡子タイロン、娘である女性騎士ヘルミーネともどもすぐにバスティアンの執務室に姿を現す。

「お待たせいたしました、父上」

「何があったのですか」

　急な呼び出しを受けた事から、何かがあったことは予想していたタイロンとヘルミーネであったが、緊急出動令という話を聞いてさすがに驚きの表情を浮かべた。現時点での状況を説明しつつ、二人の表情を確認していたバスティアンがまず家騎士団団長に視線を向ける。

「状況は以上だ。ウィルデンは直ちに王都に残る騎士たちを招集せよ」

「かしこまりました」

フュルスト家の家騎士団団長であるウィルデンは頷《うなず》いた。バスティアンと同世代であり、れっきとした騎士でもあるが、伯爵自身が将として前線に出ることが多いため、立場はどちらかといえば軍官僚に近い。そのため、補給物資の管理や人員配置などはウィルデンが担当していることが多かった。

国からの緊急出動という状況であり、武門の貴族であるフュルスト伯爵家の人間が戦場に出る事も確定事項である。状況が状況でもあり、ウィルデンも冷静さを保ちつつ、顔には緊張感を湛《たた》えている。

バスティアンはそのウィルデンから嫡子であるタイロンに視線を移動させた。

「領にも使者は出してある。タイロンはすぐに領に戻り、参集した兵を率いて戻ってくるように。だが数を揃《そろ》えればよいという訳にはいかぬぞ」

「承知しております。文官系貴族家とはいえ、ヴァレリッツが攻撃され危うくなるような敵となれば、数合わせの兵では足手まといとなりましょう」

「……うむ」

ヴァレリッツの危機という情報に、タイロンも敵が油断ならない戦力であると判断している。魔物暴走《スタンピード》で騎士やその従卒でさえ魔物《モンスター》の圧力を受けて崩れた経験もあり、今回はそれよりも慎重にならねばならない、精鋭を中心に揃えるべきだという判断をしていた。

バスティアンは無表情に頷くと、その隣に立つ娘に視線を向ける。

「ミーネは私に同行するように」

「はい」

声をかけられたミーネも緊張交じりに頷く。援軍要請という形になると急がねばならない。だが何分《なにぶん》にも今までそのような経験がないため、過度に緊張している一面もある。バスティアンはそれが理解できているため、いわば副官とでもいう形でミーネを傍《そば》に置くことにしていた。

「一旦はバーデア村で騎士団と合流予定ではあるが、目的地が別の地になるのは確実であろう。タイロンはそのつもりで領から率いて来る全員に通達をしておくように」

「解りました、すぐに領に向かいます。ウィルデン、護衛に騎士を三人借りるぞ」

「承知いたしました」

そう言葉を交わしつつ、タイロンとウィルデンが退出する。タイロンはこれから領に戻らねばならないため、恐らく魔物《モンスター》対策をしたうえで夜の内に王都を出ることになるだろう。魔物の狂暴化と王都近郊でも種類の出現状況が変化しているにもかかわらず、夜間の移動を恐れないタイロンは決して臆病ではなかった。

一方のミーネもすぐに自室に戻り、鎧《よろい》と出立準備をさせるために使用人と侍女を呼ぶ。緊急出動令という事で館の中にも緊迫感が広がっているが、武門の家という事もあって出陣の準備には遅滞はない。

「これが魔王復活、という事なのだろうか」

準備を命じられた使用人が戻ってくるまでの間にミーネは呟《つぶや》いた。女性騎士として戦う事に躊躇《ちゅうちょ》はないが、それでも背筋に冷汗を感じずにはいられない。魔物暴走《スタンピード》というような形ではなく、明白な意図を持って魔物の集団が人間の住む町を襲い始めたという事実を知り、改めて魔王復活を実感するしかなかったのである。

一方、息子と娘を見送ったバスティアンは誰もいなくなった執務室で小さく溜息《ためいき》をついていた。確かに魔軍による貴族領都市の襲撃というのはこの国の歴史上例がない。だが、あえて言うのであれば、伯爵領の都市一つが襲撃された程度では緊急出動令は出ないのである。バスティアンはそれを把握していたが、残念ながら嫡子《タイロン》はまだそこまで頭が回らず、戦場での有利不利のみで率いる軍の質を判断しているのを残念に思っていた。

無論、状況を認識する視野が狭いとはいえ、判断そのものは間違ってはいない。それゆえバスティアンはあえてこの場で息子の判断が足りていなかった点を指摘する気はなかった。だが同時に、ヴァレリッツの先にある別の戦場に対する配慮という点には不安を感じずにはいられない。

悩みを抱えつつ、自身の準備を指示するため、バスティアンは執事を呼んだ。

◆

常時出撃準備を整えている騎士団であればともかく、貴族家所属の家騎士団であれば、補給物資等を考慮せずにどれほど急いで出発しても半日かそれ以上の時間を要する。フュルスト家の軍がバーデア村近郊に到着したのは、翌日の夕刻近くになってからであった。

村の周囲は複数の貴族家たちの軍でごった返しており、鎧の音、馬の嘶《いなな》き、その他さまざまな音で喧噪《けんそう》という言葉では表現できないほど騒々しい。

一つには緊急出動令という事情も関係しているであろう。状況を把握できないまま、とりあえず駆けつけてきたという人物も多く、互いに友人知人や縁戚から情報を集めようとして話し込んでおり、結果的に私語がそこかしこでかわされている。その一方、軍務における流言飛語は厳罰の対象であるため、妙な噂《うわさ》が広まっていないのは、訓練された人間が多いためであったかもしれない。

そのような中で、父であるバスティアンが到着の挨拶と今後の指示を確認するために本陣に赴いている間に、ミーネは知人たちとの情報交換を行っていた。

女性冒険者などもいるこの世界では、女性の騎士もそれなりの人数が存在している。学園での騎士科における先輩後輩や、女性騎士だけの修練場での練習仲間など、派閥のようなものはあるものの、女性騎士同士の情報ネットワークが確かに存在しているのである。

「それでは、王太子殿下は今回、来られないのですね」

「魔物暴走《スタンピード》から間がないのに、王族が繰り返し王都を離れるのはあまりよくないという事のようですわね」

「それは理解できるわね」

王太子ヒュベルトゥスが今回は軍務に関わらないという事実に納得をしている声が多い一方で、残念そうな表情を浮かべている人間が少なからずいるのは、多少の下心があったからであろう。王太子本人はともかく、周囲の近衛《このえ》騎士なども婚約・結婚相手としての将来性は高いのだ。現状はそれどころではないという事は理解しているとはいえ、やはり気になるのが人情である。真似《まね》をする気はないものの、そのあたりはミーネにも理解できなくもない。

だが、誰かが現状を口にすると、全員の表情が引き締まる。

「それにしても、ヴァレリッツは既に陥落したというのは本当ですか」

「聞いた話ですが、そのようです。既に騎士団とツェアフェルト伯爵、ベルネック子爵、ゴルダン男爵といった方々の隊はヴァレリッツに向かわれているとか」

「ツェアフェルト伯爵の隊はもう向かっているのですか」

ミーネがツェアフェルト家の動向に対して疑問を呈すると、先に到着して情報を集めていた女性騎士が頷いて説明を加えた。

「嫡子の子爵が率いた隊が昨夜のうちにここに到着してそのまますぐに進発したそうよ」

「水道橋護衛任務に就いていたツェアフェルト伯爵家と、難民宿泊地を警戒する業務を担っていたベルネック子爵家は家騎士団が初めから集まっていたからね」

「なるほど」

先輩女性騎士の発言にミーネも頷いて納得する。準備にかかる時間が短い軍から先に出撃しているのはおかしなことではない。とは言え、魔物暴走《スタンピード》時の勇戦を親族から聞いているる人物や、難民護送に同行した女性騎士の中には、ヴェルナーと話をしてみたかったというような態度を示している女性騎士も複数確認できる。

まだ婚約者がいないらしいという評判があるのも理由の一つであるだろうが、いつの間にかヴェルナー卿《きょう》は有名人になっているな、とミーネは内心で少し笑った。

なお、ここで名前の出たゴルダン男爵は、現王妃の父親が当主であるグリュンディング老公爵の派閥に属している貴族で、魔物《モンスター》狩りなどを積極的に行い、勇猛果敢で知られている。公爵も動いているのか、と何人かの女性騎士が驚いた表情を浮かべたのは無理もない所であっただろう。

グリュンディング公爵は政治家という面では優秀ではあるが、国王の父親世代という年齢もあって、軍務に関わることはあまりない。前・王都城将のセイファート将爵がついこの間まで実務からは事実上引退していたのと同様、引退も近いのではないかとさえ言われていた人物である。

「公爵家とは言え、ご令嗣《れいし》様が来られていらっしゃるのかしら」

「そうかも知れないわね」

公爵の嫡子は国王の義兄という立場になるので、この大軍を率いるのには十分な家柄と肩書である。だが、父親である公爵に輪をかけて文官系の人物であるため、武官系貴族がどこまで言う事を聞くかは判断が難しい。

なお、結果的には彼女たちの想像は間違っており、公爵自身が希望して全軍を率いる事になるのを知るのは少し後のこととなる。

「ヘルミーネ様、こちらでしたか」

「ああ、父上が戻られたか」

「はい。通達があるとのことです。ヘルミーネ様もお戻りください」

「わかった」

見覚えのあるフュルスト伯爵家の騎士が迎えに来たため、ミーネは他の女性騎士たちに挨拶をしてその場を退いた。遠方が騒々しくなったのは誰か貴族家軍が進発したためであろう。ミーネも我知らず足を速め、父のいる本陣へと向かった。

◆

俺たち伯爵家隊《ツェアフェルト》がヴァレリッツ付近に到着したのは結局翌日の夜だった。とはいえ、普通は三日ほどかける行程を丸一日で駆けたんだから上々。皆よくついてきてくれたな。

兵士たちを休ませるよう指示を出し、俺個人はノイラートやシュンツェルを連れて騎士団の司令部に到着の挨拶に向かう。補給面の相談もしなきゃならんし。先行して到着していたのは第二騎士団か。

一見すると奇妙なのはヴァレリッツが真っ暗なことと、そこに騎士団が入場していないことだろうか。攻め落とされたってことはロクに休憩できるところがないのかもしれないな。この時はまだその程度の認識だった。

「ヴェルナー・ファン・ツェアフェルト、到着いたしました」

「ツェアフェルト子爵ですね、どうぞお通りください」

簡易的な陣だからか、ストレートに入れるのは楽でいいな。そう思いながら本陣に入らせてもらう。

「ヴェルナー・ファン・ツェアフェルトです」

「ツェアフェルト子爵か、よく来てくれた」

「早い到着だな」

第二騎士団の団長と副長だろうか。どちらも俺の父親世代かそれよりもちょっと上だ。だが随分疲れているようにも見えるな。無理もないか。

「歩兵はだいぶ遅れてはおりますが」

「急ぎだったので致し方あるまい。今のうちに兵と馬を休ませるがよかろう。副長、子爵の隊に簡単な糧食と補給物資を」

「はっ」

おお、助かる。街道を通れば輸送部隊も同行できるからこそだ。大回りした俺の隊は補給に関しては完全に置き去りだからな。

「ただ、予想より状況が悪い」

「ヴァレリッツの問題でしょうか」

一瞬沈黙。その後で団長は苦渋の表情で口を開いた。

「あまりいい気分はしないだろうが卿《けい》も見ておいた方がよいかもしれん。ヴァレリッツの町中を見てくるとよい」

「は、はい」

よくわからんが頷《うなず》いておく。そして城内に入りものすごく後悔することになった。

◆

「うぐ……」

「これは、何と言いますか……」

ノイラートとシュンツェルがそこまで言って絶句する。俺も何というか言葉がない。城壁だったものはただの崩壊した石積みになっているし、中には人どころか生き物の気配がない。俺の印象で言えば無差別大規模空襲を受けた後みたいだ。

そしてそれ以上にせめて昼間だったらマシだっただろうと思うのは、所々に転がっているそれ。

「臭いも強烈だな」

「日数を考えるとこの状況になったのは数日前だ。やむを得んだろう」

二人の会話を耳から耳に素通りさせながら周囲を見やる。崩れた壁、燃え落ちた家、道路に散らばる様々な生活品、そしてどす黒く乾いた、恐らく当日は血の海となっていただろう道路。

ネズミとかなら魔物《モンスター》は丸呑《まるの》みしてしまうだろう。逆に言えば丸呑み出来ないサイズの生き物は噛《かじ》り付くことになるわけで、魔物に食い散らかされた、かつて生き物だった肉塊がそこかしこに散乱している。犬、猫、馬、豚、鶏、そして人。お構いなしだ。

これは確かに城内に泊まれない。生理的にも気分は悪くなるし、疫病とかも恐ろしすぎる。というか、ここは町全体に火をかけて処置するしかないんじゃなかろうか。伯爵が行方不明なのもやむなしって感じだ。

そしてこの虐殺をやった集団が今フィノイに向かっているのか。ヴェリーザ砦《とりで》のボスだったドレアクスが温厚に見えるぐらいだな。魔軍を甘く見すぎていたかもしれん。

「胃が痛くなりそうだな。戻ろう」

「はっ」

「はい」

道路の隅に転がっていた小さな靴とそこから伸びる足首だけを目にして思わずため息をついてしまう。ダメだこりゃ、怒る相手はここにはいないんだが、気が滅入《めい》ると同時に怒りが湧き上がってくる。くっそ、相手が人間ではないとわかっていても、こういうのを見るとむかむかしてくるな。こんなものを見て平然としていられるような人間にはなりたくないけど。

いささか顔色を悪くした俺たち三人がツェアフェルト隊の宿営地に戻る途中、天幕《テント》のみの簡易的な陣地の直前でまさかの声が聞こえてきたんで、思わず足が止まった。

「あっ、兄貴!」

……フェリぃ!?　なんでお前がここにいるの?

◆

立ち話もなんなので、フェリも連れて陣幕に入る。マックスたちにも来てもらい全員で話を聴くことにした。最後尾のバルケイはまだのようだが、落伍《らくご》した歩兵を回収しながらだからしょうがないか。

ノイラートとシュンツェルがやや厳しい顔をしているのは、貴族である俺を兄貴呼びしているせいだろうな。後でそのあたりは話をしておく必要があるか。今はフェリに話を聴く方が先だ。

「久しぶりだが何でお前がここにいるんだ？」

「マゼルの兄貴が『きっとヴェルナーならすぐにヴァレリッツに来る』って言ってさ。それでおいらがメッセンジャーを任されたんだ」

「あの野郎」

思わず苦笑する。信用されているのか過大評価されているのか判断に悩む。いろいろ言いたいことはあるが、フェリに言っても仕方がない。

「んで、マゼルはどこにいるんだ」

「フィノイの大神殿にいるよ。相手を一度皆で撃退してからおいらだけ出てきたんだ」

「何っ!?」

異口同音に声を上げたのはマックスとノイラートとオーゲンだが、俺は声も出せずに絶句していた。ちょっと待て、なんでマゼルがもうフィノイにいる？

ゲームではフィノイが事実上攻め落とされて、ラウラの目の前に魔軍三将軍の一人がいて危機一髪ってところに主人公《マゼル》が割って入るんだ。それが陥落前のフィノイにマゼルがいるだと？　なぜそうなる。

「詳しく説明してくれ」

「いいよ、えーっとね……」

フェリの話をまとめるとこうなる。マゼルたち一行はグーベルクの町近郊でレベルアップ兼近隣にある迷宮《ダンジョン》の情報を集めていたところ、ヴァレリッツが襲撃された、という噂《うわさ》を聞いたらしい。

そこですぐヴァレリッツに向かわなかったのは、ルゲンツの「時間差がある、今から行っても多分手遅れだ」という意見をマゼルが悩みながらも受け入れたためだそうだ。俺もその意見には賛成だが、よくマゼルが納得したな。

と思ったらその時マゼルがふと気が付いたようにこんなことを言い出したことから事態が急転する。

「そういえばヴェルナーはフィノイを当面の目標にすればいいとか言っていた」

……いや言ったよ。確かに言ったけど。えー。ひょっとしてそのせいなの？

さらにそこでエリッヒが「フィノイなら行ったことがあります。すぐにでも行けますが」なんて言ったもんだからそのまますぐマゼルたちはフィノイに移動し、敵襲の危険性を伝えて回ったそうだ。

大神殿の連中は半信半疑だったらしいが、ラウラがマゼルの言うことを信じたらしい。そういやゲームと違ってもう顔見知りだったもんな、あの二人。

そのラウラが念のためということで自衛態勢を整えるように指示を出したため、神殿衛《えい》士《し》の防衛準備が間一髪で間に合ったということになる。

いや確かに修道僧《モンク》であるエリッヒならフィノイに行ったことがあってもおかしくないけどさ。それだったらゲームでも……ってあああ！

飛行靴《スカイウオーク》か！　そういえば飛行靴は星数えの塔の後に行く町から買えるようになるんだった。ゲームだとこの時点では勇者パーティーは持ってないはずなんだ。

そして行ったことがある人間がいれば飛行靴でフィノイに一瞬で移動できる。エリッヒが使うことで結果的に魔軍を追い越して先に大神殿に入ったのか。マジかー。

「んでとりあえず相手の第一波を叩《たた》き返して、誰かが状況を伝えに行こうってことになったんだよね」

「それでフェリがここにいるってわけか」

何とかそう応じたが、状況が急転し過ぎていて頭の中が混乱してくる。確かなことはゲームと大幅に状況が変わっているってことだ。そもそもゲームでは壊滅している騎士団がフィノイに向かっているってだけでも状況変わってるのに。これ、今後どうなるのかまったく想像つかん。

「つまり、フィノイは今のところ無事だということだな」

「うん」

「ヴェルナー様、これは……」

「ああ、オーゲン。すまないが第二騎士団に状況の報告に行ってくれ。勇者が参戦している、フィノイはまだ無事だと」

「はっ、直ちに」

オーゲンが陣幕を飛び出していく。確かにこの情報は重要だが、ほかに考えることが多すぎて頭ん中がおもちゃ箱ひっくり返したみたいになっている。見送るのも忘れて思わず唸《うな》っているとフェリが妙なことを言い出した。

「それとさ兄貴」

「兄貴はやめろ。何だ？」

「おいらの気のせいかもしれないけどさ、変な奴《やつ》らがいたんだよ」

「……変？」

フェリの話によると、フィノイには巡礼者やその巡礼者相手の行商人団なんかも避難してきているらしい。その巡礼者の中に奇妙な一団がいたということだ。

「魔物《モンスター》の出没状況が変わってるのに変に軽装でさ。なんかこう、話をしてる時も顔は笑ってるんだけど、目が笑ってないっていうか」

斥候《スカウト》のフェリだからこそ怪しさに気が付いたのかもしれない。そしてそいつらはマゼルたちの活躍で敵の第一波が追い返された後、しきりにマゼルたちの事を訊《き》いて回っているように見えたんだそうだ。

「なんていうかさ。こう、すごい人たちがいるっていう関心からの質問じゃないような気がしたんだよね」

マゼルにも相談したのだがマゼルも判断に悩んでいたらしい。ただルゲンツは警戒しておいた方がよさそうだと言っていたそうだ。むう。直接見ていないから何とも言えんな。

「それでそいつらは何を訊いて回っていたんだ？」

「あれは誰か、とか、どこの出身なのか、とか。あとマゼルの兄貴とお姫様との関係とかもきいてたと思う」

頭の中で警報が鳴った気がした。まて。俺は何に気が付いた？

ゲームでの状況を思い出してみる。フィノイはすでに事実上制圧されていて、魔物《モンスター》が出没するダンジョン扱いだった。そして礼拝堂にいるラウラと、三将軍の一人ベリウレスが対峙《たいじ》している状況に主人公《プレーヤー》である勇者《マゼル》が割り込む形になる。

その時にベリウレスは何と言っていた？　確か、抵抗するなら人質がどうとかラウラを脅していたはず。つまり〝人質を取るような知恵が回る〟事は確実。

同時に、ヴァレリッツでのあの殺戮《さつりく》をするような連中が人質を取るような判断をするか？　という疑問。ここから想定される最悪の可能性は……

「トロイの木馬か！」

「うわっ!?」

俺が大声を上げたんでフェリが驚いた顔で俺を見る。いやマックスたちも驚いているが。傍《はた》から見れば突然、謎発言をしたんだから当然か。トロイの木馬なんかこの世界で通じるはずもないものな。とはいえ言葉の説明をする暇も惜しい。

先に大神殿に入り込んだそいつらは、おそらく内部で騒動を起こしつつ、神殿内で人質を確保するのが目的だったんだろう。ひょっとしたら大神殿の正門を内側から開けたりしたのかもしれない。

だが、大神殿の門が簡単に破れないということを理解したらどうするか。そして防衛戦力の主力が勇者《マゼル》だと把握したら。その勇者の情報を手に入れたんだとしたら。アーレア村がマゼルの出身地だって事は別に秘密でもなんでもない。

最悪の可能性に気が付いた俺にとってはあらゆる面での優先順位がひっくり返った。

「フェリ、危険なことをやってもらいたいが頼めるか？」

「ヴェルナー様？」

ノイラートの声を無視して陣幕の隅にある棚から青い箱を取り出す。中にポーションのほか、以前商隊に頼んで買い出しして来た魔道具《マジックアイテム》が入れてある。まだ実験してなかったんで、ひでえ博打《ばくち》になりそうだ。

中から薬瓶を二本と飛行靴《スカイウォーク》を取り出す。薬の方はまだしも、飛行靴は残り二個しかないから残りは一個か。実験や補充する時間はあったのに手配しなかったのは俺のミスだ。

「何だい、それ」

「こいつは魔除《まよ》け薬っていう代物《しろもの》らしい。一定時間魔物《モンスター》が寄り付かなくなるそうだ」

ゲーム的には寄り付かなくなるっていうか戦闘が発生しなくなるっていうか。ノイラートやシュンツェルが驚いた声を上げるがとりあえずスルー。

問題なのは、この消費アイテムの効果はゲーム中だとフィールドで魔物と遭遇《エンカウント》しなくなるというものだが、理由がわからんという事だ。魔物がこっちの気配を感じられなくなるのか、加護的な何かで近づくことを躊躇《ちゅうちょ》するのか。相手が既に視認しているような状況だと効果がないかもしれない。

だが、大神殿内部に間者《スパイ》がいる状況はどう考えてもやばい。そして俺だとどうにもならないというか、俺には別にやらなければならないことがある。

「こいつを振りかけてやるから飛行靴を使ってフィノイに戻ってくれ。別にもう一本渡しておくから、フィノイに到着直後、周囲にばらまけば時間も稼げると思う」

フェリは真顔で俺の言うことを聞いている。マゼルもそうだがお前も人を疑うことを覚えろよ。いやこの状況で嘘《うそ》を言う気はないが。

　これは相当に危険性が高い。フィノイに飛行靴で戻るということは、フィノイの壁の外側に一人で移動するということだ。城門というか正門というべきか、とにかく扉が開くまでは魔軍の前に一人孤立することになる。

　俺にはそんな危険な状況に飛び込む自信はない。だがフェリはあっさり頷《うなず》いた。流石《さすが》は勇者パーティーの一人、肝が据わってやがる。

「それで、戻ったらあの怪しい連中を捕まえておけばいいの？」

「伯爵家《ツェアフェルト》の名前を出して捕縛して牢《ろう》に叩き込んでくれ。ただし一人でやるな。マゼルたちと一緒にやる事。抵抗したら力ずくでいい」

「解《わか》った」

「敵の目的はおそらくラウラだ。ラウラの周囲に気を付けるようにマゼルには伝えてくれ」

「そっちも承知。兄貴は？」

「俺は緊急にやることができた」

　俺の表情を見てフェリはこれ以上の会話をするのはやめたらしい。魔除け薬を頭から被《かぶ》ると「じゃ。フィノイへ」と短く言って飛行靴を使いその場から消えてしまった。目の前から急に人が消えたことでマックスたちが茫然《ぼうぜん》としている。

そういえば急いでいるあまりうっかり第二王女殿下《ラウラ》を呼び捨てにしてしまったが、俺の切迫している声のせいか、そこは全員が流している。というか、状況についてこられていないのかもしれない。

「ヴェルナー様、これは……」

「説明は後だ。マックス、部隊指揮を任せる。オーゲンを副将にしてひとまず第二騎士団の指示に従え」

「ヴェルナー様？」

マックスだけでなくノイラートとシュンツェルまで怪訝《けげん》な表情を浮かべている。だが説明のしようがない。

敵が魔軍三将軍の一人、ベリウレスであることを知っているのは現時点では俺だけだ。ましてベリウレスが人質を取るような狡猾《こうかつ》さを持つことを知る人間などいるはずもない。もし俺がそのことを知っているとなると、どこで知ったのかとか、ややこしいことになるだろう。現状の説明やこの先の危惧は説明したくてもできないんだ。

これはひょっとして孤独ってやつなんだろうかとか一瞬だけ考えたが、そんなことはどうでもいい。

「ノイラート、シュンツェル。悪いが付き合ってもらうぞ。他に一〇騎選抜しろ。馬は予備の替え馬も含めて四〇頭、元気な奴から臨時に集めて借りうけろ。ポーションと毒消しの準備も忘れるな」

「は……はっ」

「どうなさるのですか」

シュンツェルの当然の疑問に俺は短く答える。軍法違反になるがそんなこと知ったことか。マゼルがいるならしばらく大神殿は無事だろうからな。

「少数精鋭だけで急ぎアーレア村に向かう。マゼルの家族が危ない」

◆

「終わればいくらでも寝れる！　あとでゆっくり寝かしてやるから今は進め！」

「ははっ！」

「騎士の誇りを見せろっ！」

「おうっ！」

事情は説明済みということもあり、俺の無茶な指示に不満も言わず全員が付き従う。ノイラートの激励もいいタイミングだ。ほんとすまないな。馬も随分疲弊している。かわいそうだがもうちょっと頑張ってくれ。今はただ時間が全てだ。

深夜のうちにヴァレリッツを出発してほぼ丸一日駆け通し。その前日から数えれば丸二日間徹夜しているようなもんだ。ここまで無茶をしたのは前世でもなかったんじゃないだろうか。三日間で合計十時間も寝ていない。アレクサンドロスを化け物とか言えた義理じゃないな。

これだけタフなのはゲーム世界だからかもしれない。ポーションと言う前世にはなかった物があるのが大きいのは否定できない所だ。そのポーションは馬の疲労回復にも使えるが、さすがにそろそろ残量がやばい。怪我人《けがにん》がでた時のためにどうしても少しは残しておきたいし。

時間的な猶予はどうだろう。マゼルの活躍を見て情報収集をし、出身地を聞いた敵が外にいる敵軍に伝えて、敵の一部がアーレア村に向かう時間。フェリが大神殿を抜け出して俺のところに到着した時間。相対的にはこっちが一歩遅れているぐらいか。相手の情報収集にかかる時間か、大神殿の外にいるベリウレスに情報が届くのが遅れていることを祈るしかないな。

ぶっちゃけ俺がやってることは明白な軍法違反だ。部隊指揮官が部隊ほっぽり出して少数行動しているんだからな。マックスたちは押しとどめたし、代わりに自分が行くとも言った。

だが、実際のところアーレア村の場所を知っているのは今の段階では俺しかいない。俺だって正確な場所は知らないが、それでも方角とかおおよその位置は判《わか》るし、それだけでも利点だ。今は少しでも良いカードを切らないと手遅れになりかねない。

アーレア村を通る巡礼者が使う道は、複数の村を経由する必要があるため大回り。ロスが大きいと判断し直線コースを馬で一気に突っ切る方を選んだが、この選択肢が正しかったのかどうか自分で自分を疑いたくなる。くそ、こんなことならせめてアーレア村に行ったことがある鋼鉄の鎚《アイアン・ハンマー》を同行していればとも思う。ない物ねだりだな。

そもそも鋼鉄の鎚《アイアン・ハンマー》のメンバーが王都にいる保証もなければ、飛行靴《スカイウオーク》で一度王都に移動し、さらにアーレア村に行くには飛行靴の数も足りない。それに飛行靴で移動できる最大人数もはっきりしない。相手がどの規模で動くかわからないんで、どうしたってこっちも一定数の人数は必要になる。それこそマゼルぐらいのチート能力があれば一人で行ってもいいんだろうけど、俺ではそうもいかん。せっかくフィノイにいて守備をしてくれているマゼルをアーレア村に行かせるのは防衛上の観点で言えば論外だしな。

乗馬と空馬とを交換したり食事等で多少の休養を挟みつつだが走り続け、夕闇というよりそろそろ日没って時間帯になって小道を抜けて丘陵地みたいなところに出た。ゲーム知識だが、大体この辺りのはずだと思うんだけどな。

ゲームだとフィールドは森と平原しかないが、現実の地形は坂とか窪地《くぼち》とかいろいろあるんで、同じペースでは走り続けることはできない。当たり前の事なんだが、急いでいるときは何で走りやすい平地じゃないのかと恨み言を口にしたくもなる。言ってもしょうがないから言わないし、解っているんだが気ばかり急《せ》いてどうにもならない。俺自身のクールダウンも含めて、ともかく一旦馬を休ませよう。

「もうすぐのはずだ、ここで馬の乗り換えを……」

「ヴェルナー様！」

突然、騎士の一人が丘を下った先の向かいにある森の奥を指さした。指をさされれば俺にもわかる。火の手が勢いよく上がり、あそこで何かが起きているということぐらいは。

「行くぞ！」

「遅れた者は後から来い！」

俺が指示を出すまでもなく非常事態だということは全員が理解している。シュンツェルの指示は正しい。だがさすがに選び抜かれた一〇人だ。誰一人欠けることなくアーレア村に到着した。

◆

阿鼻《あび》叫喚《きようかん》、というには人数が少ないかもしれないが状況は似たり寄ったりだ。建物が燃え上がりその明かりの中を村人が逃げまどう。逃げまどう村人たちに魔物《モンスター》が襲い掛かる。いちいち全体を把握している暇はない。

「全員、村人を守れ！　火を消すのは後でいい！」

「ははっ!!」

「ノイラートは二人連れて左手から回れ！　シュンツェルも二人連れて中央に！　敵と一対一になるなよ！　右手は俺が行く、二人続け！」

もう返答は聴いてもいない。村人も逃げまどい混乱している村の中で馬は逆に邪魔になる。馬から飛び降りるとそれだけ指示して俺は駆けだした。

村のマップがゲームと同じなら村の入り口近くにマゼルの実家の宿屋があるはずだ。ただ、ゲームと違い村の正面から入ったんじゃなく、村の側面から入ったことになるんで、むしろ宿が遠い。

少し移動すると店などの位置関係がやはりアーレア村だなと思った。ゲームよりも人家が多いが、大体の位置は同じのはず。むしろゲームの方こそ人家が少なすぎるのか。よく考えればＲＰＧでの田舎の村って、あの人口でよく社会生活成り立っているな。

「邪魔だぁっ！」

一撃で敵一体を串刺しにする。《槍術《そうじゅつ》》のスキルがありがたいと思った瞬間だ。俺の腕でも槍《やり》を使っている限り平均的な騎士や兵士よりは役に立つ。それにこの槍はここよりずっと先でも使えるレベル。フィノイ大神殿で出てくる敵には強すぎるぐらいだ。

大神殿で登場する？　二匹目の首を刺し貫きながら俺は周囲を一度確認した。今倒したのは鰐兵士《アリゲータ・ウォーリアー》だ。周囲にいるのも見た目は全て二足歩行の爬虫類《はちゅうるい》ならぬ爬虫人系《レプタイポス》。この世界では爬虫人系魔物《モンスター》を総称してレプタイポスと呼ぶが、爬虫人系《レプタイポス》ってことは、やはりこいつらはベリウレスの部下か。

　とりあえず一対一なら負けないとわかったからには遠慮する必要もない。ついてきている二人には悪いが宿まで走ろう。あの炎の上がってる場所は目的の宿あたりのはずだからな、くそっ！

　前世で全身鎧《よろい》って重くて起き上がれないとか言われたりもしていたが、それは中世も末期の銃が登場してから。それ以前の鎧は走ることもできるし、地面の上を前転してから自力で起き上がる事だってできる。そもそも手に持つのと全身に纏《まと》うのは単純な重さだけでは比較できない。足を止めずに走り続ける。

　俺のこの鎧はゲームでは中盤あたりまで使える鎧だ。その動きやすさも味方したのか、ついてくる騎士二人を置いていく速さで何かの店の隣を曲がると、地面に倒れている人影をかばっている別の人影、そして曲刀を振りかざす人ならざる者の影を視認した。

　確認と同時に前傾姿勢になって一気に距離を詰める。加速も含めて全力で槍を突き出すと、穂先がその魔物の背中から腹までをぶち抜いた。青黒い色の鮮血が吹きあがる。勢いあまって魔物に体当たりまでする格好になったが、間に合ったんで気にしない。

「大丈夫ですか、怪我は!?」

斃れた魔物の死体に足をかけて槍を引き抜きながら人影に声をかける。中年ぐらいの男性は斬られたのか血まみれで横たわっており、その妻だろう女性が抱きしめて庇《かば》おうとしていたようだ。気丈だな。

女性はよく見ると恐らくだがマゼルの母親だ。ゲームではスチルなどはなかったが、どこかマゼルに雰囲気が似ている。それにこの女性が着ている服は挨拶代わりに俺が贈ったものだ。まさかこんなところで確認の役に立つとは。っていうか、マゼルの母親、俺と同い年の息子がいるとは思えないぐらい若くて美人だな。

一瞬そんなバカげたことを考えたが、次の瞬間そんな感想は吹っ飛んだ。

「む、娘が……娘が、連れ去られて……っ」

「っ！　どっちに行った!?」

「あ、あちら……」

震える手で指さしたのはまさかの村の外。畜生っ！

「怪我人の治療してこの二人を守れ！」

ようやく追いついてきた騎士にそれだけ言うと俺はもう一度駆けだした。ここまで無理と無茶を通したんだから最後まで成功させてやる。

◆

なにがおきたんだろう。なんでこんなところにいるんだろう。

動けない体でぼんやりとそんなことを考える。

自分が人間じゃない何かにさらわれたことだけはわかる。けどなんでなのかとか、何もわからない。足音もたくさんいるみたいだけど何人かもわからない。

抵抗した時に殴られたところが痛い。

ここが村の外なのはわかるし、担がれているのもわかるけど、何が起きてるのか考えようとすると、頭に靄《もや》がかかったみたいになる。

お父さん大丈夫かな。斬られちゃってたみたいだったけど。お母さん大丈夫かな。突き飛ばされてたけど。

急に押し入ってきた顔を隠していた相手に触られてから考えもまとまらない。どうなっちゃうのかな私。

しばらく藪《やぶ》をかき分けながら進んでいたけど村から離れたところで止まった。地面の上に投げ出された。痛い。

「このあたりで――」

「時間も――」

何か言ってる。話してる？　わからない。

「――が勇者の――」

「間違いない、この娘で――」

ぐっ、と頭が持ち上げられた。髪の毛をつかんで引っ張り上げられてるみたい。痛い。

「――を飲ませ――」

「素体として体を――」

口を開かされる。何だろう。石みたいな物が目の前に近づいてくる。

「――でこの娘は終わり」

「――様の復活――」

え、終わり？　私、おわっちゃうの……？

いや。そんなの……もう、会えないのかな……。お父さん……お母さん……

「……お兄、ちゃ……」

そうつぶやいた直後、ふいに、がつん、と引っ張られるように私は前のめりに倒れ込んだ。

◆

村を飛び出したところで俺は奇妙なことに気が付いた。こっちから村の外に出るとフィノイからは逆に遠ざかる方向になる。

フィノイに直接向かうには逆に村を突っ切らないといけないはずだ。ということは目的地はフィノイじゃない。こっちにあるのは何だ。ゲームだと何があった。

「……星数えの塔か」

この時点では星数えの塔も魔物《モンスター》の巣窟《ダンジョン》となっている。しかも周囲に人家そのものがないんで、あそこに連れ込まれたら勇者パーティーでもなきゃ救い出しようがない。

幸か不幸か相手は藪を突っ切るように走ってる。枝が折られたり足元の草が踏みつぶされたりしてるんで跡を追うのは難しくないが、ただ追うだけだと追いつけるかは微妙だ。

目的地が西のフィノイではなく北側にある星数えの塔だとすれば、村を出た奴《やつ》らは大きく半月状に移動するはず。途中であえて怪しい移動の跡を追うのをやめてショートカットするほうに動いた。枝が頬をひっかいたりしたが無視だ無視。

時間的に俺たちが村に着いた時には誘拐犯は村から出ているぐらいのタイミング。追われてるとは思っていないはずだ。そこにきっと油断がある。諦めなきゃ間に合うはずだ。

途中で曲がったが、少し進むとついさっき踏み荒らされたとしか思えない跡にぶつかった。少しでもショートカットできた！

足を止めずにさらに追う。完全に闇夜になっていないのは月が明るいからだ。運がいいと思っておく。

やがて、森が少し開けたところで、気を失っているのか、抵抗もしていない女の子の髪をつかんで持ち上げているローブの人影一人と、その周囲を囲むように立っている三つ、合計四人分の怪しい人影を見つけた。二体は剣士風でもう一体別のフードがいるな。

ローブ姿の奴が髪をつかんでいない方の手を女の子の顔に近づけている。なんだかわからんがろくな事じゃあるまい。俺は足を止めないまま槍を握り直した。

「あたれぇっ！」

この世界、《槍術》ってスキルはあるが《投槍》というスキルはない。だから投げる方にも《槍術》スキルは有効だ。ただ、投げるための槍と普段使う槍はバランスが違うんで、普段使いの槍を投げるのは流石《さすが》にぶっつけ本番にはなったが、上手《うま》くいった。

全力で投げた槍の穂先が真っすぐにローブの顔面ど真ん中に吸い込まれ、そのままローブ姿の相手は顔から槍を生やし仰向《あおむ》けにその場に崩れ落ちる。髪をつかまれたままの女の子も一緒に倒れちまったが後で詫《わ》びよう。

何が起きたのかわからないらしい周囲の残り三体のうち、フード野郎に剣を抜いて切りかかる。剣技は苦手だが剣そのものの性能がいい。足を止めずに相手に斬りつけると相手は大きくのけぞり倒れ込んだ。青黒い、血というか体液が飛び散る。

倒しきれなかったみたいだ。俺の攻撃も大振りになっていたんで、もう一度剣を振り下ろすのは隙が大きくなりすぎる。思い切り蹴とばして女の子の近くから引き離した。カエルを踏み潰したような声が聞こえたが放置。

その間に残り二体が剣を抜きながら向き直り、こっちに剣を振るってくる。とっさに避けたが、剣先が胸甲をわずかにかすめた。ひとまず女の子が狙われなきゃかまわない。

敵の動きが何かどこかおかしいが、考えてる場合じゃない。さらに距離を詰めて格闘戦の間合いに入ると、剣を構えている相手の顔面を剣の柄《つか》を握ったままの拳で殴りつけ、すぐに剣を横に払う。拳でとか学生時代の喧嘩《けんか》を思い出すな。

もう一方の相手が振るった剣が俺の剣にあたり、高い金属音と共に火花が散った。殴った勢いで位置を入れ替え、女の子を背中に庇える位置に移動する。殴られた奴は声も出さないな。苦手な剣で乱戦はきついんで何とか戦闘力を減らしたいんだが。

殴った拳から腐臭が臭ってきた。腐臭？　驚いて月光の中で相手の顔を見直し、次いで思わず声を上げる。

「な、何でこいつらがここにいる!?」

死体剣士《デッドソードマン》だと？　こんなところに出てくる敵じゃない……いやまて。星数えの塔には確かにレアで出没した。ベリウレスが一度倒れた後のダンジョンで、だ。ってことはこいつらフィノイを攻めているベリウレスの部下じゃないのか？

いや、村を襲っていたのはベリウレスの部下であるはずの、大神殿で出現する爬虫人系《レプタイポス》の魔物《モンスター》だ。おかしい。何かがおかしい。

困惑しつつも剣を振るう。勢いが足りなかったのか、相手の剣で受け止められ、その隙にもう一体がその隙に切りかかってくるんで距離を取る。くっそ、相手が不死系《アンデッド》だと顔面殴ったりしても無駄だった。いまさら言っても仕方がないが。

少しでも荷を軽くする必要があったから盾を持ってきていないんで、二対一の上に剣一本で二体の攻撃を受けなきゃいけない。きついなこれ。

剣を受け、切り返す。横に薙《な》ぎ、突きを避ける。鎧に相手の剣が当たり衝撃が内側に響き火花が外に散った。

苦手な剣で相手が二体、しかもこの近辺で出現しない、もっと後で登場するはずのレアモンスターとかマジで勘弁。こっちは疲労してるんだからハンデ戦もいいところだ。

五合《ごう》、十合、十五合。剣と剣が当たると火花が散り、手がしびれつつもひるまず相手に切り返す。突き込んでくる剣をとっさに受け流し、振り下ろされる剣は受けると同時に手首をひねって逆に相手の体を崩す。月明かりの下で二対一にしては我ながらなんとかいい勝負になっている。

しばらく二体と打ち合う。片方に意識を向けるともう片方が切り込んでくるんで両方に注意を向けなきゃならず、精神的には消耗が凄《すご》い。徐々にこっちが押し込まれているものの、鎧が頑丈なおかげで意外と怪我《けが》はしてないな。

だが、体力的にはこっちの方が絶対に不利だ。こうなったら肉を切らせて何とやらで行くかと思ったとたん、何か声のような唸《うな》り声《ごえ》のようなものをかすかに耳がとらえた。
俺はとっさに剣を大振りすると同時に身を翻し、剣を手放すとまだ地面に横たわってい
た女の子を左手で抱きかかえ、右手で視界の隅に入ったそれをひっつかんでその場から距
離を取る。
直後に轟音《ごうおん》が耳朶《じだ》を乱打し、背中に衝撃と高熱が叩《たた》きつけられた。
ゴロゴロと女の子を抱え込んだまま地面の上を転がり、さらに距離を取る。いってぇ。
さっき蹴飛ばしたフード野郎が立ち上がりこっちに手のひらを向けているのを確認する。
蜥蜴魔術師《リザードマジシャン》だったのか。今のはどうやら炎系魔法のようだな。
爬虫人《レプタイポス》系って事は、奴はフィノイを襲っているベリウレスの部下なのか？　出現位置を
考えないなら、魔物《モンスター》同士で死体剣士《デッドソードマン》とかと混合で出現していてもおかしくはないのかもし
れないが、とりあえずそのあたりを考えるのは後だな。
何回か地面を転がりながら敵を確認すると、死体剣士が距離を詰めて襲い掛かってくる。
一気に俺を仕留めようという意図はわからなくもないが、そりゃ悪手だぜ。
背中の痛みに耐えつつ自分の足場を安定させられる場所を確認し、相手の動きを見なが
ら半身を起こして片膝を立てて狙いを定める。
死体剣士が剣を振りかぶって俺に狙いを付けたことを確認した直後に体が動いたのは、
訓練の賜物《たまもの》かスキルのおかげか。

がつん、と鈍い音とともに死体剣士の右から来た奴の鎧《よろい》と胴体を貫通し、背中から槍《やり》の穂先が突き抜けた。

「やっぱこっちの方が俺の得物だよな」

背中が痛いがこの程度なら我慢できる。俺は立ち上がりながら、にやりと笑うと右手に引き抜いた槍を構え直し、左手の女の子を抱えなおした。

◆

立ち上がると同時に大きく横に振るう。槍は突く方が殺傷力があるのは当然だが、振り回すだけでも遠心力も加わって結構な威力が出る。その分空振りすると余計な体力を消耗するが、この位置と距離でならそんなヘマはしない。

胴体を貫通させた死体剣士の頭蓋を穂先が横薙ぎに叩き割る。そのまま半歩だけ退《ひ》いてもう一体の剣の届く範囲から距離を取り、短く呼吸を整えた。

リーチが長い方が有利なのは当たり前で、剣で長物武器を相手にするときは三倍の技量が必要だと前世日本では言われていた。三倍って数字に根拠があるのかどうかはともかく、剣より槍の方が有利だ。少なくともこういう開けた場所なら。

一方、相手は魔法使いが立ち直ったってことでプラマイゼロぐらいだと思っておこう。

まだこっちが不利かもしれんが、ここで弱気になるほど馬鹿じゃない。気迫で負けたら負けだ。やせ我慢でも笑って見せると落ち着いてくる。

ちなみに心理学的には楽しいから笑うんじゃなくて、笑みを浮かべるから楽しくなるらしい。脳細胞ってのはどうなっているんだか。

ちらっと女の子の方を見ると、目は開いているが濁ったガラスみたいで、意識があるのかないのかもわからない、何も見えていないような雰囲気。人形の目《ドールアイ》とか小鹿の目《バンビアイ》とか表現される目だ。混乱かなんかの状態異常系魔法の影響だろうか。この状態で放り出すと地面に頭とか打ちつけそうでちょっと怖いな。

マゼルの妹ってことは当然俺より年下だろうけど年齢差は一～二歳ぐらいか？　顔は煤《すす》かなんかで薄汚れてるがまじまじと見てる場合でもない。とりあえず暴れたりしないだけ良しとしよう。

「さあ、かかって来いよ」

言葉が解《わか》るとは思えないんだが、残った一体の死体剣士《デッドソードマン》はじりじりと距離を詰めてくる。相手の狙いは当然ながら俺の左側だ。女の子を抱え込んでいるから当然だな。死霊の欠点というか頭のなさがよくわかる。蜥蜴魔術師《リザードマジシャン》が何かやらかすより先にこいつを片付けておくか。

俺は前を向いたまま、いきなり後方に一度だけジャンプした。

死体剣士は表情こそ変わらないものの急いで間合いを詰めようと踏み込んでくる。だがそれは俺の予想通りだ。バックジャンプで稼いだ距離は相手が踏み込む歩幅より長い。そして相手が俺のどっち側を狙うかはわかっている。

そこは槍の間合い。だ。
踵《かかと》で踏みとどまると逆に反動をつけて前に出た。結果的に相手が槍の範囲に飛び込んでくる格好になる。体を半回転させて女の子を後方に庇《かば》うようにしながら右手一本で槍を突き出す。やや前傾になり体重まで乗せた一撃だ。

ひねりを加えた槍先が正確に相手の眼窩《がんか》と眼窩の間を貫通し、腐肉片をまき散らした。そのまま相手の腹に蹴りを入れて胴体を吹っ飛ばす。勢いで槍が抜けたんですぐに槍を構えなおし、蜥蜴魔術師の方に向き直った。

「これで一対一だぜ」

笑って見せたが、実のところ半分以上ハッタリだ。奴とは結構な距離がある上、敵は魔法使い。遠距離戦になるとこっちが不利だし何より疲労がきつい。向こうがこの子も一緒にまとめて殺す気になったらどうなるかわからん。

だが、こっちがやせ我慢してると教えてやる気はない。むしろ自信満々に槍を構える。
奴が悔しそうに口を開いた。

「貴様、何者だ」

「名前を訊《き》くんなら自分から名乗るのが礼儀じゃねぇの」

こいつも魔族か。喋《しゃべ》れたのかと多少驚いたが、ヴェリーザ砦《とりで》の時ほどじゃない。ドレアクスの部下に魔族がいるならベリウレスの部下にいてもおかしくはないからな。

歯ぎしりしてるような気がするがトカゲって歯ぎしりできるんかね。魔族だからか。いや、魔族が歯ぎしりするのも新発見だが。

「……取引をしてやろう」

は？　一瞬何を言われているのかわからなかった。取引？　魔族が？　人間相手に？　してやろうという言い方は上から目線だがそれはまあいい。まさか魔族が人間相手に取引と言い出すとは驚いたな。思わず沈黙していると蜥蜴魔術師《リザードマジシャン》はさらに語を継いだ。

「お前もその娘も見逃してやろう。娘を連れて早々に立ち去るがよい」

「断る」

躊躇《ちゅうちょ》せず回答は口をついた。

だがおそらくこの選択は間違ってない。こっちに利がありすぎる。理由は解らんが、こいつは今すぐにでも俺にここから離れてほしいんだろう。どうやら第三者が見れば俺の方が有利な状況らしい。

「いいのか？　せっかく拾った命を無駄に捨てることになるぞ」

「別にお前に生かしてもらってるわけでもないからな」

じりじりとお互い移動する。俺としては槍の範囲に入りたいが、左手に女の子を抱えているんでどうしても動きが鈍い。一方の奴《やつ》は至近距離に入られるのは不利だという自覚はあるんだろうが、ここから逃げるに逃げられない感じだな。

俺が槍を投げたのを知っているというのはあるだろう。実際、背中を見せたらその時は遠慮なく投げるつもりだが、どうもそれだけじゃない。ほんの少しずつだが、俺の位置を誘導しているような感じがある。

どこかから遠ざけようとしているみたいだが、一体何が理由だ。最初はこの子が理由かと思ったが、連れて逃げてもいいとまで言った以上、別の何かがあるんだろう。奴が爬《は》虫《ちゅう》類《るい》顔の上、月の光だけじゃ視線がどこに向いているのかわからん。狙いはどこの何だ。

お互い次の一手を狙いながら相手の隙を窺《うかが》う。短い間だったが緊迫の時間。その均衡は不意に破れた。それも俺にとって最高の形で。

「ヴェルナー様っ！」

「ご無事でしたか！」

「そいつを逃がすな！」

草叢《くさむら》をかき分けて出てきたノイラートとシュンツェルに、直接の返事より先に怒鳴るように指示を出した。蜥蜴魔術師が身を翻す。俺の声に反応した二人が距離を詰めて同時に剣を振るう。

二人の剣が左右から奴を切り裂いた。体液が飛び散るが、武器の質の問題もあるのか、まだ斃《たお》し切れていない。奴が二人に向き直り反撃をしようとするが、それは俺に対して隙を見せることになる。

「おらぁっ！」

気合を入れて一投。土壇場で気が付かれたのか僅かに避けられ致命傷にはならなかったが、俺の槍は奴の太腿《ふともも》に突き刺さった。今度は俺の方を睨《にら》む。おいおい、目の前目の前。

俺に気を取られていた蜥蜴魔術師《リザードマジシャン》にノイラートとシュンツェルが肉薄し、渾身《こんしん》の一撃を食らわせた。蜥蜴魔術師は体から二本の剣を生やす形となり、青黒い血を吐いてその場に崩れ落ちる。

気が抜けた俺も思わず倒れ込みそうになったが、その瞬間、女の子がいきなり電流でも受けたようにのけぞったんで慌てて支えることになった。術者が死んだか戦闘が終了したんで、状態異常の魔法が解けたのかもしれん。

「ヴェルナー様、お怪我は」

「無傷じゃないが大丈夫だ」

心配そうに訊いてきたシュンツェルに疲れた声でそう返す。

「よく来てくれたな」

「爆音が聞こえましたのでよもやと思い」

「なるほどな」

蜥蜴魔術師が使ったさっきの魔法か。まさかこっちに味方するとはな。結構ぎりぎりだったんで正直助かった。

本心を言えば、このまま座り込みたいとか寝ちまいたいとさえ思ったんだが、さっきまで虚《うつ》ろな目をしていた女の子がかたかたと震えているのに気が付いた。俺の服をしっかり摑《つか》んでいる手も小刻みに震えてる。

そりゃそうだ、魔物《モンスター》に拉致されそうになったんだから怖くて当然だ。この状況で引きはがすのも気が引ける。とりあえず落ち着くまではどうしようもないか。

「ノイラート、シュンツェル、そっちの二匹の所持品を調べろ。剣士の方は後でいい」

「はっ」

襤したローブとフードを調べるように指示を出してから、女の子の背中を軽くたたいてやる。金属製の籠手《こて》を装備してる状況だからあまり優しくはならんだろうが、まあしょうがない。ちょっと小柄な感じだが、この世界の平民階級だと栄養的にこんなもんか。

「ヴェルナー様、どちらも大したものは持っていなさそうです」

「そうか」

「あっ、あのっ」

俺の腕の中から女の子が突然声を上げた。まだ声も震えてるがそれでも何か伝えたいことがあるんだろう。俺だけでなくノイラートたちも視線を向ける。

「あの、あっちに倒れているほうが……その、何か、手に持っていました」

「何か？」

「何か、私に、飲み込ませようと、していたみたいです」

思わずノイラートとシュンツェルと顔を見合わせてしまった。なんだそりゃ。毒かなんかか？　判《わか》らんがそう聞いた以上気にはなる。まだ震えてる女の子も一緒にローブ男に近づく。

近くでよく見ると、こいつヴェリーザ砦で俺が見た奴とは多分別だろうが、黒魔導師じゃねぇか。なんで黒魔導師がここにいる。ゲームではこいつもこんなところでは出てこないはずだ。

思わず俺が顔をしかめていると、周囲を調べていたシュンツェルが声を上げた。

「ヴェルナー様、ここに何か落ちています」

「何かってなんだ？」

「魔石……ではなさそうですが」

黒魔導師から少し離れた所に月光を受けて黒光りしている宝石のようなものが転がっている。確かに魔石じゃない。だが奇妙に怪しい雰囲気だ。

蜥蜴魔術師《リザードマジシャン》の奴が逃げなかったのはひょっとするとこいつのせいだろうか。そういえば、さっき対峙《たいじ》していた時に俺の視線はこっちから離れる方向に誘導されていたような気がする。

「ノイラート、シュンツェル。念のためそれに直接触れるな。周囲の土ごと抉《えぐ》り出してその辺の奴の服で包め」

「はっ」

大丈夫だとは思うが慎重になるに越したことはないだろう。これが何であれどうせ魔族が持っていたってことはろくでもないもんなのは確かだろうしな。

「後は特になさそうです」

「解った。ああ、俺の武器とあいつらの剣、拾ってきてくれ」

死体剣士《デッドソードマン》はゲームだと結構レア装備の剣をドロップするんだよな。問題はもしゲットしたとしても俺ではほとんど意味がないことだが。

ノイラートが二本とも剣を回収したんで、村に戻ろうとふと気がついたら女の子は素足じゃねぇか。この世界では風呂と寝るとき以外は靴を脱ぐ風習はないからどっかで落っこちたのか。しょうがない。

「俺で悪いが背負ってやるよ」

「え、あの、でも……」

「ノイラート、シュンツェル、前後を固めてくれ」

「解《わか》りました」

お姫様抱っこをするほど俺の方に体力がない。妥協してもらおう。有無を言わさず指示を出して他の選択肢を消していく。魔物《モンスター》の靴とか履きたくないだろうし、万が一呪われたりしたら大変だしな。呪いの靴なんて装備はなかったが、そもそも魔物の装備を何でも持ち帰れる時点でゲームからは乖離《かいり》している。危険を冒す必要はない。

女の子は最初遠慮していたが、諦めて背負われてからは恥ずかしそうに大人しくしていた。俺の口数が少ないのは疲労のせいだ。鎧《よろい》越しに体温感じられるほど器用じゃないし。

そういえば俺の背中の傷、どんなもんなんだろう。ひりひり痛むのは確かだが、魔法だと鎧は壊れないいんだろうか。あとで確認してみる必要はあるな。

そんなことを考えつつ、警戒しながら村までの道を急いだ。優先順位はマゼルの家族の方が上だが、村も心配なのは間違いないし。

◆

「お父さん、お母さん……っ！」

「リリー！　よかった……」

「無事だったのか!?」

幸い村まで魔物に遭遇することもなくたどり着き、宿の前まで行くと女の子は裸足《はだし》のまま両親のもとに走っていった。マゼルの妹、リリーって名前だったっけ。なんせ興味がなかったから、妹がいるという事は聞いていたけど、名前は全く覚えていなかった。ゲームでも名前が出てきた記憶はないし。

抱き合って泣きながら再会を喜ぶ家族の近く、燃え落ちてしまっている宿の周囲には俺と一緒に来た騎士たちも集まっている。俺の方を見て心なしかほっとした様子だ。

「心配をかけた。報告を頼む」

「はっ。村の内部に入り込んだ魔物は無事排除いたしました。まだすべての鎮火の確認は終わっておりませんが、ひとまずの安全は確保できたかと」

一番年かさの騎士が一礼して答える。マックスの推薦で連れてきたベネッケという騎士で、そろそろ中年も半ばを通り過ぎようかという年齢だが、さすがに落ち着いているな。俺がいない状況でもうまくやってくれたんだろう。

「怪我人《けがにん》は」

「村人に多少の被害があるようですが確認中。あちらの宿の主《あるじ》も命に別状がないところまで回復。ポーションは全て使い切りました。我々は軽傷者二名です」

「そうか。助かった、ありがとう」

「い、いえ、そんな」

俺が思わず頭を下げたのは前世の記憶か癖のせいだろう。騎士たちが慌てている。貴族で指揮官が簡単に頭下げちゃいかんのは解ってるが、今回は俺の無茶に付き合わせたんだからこのぐらいはな。

「あ、あの、ありがとうございます……」

マゼルの母親が俺に礼を言おうとしたようだが、そのとたんノイラートとシュンツェルが警戒するように動いた。マゼルの両親にじゃない。俺がそっちに目をやると枯れ木みたいな老人が複数の村人、それも男性ばかりを連れてこっちに向かってきていた。

あんな爺《じい》さんゲームにいたかなと思っていたら、その先頭に立っていた老人がマゼルの家族を指さすといきなり口を開く。

「お前たちの……お前たちのせいじゃ！」

はい？

◆

爺さんの発言に一瞬面食らって反応できなかった。いや、ある意味でそうかもしれない。マゼルの家族が狙いだった事は確かだろう。けど何でそんなことを知っているんだ。

俺の混乱にかまわず、爺さんはあたかも犯罪者を弾劾するかのように発言を続ける。

「お前たちがマゼルを王都なんぞに行かせるから、魔物《モンスター》が来た時に戦う奴《やつ》がおらんかったのじゃ！」

……おい。

俺が絶句したのは許してほしい。いや俺だけではなくノイラートとシュンツェル、騎士たちまで唖然《あぜん》としている。なんだその理屈は。

「マゼルは《勇者》であると言っていたではないか！　あ奴がいれば戦わせることができた！　お前たちがマゼルの奴を王都に行かせたからこんなことに！」

「村長の言う通りだ！　マゼルが村にいればあいつに戦わせればよかった！　王都なんぞに行かせなければよかったんだ！」

「村がこんなことになったのはあんたたちのせいだ！」

俺たちを無視してマゼルの家族が罵倒され続けている。あの爺さん村長なのか。会話は聞こえているんだが、何というか呆《あき》れかえって口をはさむタイミングを失ってしまった。

「危ないっ！」

「お父さんっ！」

げっ。あのバカども投石まで始めやがった。怪我人であるマゼルの父親がリリーさんを庇《かば》って肩にこぶし大の石がぶつけられたのを見て、流石《さすが》に俺も慌てる。

「やめないか！　止めろ！」

「はっ！」

騎士たちも我に返り急いで集団との間に割って入った。そうしたら今度はこっちに矛先が向く。

「いくら騎士様でもよそ者は黙っておれ！　儂《わし》がここの村の村長じゃ！　ここのことを決めるのは儂じゃ！」

あー、前世でもいたなこんなの。過去だけじゃなく前世の二十一世紀でもブラック企業の社長とか地方自治体とかの勘違い顔役とか、法や規則《ルール》より自分の主張や伝統が優先されると本気で信じている奴は、なぜか洋の東西や地位、時代を問わずに存在している。

ただ、中世の村社会ってのは少々特殊で、その村内部だけで基本的な生産と消費が完結していることが多いから、小さな国家状態になってしまい、部外者《よそもの》の言う事なんか聞かなくなる事がある。最大限好意的に説明すれば、村では変化を嫌うという言い方はできるかもしれない。

だが、酷《ひど》いときには貴族の言う事さえ聞かないほど俺様ルールが蔓延《まんえん》していたりして、それが更に悪化したのが前世の魔女狩り時代における地方村落の魔女裁判。中には村長に対して魔女だと訴えでた人数が五人になったため死刑にした、なんていう前世日本人の俺からすると理解しがたい記録さえある。

この世界では普通はそこまで酷くはない。というのは強めの魔物《モンスター》が出現した場合、一つの村だけではどうにもならないため、半ば必然的に対外関係を考慮しなければならないからだ。実際、前世の中世では存在していなかった村に対する税金の一つに安全保護税というのがあり、領地を預かる貴族にとって魔物対策のための準備費用になっている。魔物狩り目的の兵士や騎士なんかを遠征させる費用になるわけだな。魔物が出没する世界ならではの税制といえるかもしれない。

ただ、税金を取るだけ取って放置する貴族がいるのも事実で、そういう時には村が自腹を切って冒険者を雇う事になる。このあたりはその地域の貴族が良い統治者か悪い統治者かの違いが割と露骨だ。

要するに魔王復活前でもたまには冒険者以外にも衛兵、騎士なんかにお出まし願わないといけなかった事もあるから、一応は貴族や騎士に対して最低限の配慮はしているはずなんだが、この爺さんはかなり悪い方にとんがっているな。というか、マゼルが王都に行くのは王家のお声がかりだったはずだが。村長なら説明を受けているよな？

「マゼルはここの村の出身！　ならばこの村にいるのが当然じゃ！　この村のために働くのがあ奴の役目じゃ！」

「そうだ！　マゼルはここにいて村の為《ため》に戦うはずだった！　それをお前たちが邪魔したんだ！」

身勝手極まりない主張を聞いてるうちにだんだん呆れを通り越して腹が立ってきた。冷めた視線で村人の一団を見やる。マゼルが以前躊躇《ちゅうちょ》していた理由がわかったわ。家族に会いたくないいんじゃなくて、村に帰りたくなかったんだな。村の若い世代は年長者の言う事を聞くべきだという村落の悪い一面がもろにここに出ていやがる。

長い間顔役を続けている奴がいる地方の村とかではたまにとんでもなく澱《よど》むことがある、と前世の知識で知ってはいたが、まさかここまでだったとは。

俺たちが沈黙している、というか憮然《ぶぜん》としているのをいいことに連中は言葉を継ぐ。自分のセリフに自分が煽《あお》られているんだろうか。

「解ったら邪魔をするな、よそ者！」

「そうだ！　邪魔だ！」

「理解できたら、その村の裏切り者どもを引き渡してもらいたい！」

「引き渡してどうする」

問い返した俺に何を勘違いしたのか、ものすっごく偉そうな態度で村長様がほざきやがりました。

「無論罰を加える！　おい！」

「おうっ」

若いガタイのいい男が斧《おの》を持ってきた。戦闘用じゃないな。木こり用の斧か。おいおい、冗談じゃ済まんぞ？

「じゃがあんなのでも少しは役に立つじゃろう、せいぜい一生の傷物にする程度で……」

嗜虐心《しぎゃくしん》むき出しのジジイに続きのセリフは言わせない。言わせる気もない。

魔物《モンスター》相手よりいい踏み込みだったんじゃないだろうか。過去最高の勢いで突きだした俺の槍《やり》が、男が見せつけるように胸元に構えていた斧の柄を貫き折った。槍の穂先は男の服に穴を開けた状態で止まっている。血が流れてないのは我ながら自制した証拠だ。

「ひ……」

いきなり斧の柄がへし折られて槍が胸元に突きつけられ、蒼白《そうはく》になった男がよろよろと数歩後ろに下がってそのままへたり込んだ。村の奴らも絶句し沈黙している。

っていうか、村が襲撃を受けたという事情は認める。とはいえ、興奮して自分に酔っていたんだろうが、武装した専門家相手にどんな態度取っていたのか少しは自覚しろよ。この世界で村人が騎士より上の階級に取った態度としては処罰もんだぞ。

俺は自重する気はないぞと言うつもりで騎士たちの方を見たら、皆同意見らしいのが表情だけで解ったんで、自重はやめた。

「な、な、何を」

「黙れ！」

何か言いかけたジジイを一喝。魔物暴走《スタンピード》の時からでかい声は出しまくっていたからな。相手が村人レベルなら声だけで畏縮させる自信もある。

「お前たちの態度は度を越している。まず言っておく。俺の名はヴェルナー・ファン・ツェアフェルト。恐れ多くも国王陛下から子爵を名乗ることを許されている」

「貴族様っ!?」

たちまち蒼白になる村人《バカ》ども。まあ若い上に薄汚れた格好だから貴族に見えなくてもしょうがないけどな。ただの騎士か何かと勘違いしたのはあいつらであって俺は悪くない。

いや騎士に対しての態度としても無礼だったし、この国ではめったなことじゃ使わない上に埃《ほこり》もかぶっている法だが、貴族には平民を処罰する権利も一応ある。貴族に対して邪魔だとか言ったこいつらは、今この場で俺に処罰されてもおかしくない。不愉快極まるが、俺が処罰するとそれはそれで面倒なんでこの場で処罰はしないけど。

俺自身が軍法違反でここにいる身だから、いるはずのない奴が処罰したとかになると後始末がめんどくさいことこの上ないんで今は我慢する。だが、これまでの態度が高くついたという事は村人に刻み込んでやるぞ。

村長を放置し、まずマゼルの家族に向き直る。そんな身を竦《すく》めないでほしい。確かに貴族だけど、取って食ったりしないから。

まあいいや、反応は放置してやることをやらせてもらおう。俺はおもむろにマゼルの家族の前に片膝をつき、本来なら王族相手に対して行うような最上級の礼をした。

「……!」

周囲から驚きの雰囲気が伝わってくる。気にしない。演出だし。だが貴族としての演技ぐらいは俺にだってできるぜ。そのまま村人にまで聞こえるように声を上げる。

「ハルティング家の皆様にははじめてお目にかかります。私は典礼大臣インゴ・ファティ・ツェアフェルト伯爵が嫡子、ヴェルナー・ファン・ツェアフェルト。私自身、畏れ多くも国王陛下より子爵を名乗ることを許されております」

父が大臣ですよという情報を追加したが、ここまではさっきとほとんど同じ。だがこの後が本題だ。声を強くする。

「ご子息であるマゼル・ハルティング殿におかれましては、我が国の拠点であるヴェリーザ砦《とりで》の奪還に多大なる貢献をしていただきました事、ヴァイン王国の貴族として厚く御礼申し上げます」

村人の驚きがここまで感じ取れる。貴族が一平民に礼を述べるとか、普通はなかなかない事だからだ。まだ俺のセリフは終わってないんだがな。

「また、わが国のクナープ侯爵閣下の命を奪った魔軍の将軍を打ち取った戦功、学生であるがゆえに褒賞たる爵位こそ一時保留となっておりますが、陛下も多大なる国家への貢献であると褒め称《たた》えておられました」

「陛下……」

「王様がっ……！」

「しゃっ、爵位……」

村人の方から引きつったような声が聞こえてきたな。将来、爵位を持つことが確実であるマゼルの家族に石を投げたんだからえらい事だねえ。声が聞こえたからといって言葉は止めないが。

「マゼル殿には王太子殿下も大変に期待されており、私にも格別の配慮をするようにと命じられております」

何も嘘《うそ》は言っていない。殿下が勇者《マゼル》に期待しているのは事実だし、マゼルに配慮するようにと言われた件の人名を省略しただけだ。聞いている奴らがどう誤解するかは知らんけどな。

ちらりと見ると村長《ジジイ》が蒼白になってやがる。当然だな。国王陛下や王太子殿下が称賛し期待しているというマゼルの家族に暴力振るおうとしたんだから、事は王家の面子《メンツ》にもかかわる。

というか、ヴェリーザ砦の事ぐらい伝わっているだろうにと思ったが、この手の奴らはどうせ自分が聞きたくないことは聴こえない、都合のいい耳を持っているんだろう。

もっとも、情報の精度も確度も低い地方の村だと、直接の統治者である貴族からの通達にはそれなりに敏感だが、それ以外の情報に関しては軽く聞き流してしまう事も多い。巡礼者の村ともなればフィノイに関する情報だけ気を付けておけばよかったんだろう。今回は耳に力ずくで押し込んでやったが。

「見たところご自宅も焼失してしまった様子。王太子殿下から配慮せよとも命じられておりますゆえ、我がツェアフェルト伯爵家が責任をもって、王都におけるハルティング家の皆様の生活と安全を確約させていただきます」

伯爵家を強調しつつ、言外に言う。王都で村人たちの行動について詳しく訊《き》きますよ、と。当然その内容は王家にも報告が上がるだろう、というかなんなら俺が上げるし。なんか悲鳴みたいな声が村人の方から聞こえたが俺知らね。

まともな民を守るのは権力者の仕事だが、勘違いしてる奴《やつ》まで守るほどこの世界は優しくないんだよ。睡眠不足と疲労もあって短気になっているのは否定しない。

「ハルティング家の家長殿は負傷しておられる。村に荷車ぐらいはあるだろう。伯爵家の名で接収してきてくれ」

「はっ」

「我らの代えの馬で荷車をひきましょう。連れてまいります」

ノイラートが素早く動く。シュンツェルも動きが速いな。というか既に村人たちをいないものとして扱ってやがる。俺も同じか。

「あ、あのぉ、子爵様……」

「ハルティング夫人、焼け跡から何か持ち出せるものがないかお調べください。二人ほど騎士をつけましょう」

「は、はい」

「重い荷物は我らにお任せください」

俺が何か指示するよりも先に騎士たちも動いてくれた。騎士であればあるほど国の敵であるヴェリーザ砦の魔将《ドレアクス》を討ったマゼルに好意的だろうし、さっきのアレを見たらこの村に非好意的になるのは避けられんわな。

荷車が運ばれてきたんで村人を無視してマゼルの家族に乗ってもらう。ふと見るとマゼルの妹が裸足《はだし》のままだった事に気が付いた。

「リリーさんだったか、少し待ってくれ。そこに座って」

「えっ……あのっ」

半ば無理矢理マゼルの妹を荷車の端に座らせてから、宿で燃え残ったらしい布を前世のタオル程度の幅と長さに裂いて、素足に巻いていく。なんか狼狽《うろた》えているような雰囲気が伝わってくるのは俺が貴族だからかもしれない。確かに普通なら貴族が平民相手にやることっちゃないな。

このタオル状の布を巻いて簡易的な靴を作る方法は、前世でも騎士が学ぶ訓練の一つで、この世界だと学園でも教えてもらえる。足を守るための大事なノウハウだ。

雨中行軍などの後で濡《ぬ》れたままの靴を履いているとよくて水虫、悪ければ浸水足を発症してしまう。これの酷《ひど》い奴は前世、塹壕足《ざんごうあし》と呼ばれて足が壊死《えし》してしまう事もあったほどだ。そこまで酷くなくても足の裏に創傷なんぞがあったら武器を振るう時に足を踏み込めなくなってしまう。

その予防として、眠る際に濡れた靴を脱いで乾かすために木の枝などに吊《つ》るしておき、脚は乾いた布で簡易的な靴というか靴下のようなものを作って巻いておく。こうしておけば、万が一、夜に戦いが起きても裸足であることは避けられるという寸法だ。

脚に布を巻くだけなのに訓練が必要なのかと疑問があるかもしれないが、『包帯は誰にでも巻けるが、正しい巻き方は学んでいないとできない』という言い回しで説明されるように、歩いたり動いたりする際にはちゃんと巻かれていないとかえって邪魔になる。

その上、この世界には平民でも自由に使える安いゴム紐《ひも》のようなものはないから、巻いた布を固定できるかどうかはこの布の巻き方ひとつにかかってしまう。だから騎士たちはこれをきっちり学ぶし、正しい巻き方をして踝《くるぶし》の上あたりで紐を使い固定しておけば大人が歩くのにも困らない。

余談だが冒険者たちは特に迷宮《ダンジョン》や洞窟を探検する際、靴を二足持って行くそうだ。片方は寝るとき専用らしい。靴が丈夫でないと罠《わな》とかがあった時に危険だが、そういう靴は汗だけでも中がじっとり湿ってしまうためだとか。そこまで準備しなきゃならない冒険者ってのも大変だね。

そんな事を考えながら足に布を巻き、細く裂いた布で縛る。紐の準備ぐらいはしておくべきだったな。

「よし、しばらくこれで我慢してくれ」

「は、はい……ありがとう、ございます……」

混乱とか動揺というよりは恥ずかしそうな声だが聞き流した。疲労やらなんやらで頭が回らん。精神的にも肉体的にも余裕がないほど疲れてはいるが、この村で休んだら精神が腐りそうだ。急ぎになるんでマゼルの家族には申しわけないし、野宿になるが夜のうちにさっさと村を出るとしよう。

ここで何もしないで立ち去ってもあのバカどもが処罰されない理由の方がないしな。蛇の生殺し？　そういう表現もあるね。

ジジイが最後まで俺を呼んでいたような気もしたが、疲労からくる空耳だよなきっと。

◆

深夜の時間帯に村を出発し、そのまましばらく移動して近くにあるという小川まで移動。水を確保できた時点でさすがに休憩とした。何より俺自身がきつい。それでも周辺警戒を怠らずに睡眠は分けてとることになったんでその指示もある。

皮肉なことに魔獣の方から向かってくるんで、食料調達のため狩りに出る必要はなかった。移動中に倒した三角猪《トライデントボア》一頭でとりあえず十五人が一食食う分は十分足りる。節約すれば二食分ぐらいにはなるかもしれない。他に人食い兎《キラーラビット》も二匹倒したし。肉と魔石は回収したが、正直なところ疲労困憊《ひろうこんぱい》で素材回収まではやる気にならなかった。

肉の処理と料理はマゼルの両親がやりたいと申し出てくれたんで、その言葉に甘えることにする。貴族としては任せることにしたという所なんだろうけど。今回は従卒も連れてきてないから、血抜きや捌《さば》くのも俺たちがやることになる可能性もあったからなあ。マゼルの父親はその辺も経験があるらしいんで助かった。山菜とか前世で言う所のジビエ料理が売りの宿だったらしい。ゲームではそんなところまで描写されてなかったから知らなかった。そもそも古いコンピュータＲＰＧの多くは宿で食事シーンとかの描写はない。食事があると何かイベント発生だと身構えたりしたもんだ。

しかし、ゲームではあんな村長もいなかったし、マゼルの家族が村で孤立しているような描写もなかった。何なんだろうねこのずれは。考えようとしてひとまずやめた。優先順位としては低いから、暇なときにでも考えよう。

夜の間は各自休憩したり怪我《けが》の手当てをしたりしながら交代で睡眠をとり、俺は翌日の朝日で目を覚ました。なんか久しぶりに三時間ぐらいまとまって寝たな。前世でもなかったハードスケジュールだったが、最悪の事態にはならなかったので良しとする。

なお、俺の背中は火傷《やけど》があったが鎧《よろい》は問題なかった。魔法って謎。革鎧が燃えたりしないのはそのせいか。いやひょっとすると魔力による攻撃は人体魔力のほうにより強く影響が出るのかも。ちょっと実験考察の必要がありそうだな。なんせ昨夜の最後の方はとにかく休みたいという意識しかなくなっていたんで、いろいろ雑になっている。

馬の休憩とかにも時間は必要なんで、今日の出発はゆっくりになりそうだ。とはいえ、報告を送ることを始め、やらなければいけないことは多い。どれから手をつけようか。

「あの、子爵様。飲み物を持ってきました」

座っていろいろ考えていたら急に後ろから呼びかけられたんで慌てて振り向き、一瞬呆《ほう》けてしまった。

そうだよな、マゼルはあの美形だし母親もきれいだった。顔面偏差値高い一家だとは思っていた。

けど顔の汚れを落として日の光の下で見たら、リリーさんすげえ可愛《かわい》い。この子、ゲームでスチルがあったら間違いなく大騒ぎだったぞ。

「あの、子爵様？」

「ん、ああ、ありがとう」

なんとか平静を装って声は出せたと思う。宿で燃え残ったらしい木製のカップを受け取り、ごまかすように一口すすると飲みやすくて品のいいほんのりとした甘さが口の中に広

がった。紅茶とかではなく、何かの薬草茶みたいな感じだ。そういえば何か口に入れたのも結構前だな。

「おいしい。ありがとう」

「お口にあいましたようで、よかったです」

ほっとしたようにふわっと笑った。宿の看板娘だったんだろうが、笑顔がやばいこの子。癒し系だな。

次の反応に困っているとマゼルの両親が近づいてきた。焼けた肉を取り分けるのは騎士の一人が交代したみたいだ。話の接《つ》ぎ穂《ほ》がなかったんで、正直助かったと思ったのは我ながら情けない。

「子爵様、この度は……」

「ええと、まずその子爵様ってのやめてください」

マゼルの父親が口を開いたところで割り込ませてもらう。いや本当に。あれ演技だから。あの貴族でございますって態度が素《す》だったら生きているのがつらくなる。

「正直に言えばこの年齢に地位が不釣り合いだとさえ思っています。それにむしろお詫《わ》びしなくてはなりません」

「そんな！　お詫びを言われるようなことなど……」

「結果的に村を出る形になってしまいましたし」

うん、疲労困憊だったところにあれを見てついかっとなったのは否定できない。もうちょっとうまいやり方があったんじゃないかと反省してる。後悔は先に立たないが。

だがマゼルの父親は首を振った。苦渋の表情を浮かべているのは、無理をしているのか貴族《おれ》に気を使っているのか判断が難しい。

「いえ、むしろ良い機会であったかもしれません」

簡単に話を聞いてみると、なんでも村長の意向に背いてマゼルを王都に送り出した『責任』を取らされて重労働のようなことにも駆り出されていたらしい。どんだけ閉鎖された村なんだあそこ。

確かに近くに大きな町さえない、孤立している集落だけど。巡礼者とかが通るのに内輪ではそんな独裁しているのか。これはきっちり報告上げないといけないな。

「名を名乗るのが遅れて失礼いたしました。私はアリー・ハルティング。こちらは妻のアンナ、娘のリリーです」

「改めて、ヴェルナー・ファン・ツェアフェルトです。ご子息のマゼルにはいろいろ世話になっています」

わざと砕けた言い方をする。本当なら俺は貴族なんで、平民相手に敬語を使うのはおかしいんだが、そのひれ伏さんばかりの空気をやめてもらうために年齢の方を前面に出した態度をとることにした。

「以前は贈り物までありがとうございました」

「いえ、挨拶が遅れてこちらこそ申し訳ない」

つまらないもので恐縮ですって言うのが日本人の美徳だと思うが、この世界と俺の立場だとそうもいかん。ぶっちゃけ貴族からの拝領品を平民が断るわきゃない。

実際、晩餐会《ばんさんかい》の後には貴族が半分以上食った後の食い残しを平民に下げ渡すこともあるし、平民は喜んでそれを受け取ることも普通だ。貴族の館で開かれるパーティーの日にはその残飯を恵んでもらうために裏門付近に貧困層《ひんこんそう》の人々が集まることも珍しくない。

貴族は貴族でわざわざ残飯を用意する事さえある。例えば、皿の上に古く固くなったパンを敷いてその上でステーキを切り分ける。すると肉汁やソースが下に敷かれたパンに染み込むわけだが、その肉汁つきパンは自分たちでは食べず、館で働く下級使用人の家族にお裾分けとして恵んでやったり、裏門に来る人に配ったりするわけだ。ここはそういう中世風世界。

とは言え前世《ぜんせ》の記憶がある俺としては、貴族としてそういう風習に慣れてはいても、それを普通だと思うのはだいぶ抵抗があるんだが。いやそれはこの際どうでもいい。

「マゼルからご家族の話をもっと聞いておくべきだったと思っていますよ」

と笑っておく。

「子爵様の事は……」

「子爵様はやめてください」

お願いですからと思わず付け加えそうになった。なんかよほど情けない顔をしていたのだろうか。リリーさんが小さく笑って「解《わか》りました」と頷《うなず》いてくれた。

「ツェアフェルト様の事は兄の手紙にもよく書かれていたので、一度お会いしてみたかったのです」

「マゼルが？」

あいつ何書きやがった。

「はい、とても頼りになる親友だと。読んでいてもお人柄が解るようなことが書いてありました」

親友と思ってもらえてたのは素直にうれしい。けどお前、親友で貴族がその家族にあんな安いものを贈るとか恥ずかしい事させんなよ。一言言っとけ。

どうもその思いが顔に出ていたらしい。三人ともなんか好意的に笑みを浮かべている。硬さが取れたのはよかったが何となく釈然としない。ちょうど騎士の一人が肉が焼けたと声をかけてきたんで、まずは食事にしようと全員に声をかけた。

周囲を警戒しながらではあるんだが、まずは胃袋と脳細胞に燃料が欲しい。まだ熱い肉に遠慮なくかぶりつき、貴族らしからぬその食べ方にハルティング家の皆様に驚かれたような気がするが気にしない。あ、美味《おい》しいわこれ。

◆

時間は少々さかのぼる。

ヴェルナーのもとから飛行靴《スカイウォーク》を使い、フィノイの城壁外に姿を現したフェリは、間髪を入れずにまず周囲にヴェルナーが魔除《まよ》け薬と説明していたものをまき散らした。突然その場に現れた人間の小僧に驚いていた二足歩行の蜥蜴《とかげ》や亀や蛙《かえる》、それに巨大な鰐《わに》などが、散布されたそれから嫌悪感の声を上げて慌てて遠ざかる。

「なんかおいらの体臭から逃げてるみたいで複雑だなあ」

軽口をたたきながらフェリは門の前に視線を向け、ある魔物《モンスター》の巨体の姿がない事を確認すると、フィノイの正門に向かって駆けだした。

大した距離でもないため、すぐに大神殿の巨大な正門前にたどり着くと、その場にヴェルナーがいれば目を疑ったであろう行動に出る。扉のわずかな凹凸である、打ち付けてある金属などに手をかけ、そのまま登り始めたのだ。

羽でも生えているかのようにひょいひょいと手を伸ばし体を持ち上げ、まるで体重がないかのように扉と壁をよじ登る。魔軍側もさすがに驚いたように動きを止めていたが、我に返ったかのように、二足歩行の蛙のような姿をした魔物である蛙男《フロッグマン》が持っていた槍《やり》を投げ始めた。

「わ、危なっ」

緊張感のない声であるが、真剣にフェリは身を捩《ねじ》りながらそれらを避け、石壁に当たったそれが跳ね返り落下していくのを気にも留めずにさらに登る。普通は外壁を登るような事などできないように設計されている壁であるにもかかわらず、お構いなしだ。もしヴェルナーがその様子を見ていたら、非常識としか思えない身のこなしに呆《あき》れかえっていたであろう。勇者パーティーメンバーの実力に感心したかもしれない。

外からの音に気が付いたのであろう。フェリが半ばほどまで登った頃にフィノイ内部からの支援攻撃が始まった。僧侶系魔法にも攻撃魔法はある。そういった魔法を使えるものたちが一斉に魔法を唱え、魔軍の中にいくつもの魔法が命中した。斃《たお》すことはできなかったが怯《ひる》ませることはできているようで、飛んでくる槍などの数が減る。

「だめだ、やはりあまり効いていないように見えるぞ」

「魔法防御対策がされているのだろう」

そのような会話が城壁上で交わされていると、フェリの体に魔力の光が燈《とも》った。ここまでの旅路で何度も経験した素早さ上昇の魔法による支援《バフ》だという事に気が付いたフェリが一気に壁をよじ登る。

同時に、驚きの声が城壁上で上がった。フェリが途中で振り向くと、蜥蜴人間《リザードマン》の一体が頭を貫通した矢の穴から体液を吹き出して崩れ落ち、別の一体は目に矢を受けて地面の上でのたうち回っている。他を圧する強弓と正確無比な射撃に、魔軍ですら一瞬怯んだ。

「よいしょっと」

それらを横目に、フェリは壁を軽く乗り越えて身軽に城壁の上に降り立ち、弓を持って城壁の外を睥睨《へいげい》しているルゲンツとマゼル、その横で落ち着いた微笑を浮かべているエリッヒに手を振る。

「おーい、戻って来たよ」

ちょっとその辺の散歩から戻ってきたような口調である。

「お疲れ様です、フェリ君」

「戻ってくるなら合図をしろと打ち合わせてあっただろうが」

応じたエリッヒに続けたルゲンツの呆れ半分の口調にフェリも頭をかいてみせた。覚えてはいたのだが、飛行靴《スカイウオーク》を使い、いきなりフィノイの傍《そば》に移動したという状況が状況だったため、それどころではなかったのだ。そのフェリが壁を登るのに支援魔法で支援したエリッヒがもう一度声をかける。

「それで、うまく会うことはできましたか」

「ばっちり。兄貴とはヴァレリッツで会えた。騎士団も来てたよ」

「聞いたかお前ら！　ヴァイン王国の騎士団はもうすぐそこまで来ているぞ！」

ルゲンツが城壁の下側に向けて大声で怒鳴り、それに応じてフィノイ内部から歓声が上がる。フェリは飛行靴《スカイウォーク》でフィノイまで移動してきたため、実際はすぐそこというほど近くはないのだが、こういう時は明るい情報だけが重要なのだ。そのフェリにマゼルが笑顔で話しかける。

「ありがとう。ご苦労様、フェリ」

「なあに、この程度なら酔っぱらっていてもできるよ。まかしといて」

「酒なんか飲んでるのか、お前」

ルゲンツが笑顔で突っ込み、フェリが例えばの話だってばと応じる。緊張感のかけらもない。その様子にフィノイの警備兵たちも表情が緩んだ。

強力な魔物《モンスター》も含む魔軍に包囲されているという、一見すると絶望的な状況である。だが、その魔軍を追い返した功労者たちに悲愴《ひそう》感《かん》が微塵《みじん》も感じられないので、フィノイ内部にいる他の警備兵や神殿衛士《えいし》たちも現在の戦況に希望を捨てずにいられるのだ。

そのフェリが真顔に戻った。

「ところで、兄貴からの伝言なんだけど」

「ヴェルナーから？」

「あいつまたなんか気が付いたのか」

その発言にマゼルとルゲンツが反応する。誤解と偶然の結果であるのだが、ヴェルナーの提案があったからこそ、今現在、フィノイ大神殿が無事なのだという認識がマゼルたちにはあった。だからこそ、ヴェルナーの言う事であれば注意深く確認する必要性を感じていたのである。

「あの怪しい一団、牢屋《ろうや》に叩《たた》き込んでおけって。あと、狙われているのはお姫様だって言ってた」

その発言を耳にしてマゼルたちの表情が険しいものになる。マゼルがルゲンツを振り仰いだ。

「ルゲンツさん、確かあの一団は……」

「ああ、お姫様に面会予定があったはずだな」

今まで御伽噺《おとぎばなし》以外では聞いた事もない、魔軍の襲撃による籠城という不安な状況である。怪我人《けがにん》の治療や運悪く巻き込まれて大神殿内にいる一般の人たちの不安や不満を聞くため、聖女と呼ばれる立場でもある第二王女《ラウラ》はなるべく多くの希望者と面会の時間を設けていることをほとんどの人間が知っていた。

もちろん希望してすぐに面会できるとは限らないが、面会希望を出しておけばいつかは直接話を聞く時間を作ってくれるのだ。聖女様にお会いしたいという人間が複数、希望を出していることも耳に挟んでいた。そして怪しいと思われていたからこそ、あの集団の行動は注意深く確認していたのである。

「面会室に急ぎましょう」

「同感だ」

エリッヒの発言にルゲンツが頷き、弓をその場にいる警備兵たちに押し付けて、マゼルたちは壁の階段を駆け下りた。

◆

「何分《なにぶん》、巡礼としてまいりましたもので、我々は戦っている方々に何かできる訳でもありませんが……」

「本当に外は大丈夫でしょうか」

「ご心配はごもっともですが、きっと大丈夫です。陛下と王国軍がこの状況を黙視するはずもありません」

巡礼者の一団から聖女様に直接お目にかかりたい、との希望を聞いていたラウラは、籠城で体調を崩した病人の見舞いや治療を済ませてから、六人の巡礼者を名乗る面会希望者たちに時間を割いて対応していた。王族として生まれ、聖女と呼ばれる立場になったラウラは、自分が象徴として果たさなければならない義務を理解している。

とはいうものの、治癒魔法を使うため神殿内のあちこちを歩いて回った後であり、多少は疲労を感じてもいないわけではない。そのため、一番広い面会室で、椅子に座っての面会という形をとった。相手にも席を用意したのは、王族としてではなく神殿の聖女という立場であり、信者たちとの垣根を低くしたいという配慮の結果である。

無論、ラウラとて無警戒であったわけではない。この場にも聖女専属の神殿衛士が二名、護衛の為《ため》に警戒しつつ控えているし、部屋の外の廊下にも別の衛士が二名、待機している。護衛がほぼ一日中周囲にいることに息苦しさを感じることもあるが、それも義務だと内心で抑え込んでいた。

ただ、それらの疲労感や慣れない籠城という状況が続いていたため、注意力が散漫になっていたことは否定できない。面会希望の一団が心配を口にしつつ、時々値踏みをしているような視線を向けてきていることに、気が付きながらも深く考えようとしなかったのである。護衛がいることに無意識の油断があったことも確かであろう。

「それに、大神殿の中には神託の勇者様もいらっしゃいます。心配はいりませんよ」

ラウラが笑顔でそう口にすると、巡礼者の代表と名乗った男が口を開くと奇妙な口調で言葉を紡いだ。

「その勇者様ですが、本当に信用できるのでしょうか……？」

「え？」

ラウラが怪訝《けげん》な表情で視線を向ける。巡礼者たちが半分うつむいたような奇妙な姿勢のまま、なおも言葉を続けた。

「例えば、勇者様が自分一人の安全を計り、門を開けてしまう事も……」

「勇者様ご自身が生きていれば、大神殿に何かあっても問題はございませんし……」

「そのようなことは決してありません。あの方々は」

ラウラがその発言を制止し反論しようとすると、背後にいた神殿衛士がラウラの許可を得ないまま、唐突に口を開く。

「確かに、その可能性はあるかもしれません……」

「この者たちが言う事にも一理はあるかと……」

「あ、あなたたち、何を言っているのです？」

驚いたようにそう応じたラウラだが、眩暈《めまい》がしたような気がした。自分がどこで何をしているのか、一瞬理解できなくなる。

「聖女様、衛士の皆様もあの勇者を疑っているのです……そのように無条件に信じていてもよいのですか……」

「この神殿は本当に無事なのでしょうか……あの勇者がその気になれば簡単に皆殺しにされてしまうのでは……」

相手の声が先ほどまでとは別の声に聞こえる。奇妙に抗《あらが》い得ないような甘美で蠱惑的《こわくてき》な声だ。まるで、誰かが自分に真実を伝えるためにそう語り掛けているような、とラウラが一瞬思った次の瞬間、扉が外から叩かれた。廊下側から警備の神殿衛士の声が聞こえる。

「聖女様、失礼いたします。どうしてもすぐにお会いしたいと……」

「失礼」

衛士が発言している途中でルゲンツが脇から半ば無理矢理扉を開いた。本来なら非礼でありあり無礼でもあるが、その場にエリッヒがいたため、廊下で待機していた神殿衛士たちも反応が遅れる。

魔物《モンスター》が出没するこの世界で、修行のために自ら旅をし、時に教会さえないような地方の村に赴き治療にもあたる修道僧《モンク》という存在は教会関係者から見れば敬意の対象であった。その修道僧であるエリッヒが緊急に聖女様にお会いしたいと求めていたため、制止するのを躊躇《ちゅうちょ》してしまったのだ。その間にマゼルたちが面会室に入り込む。

「どうしたのですか、勇者さ……」

ラウラが驚いて声をかけようとした途端、ラウラの前にいた巡礼者の一団が奇声を上げて席から立ち上がった。その態度を見たフェリが声を上げる。

「壁の外にいた魔物と同じ反応だ！」

ヴェルナーの前でフェリが頭から被《かぶ》った魔除《まよ》け薬の効果がまだ残っていたのである。狭い室内であったこともあり、魔物たちには耐えがたい熱波が室外から突然入り込んできたようなものだ。能力を制御し損ねた相手の、外側に被っていた人間の皮が濁った音とともにに頭から裂け、頭蓋骨の代わりに巨大な蠅《はえ》の頭が現れた。その複眼にラウラの驚愕《きようがく》の表情が映り込む。

「え……？」

ラウラの反応がかろうじて立ち上がるだけで避難が遅れたのは、目の前で何が起きているのか理解が遅れたためだ。人間の全身が襤褸《ぼろ》切《き》れのように内側から引き裂かれるとその中から魔物《モンスター》が姿を見せる。そのような聞いた事もない光景が目の前で広がったのだから、反応の遅れを責めるのは酷であろう。

神殿衛士の二人は反応をした。何が起きているのかを正確に理解はしていなかったが、護衛対象のラウラを守るため前に出たのだ。だが魔物の一撃は強烈であった。右の衛士は顔面を抉《えぐ》り取られて悲鳴も上げることもできずにその場に崩れ落ち、左の衛士の胸板から鎧《よろい》ごと貫通した魔物の腕が突き出される。

さらにその二人の衛士を乗り越えるように飛び出した魔物が、動けずにいたラウラに掌《てのひら》ほどの長さがある爪を伸ばした腕を伸ばす。

次の瞬間、その魔物が青黒い血飛沫《ちしぶき》を上げてその場で切り倒された。状況が理解できていないままのラウラの視界に、勇者であるマゼルの赤い髪が飛び込んでくる。

「ご無事ですか」

「え、ええ、ありがとうございます」

落ち着いた声で呼びかけられた事で何とか意識を持ち直し、ラウラが頭を振って状況を確認している間に、戦況は一方に傾いていた。

ラウラに手を伸ばした蠅の頭をした魔物はマゼルの一撃で斃《たお》されている。衛士を斃した魔物が二体、ルゲンツとエリッツヒによって片方は体を両断され、もう片方は部屋の奥の壁に叩きつけられており、こちらも既に動かない。残り三体の、城外にいるのとは別の鱗《りん》色《しょく》をした蜥蜴人間《リザードマン》のような魔物のうち、二体はフェリ一人に翻弄されて動きを牽制《けんせい》されており、残った一体は廊下にいた衛士二人が相手の巨大な爪を相手に剣で切り結んでいる。

「エリッヒ、衛士の方を！」

「あっ、しまった！」

マゼルの声に応じてエリッヒが衛士の方に救援に向かった瞬間、フェリが相手をしていたうちの一体がその横をすり抜け、奥にいたマゼルとラウラを目がけ襲い掛かった。

エリッヒはそれを横目に入れつつも衛士の方に援護に駆け寄り、ルゲンツもフェリの戦っている相手に止《とど》めを刺しに向かう。

そして、ラウラに接近しようとした魔物は目的を達成することはなかった。向かってきた相手の動きを冷静に確認していたマゼルが一撃で首を切り落とし、二本足で立つ蜥蜴《とかげ》のような体はその勢いのまま床の上に転がったのである。

次の瞬間には残った二体の魔物もルゲンツらに斃されてその場で物言わぬ骸《むくろ》になり果て、

面会室から戦いの騒音は消失した。ふう、と誰かが大きく息を吐く。

「みんな、怪我は？」

「大丈夫だ」

「ごめん、抜けられちゃった」

マゼルにルゲンツとフェリが答えている間にラウラが動いた。倒れた衛士に駆け寄ると、すぐに回復魔法を唱えたのだ。歴戦の冒険者であるルゲンツから見ても危ないのではないかと思われていた衛士たちの傷が、瞬《まばた》きをする間に癒えて行く。

「すげぇな」

「さすが聖女様」

思わず、という口調でルゲンツとエリッヒが感嘆の声を上げる。間に合ったことに安堵《あんど》したように吐息をもらすと、ラウラはマゼルたちに向き直り、深々と頭を下げた。

「助かりました。本当にありがとうございます」

「いえ、むしろ衛士の方に負傷をさせてしまいました。申し訳ありません」

マゼルがむしろ謝罪の口調でそう応じる。当たり前のことをしているのだという、ごく自然な表情には、表現し難い信頼感を与える魅力がある。

「……あの、勇者様」

「聖女様、まずは最高司祭様にご報告を」

ラウラが更に何かを言おうと口を開いたところで、戦いに参加していた衛士の一人が我に返ったように慌てて割って入る。ラウラとマゼルも頷《うなず》いた。

「確かにそうですね。貴方《あなた》が最高司祭様のもとに向かってください」

「は、はっ」

「聖女様、ひとまず廊下にでも……」

その衛士が駆けだしていくと、もう一人の衛士が遠慮がちに口を開いた。面会室は魔物《モンスター》の死骸や破壊された家具などで暴風でも吹き荒れたようになっている。マゼルたちも同意し、魔物たちの死を確認してから廊下に出ることにした。


「一番の功労者は僕じゃなくてヴェルナーだと思うんですけれど……」

「聖女様が拉致される危機をお救いになられたのは勇者殿ご一行ですからな」

蒼白《そうはく》になってその場に駆けつけ、事情を説明された最高司祭がマゼルを絶賛し、マゼルもしぶしぶという態度で頷いている。ひとまず借りておく事にしよう、という様子を隠しきれていないマゼルに対し、その様子を見ていたラウラが好意的な笑みを浮かべていた。

一方、大神殿の中で聖女が襲撃されたなどという事を表に出すわけにもいかず、他に魔物が潜入している可能性も捨て切れない。大神殿内部はちょっとした騒動となった。神殿の名誉の問題もあり、聖女が潜入している魔族を発見し、勇者一行に内密に対処を願い出た、神殿内部の調査は今後神殿衛士が行う、というのが神殿発表の公式見解となる。

だが、表情に出す事はなかったものの、他人の功績を奪う形になったラウラ自身がこの発表に内心で反発した。そのため、この後のフィノイ防衛戦中はマゼルたちと行動を共にする機会を多く作るようになり、その結果、マゼルたちと親しくなったラウラ自身が魔王退治の旅に参加を希望することになる。

ただ、大神殿の中にいる誰も知らなかった事であるが、最高司祭が口にした聖女《ラウラ》が拉致されそうになったというのは誤解である。魔物《モンスター》の一団は少なくともこの時点でラウラを拉致などしようとする意思はなく、勇者と聖女、神殿と聖女の間に溝を作ろうとしていた段階だった。ヴェルナーからの伝言を受けたマゼルたちがやや過剰に反応したため、このような状況になってしまったのだ。

とはいえ、結果的には陰謀の初期段階で大神殿に潜入していた間者《スパイ》が排除されたことになり、これ以後は大神殿内部の情報が魔軍側に伝わらなくなった。そのため、魔軍側も積極的な動きが取れなくなったのである。何より、万が一にも混戦の中で聖女を戦死させるような事態になっては困る理由が魔軍側にはあったのだ。

この後、外で包囲している魔軍は最後まで大神殿を攻めあぐねる形となってしまい、これがこの後のフィノイ攻防戦の戦局に大きく影響していく事になる。

　フィノイの城壁と神殿の建物が夕闇で赤く染まりつつある時間帯。その城壁を遠くから確認する距離に兵を進めたヴァイン王国軍内部では安堵の空気が流れていた。王国軍が到着し、魔物の後背に兵を展開したことで、魔軍のフィノイに対する攻撃は一時的にではあっても中止されたのを確認したためである。

　とはいうものの、王国軍は数が多く道が狭いという状況のため、軍の展開と布陣に時間がかかるのも避けられない。騎士たちに布陣を指示した貴族家当主や指揮官たちは本陣に集まり作戦会議を開いていた。

　偵察をした騎兵の報告では、魔軍の位置そのものは大神殿の正門付近からは距離を取っているが、再度フィノイに向かい攻撃を再開するつもりなのか、それとも王国軍の方を先に襲うのかという点に関しては情報が不足している。結局、魔物の方が夜目はきくだろうという事で、今晩はひとまずの警戒を厳重にするように全軍に通達を出し、翌日以降にこちらから開戦を挑みフィノイを解放するということで一段落した。

　その後、この場にいない人物が話題にのぼる事になる。ツェアフェルト伯爵家嫡子であるヴェルナーの不在だ。

「まさか、フィノイより勇者の家族が大事とは」

「それを口実にここから逃れたのでは？」

「だとすれば情けない限りですな」

「まだ学生、しかも文官系の貴族家の嫡子ですからなあ。あまり責めるのも大人気ないでしょう」

　悪意を込めた笑いが何人かから上がる。文官系貴族家に対する武官系貴族家の視線はこのような状況でも変わることはない。だがそれ以上に、この場に来ている貴族たちにとっては、ヴェルナー個人に対する意識の問題もあった。伯爵家嫡子という立場は認めるものの、魔物暴走《スタンピード》で活躍、その後王太子《ヒュベルトゥス》殿下と第二王女《ラウラ》殿下に呼び出されていたという事実があるため、何名かの貴族たちからすれば競争相手という認識なのである。勢い、この状況ではその行動を非難するような発言が出てくるのは避けられない。

　それらの悪意ある発言を聞かされる立場となったマックスは、ツェアフェルト家騎士団の団長としてこの軍議の席に参加しながら、無表情に聞き流す姿勢で終始している。耳にしているのは主家への非難であるが、今回に関する限り、許可なく戦列を離れたヴェルナーの行動に問題があるのは事実であり、マックスにも反論する余地がない。

　なおも本人不在の場でその行動を話題、というより悪意の対象にしようとした貴族の一人が口を開くより先に、フュルスト家当主であるバスティアンが口を開いた。

「本人がいないのでは致し方ありますまい。それよりも時間が惜しい。公爵、今後いかがなさいますか」

「うむ……敵がフィノイから距離を取ったのはひとまずの僥倖《ぎょうこう》だが、依然としてフィノイが危険にさらされている状況であることは否定できぬ」

公的には総大将たる自分に許可を得ぬまま、私的には孫娘がいるフィノイへの援軍から無断で戦列を離れたヴェルナーに内心では腹を立てていても、主要な問題ではないことは理解している。バスティアンの問いかけに対し、総大将であるグリュンディング公爵が状況を確認するように口を開くと、貴族たちも席に座り直して軍議の行方に意識を向けた。

実のところ、魔物暴走《スタンピード》以降に領地に戻ってしまっていた貴族たちにとっては、魔物暴走《スタンピード》時の活躍が例外で、所詮は文官系貴族家という印象の方がいまだに強いのである。それだけに、ヴェルナーが今この場にいないことを嗤《わら》いはしても、大きな問題だと思っている人物は少なかった。

◆

まずは魔軍によるフィノイの包囲を解くことを最優先にすべき、という意見に対してはほぼ全員が共通の見解を持っており、反対意見は出ない。だが、その後に始まった会話では、一部の若手貴族が「まず一戦して魔軍に一撃を加えるべきである」という意見を強硬に主張し、すぐにそれが多くの賛同を得たのである。

貴族、特に武官系貴族たちからすれば、正面から戦えば負けるはずはないという、自分たちや率いる家騎士団への武勇に対する自信があった。魔物暴走《スタンピード》で苦戦したのは、油断していた事と、敵である魔族の策にしてやられたためであるという意識も抜きがたい。それもヒルデア平原の戦いで大勝し払拭していて、現在、数で言えば王国軍の方が圧倒的に多いのである。このような主張が出たのもおかしなことではなかったであろう。

また、特に王室と関係を持ちたいと考える貴族家や、神殿相手に有利な立場に立ちたいと考える地方貴族にとっては、フィノイに聖女でもある第二王女《ラウラ》がいるという事実が大きい。王室への忠誠心というよりは多分に下心の方が大きいが、何名かの貴族が自らを先鋒《せんぽう》にと我先に願い出る。第一、第二騎士団の両騎士団団長はもう少し様子を見るべきではないかと提案をしたのだが、最終的には総大将であるグリュンディング公爵の一度攻撃を行うという決断が下った。

信仰の中心地であるフィノイが敵に包囲されたままというのは示しがつかないというのはある。だが、それ以上に武官系各貴族家の当主や嫡男の戦意が大きすぎたのだ。両騎士団団長も敵情把握もままならない状況であるにもかかわらず戦意溢《あふ》れる、というより過剰に意欲を見せている貴族たちに対し、どこかお手並み拝見という、やや冷めた意識があったことは否定できない。

少なくとも王国軍の戦意は低くはない。バスティアンの後ろでそう思っていたミーネだが、ツェアフェルト伯爵家隊をどうするか、という提案が出た時に一瞬だが呼吸を停止させた。懲罰的に最前線に配属される可能性もあったためである。だが、すぐにバスティアンが口を開いた事と、その発言の内容に瞠目《どうもく》することになった。

「将のいない兵を前線に配置しても仕方がない。後方に配置し彷徨う魔物《ワンダリングモンスター》への警戒に備えさせてはどうか」

「そうだな、それがよかろう」

「うむ。邪魔をしなければよいか」

この提案により、総大将であるグリュンディング公爵の許可を得ないまま主将《ヴェルナー》が無断で軍列を離脱するという軍法違反をしていたツェアフェルト伯爵家であるが、公的な処罰は後回しとなった。王国軍の兵数が多く、一部の貴族家に意欲がありあまっているほどであったため、罰のように最前線に配置されることもなかったのだ。

何より、現状の王国軍内部では、シオレック子爵という人物が口にしたように「文官系のツェアフェルト伯爵家隊は適当に訓練でもしていればいい」というのが軍議の場における大勢であったのである。

◆

軍議の結果自体には密《ひそ》かに安堵《あんど》したミーネであったが、その口火を切ったのが自分の父であったことには多少の驚きを禁じ得ない。そのまま各貴族家の夜営位置と翌日の攻勢配置が決定して散会となり、自分たちの隊に戻る途中で、ミーネがバスティアンに声をかけた。

「父上、ツェアフェルト伯爵家の事ですが……」

「貴族たるものが借りてばかりではいられぬからな」

バスティアンは娘の疑問に短くそれだけ答える。フュルスト伯爵家隊が魔物暴走《スタンピード》でツェアフェルト伯爵家隊に救われたのは事実だ。また、つい先日にはヴェルナーが功を譲った結果、フュルスト伯爵家は衛兵までもが加担していた貨幣の損壊事件を解決したという形で、王都の治安維持面でも功績をあげている。

そのことを覚えていたバスティアンは、ツェアフェルト伯爵家隊がヴェルナーに対抗意識を持つ一部の貴族家に使い潰される可能性を消す方向に議論を誘導したのだ。

「父上がそこまで気にしておられましたとは」

ミーネの感想とも返答ともとれる発言に、苦笑いに近い表情をバスティアンは浮かべた。

貴族としてのプライドがあったというのは事実だろう。武官系貴族家のフュルストにとっては、相手が典礼大臣の家とはいえ、文官系のツェアフェルトに借りを作ったままというのは自身が納得できないところがあったのも間違いはない。無論、今度はこちらから恩を売るつもりがあったにしても、である。

その表情を見て、ヴェルナー卿《きょう》は貸し借りというより単純に興味がないように思えるのだが、とミーネは思いつつも口にはせず、その後は無言のまま父と共に自隊の陣に戻ったが、その途端、叩《たた》きつけてくるような口調のタイロンに迎えられることになった。

「父上、このようなところで時間をかけず、すぐにでもフィノイを包囲している敵と戦うべきです」

「落ち着け、タイロン。公爵閣下の決定した布陣がある」

一転してバスティアンが苦い表情でそう応じる。父親であるバスティアンは嫡子であるタイロンが第二王女《ラウラ》に単なる好意以上のものを持っている事は知っていた。

そのラウラがフィノイの中で籠城軍の一員となっているという状況にタイロンが危機感を覚えていることも確かだが、同時に、武官系の貴族としての武勲を立てる機会であるという熱意がある事も否定できない。武の名門であるフュルスト伯爵家当主として相応《ふさわ》しい実力を有する事ができるよう、タイロンが自らを鍛えていたのは紛れもない事実なのだ。

一方で、他の貴族がこの戦いで人目を引くような功績をあげれば、第二王女《ラウラ》の婚約者候補にあげられるだろう事も予想できる。周囲に競争相手が多数いる状況という、焦りに近い認識も持っているため、タイロンは誰よりも功績をあげようとしていたのだ。

そのタイロンはフュルスト伯爵家隊の布陣位置を知り、苛立《いらだ》たし気な表情を浮かべる。

「これは……フィノイの正門から遠いだけではなく、敵の主力からも離れているではありませんか」

「わが伯爵家には戦力が足りぬ」

「ですが、数だけの貴族家隊が先鋒というのは！」

「タイロン。そもそもフュルスト伯爵家騎士団は数を減らしているのだ」

そう言われたタイロンはぐっと息を呑《の》んだ。ヒルデア平原の戦いとヴェリーザ砦《とりで》奪還作戦で強攻を続けた結果、優秀な騎士を何人も失ったのは事実である。そして、武勲を立てようと無理な攻撃を行ったのはタイロン本人であった。

仮にそれらが他国との戦いであれば、何人かは失われていたとしても、捕虜になった騎士を身代金で取り返す事ができていたであろうし、そうなれば人的な被害という意味では大きくはない。だが相手が魔物《モンスター》との戦いとなると、失われた人数はそのまま戦没という形になるため、恒久的な戦力の欠落という事になる。魔物暴走《スタンピード》で失われた兵士や従卒だけではなく、その後の戦いで出た兵力損耗は決して軽いものではなかったのだ。

「せめて数を揃《そろ》えてくるべきでした……」

「この状況では単に数だけを揃えていても何の役にも立たん。少し落ち着け」

「これが落ち着いてなどいられますか！」

　タイロンが苛立たしげにそう応じる。父と兄が口論になりかけているのを見て、ミーネが困ったように口を開いた。

「兄上、仮に先鋒の方々が数だけの軍であれば武勲を立てられるはずもありません」

「それはそうかも知れないがな」

　自分が口にした発言だけに否定しようがない。タイロンも不満げに口を閉ざす。そのタイロンを見てバスティアンが口を開いた。

「ミーネの言う通りだ。それに、王国軍のほうが数は多いとはいえ、敵の数も少なくはない。一戦だけで決着がつくとは誰も思っておらぬ。まずは様子を見ることにする」

「……承知いたしました」

　まだ不満げな表情を浮かべたままタイロンが天幕《テント》を出ていく。直後に外からなにか音が聞こえたのは、何かを殴ったか蹴飛ばしたのかもしれない。その音を耳にしてバスティアンが小さくため息をついた。ミーネが父親に話しかける。

「兄上は焦っておられるようですね」

「第二王女殿下の存在が気になるのは理解できるのだがな」

　バスティアンが小さく首を振った。ヴァイン王国は基本的には武門を重んじる。それが伯爵級以下の貴族家であっても、将来性が豊かな相手であれば王族が降嫁をした例はこの国の歴史では珍しくはない。それがわかっているだけにタイロンも絶好の機会だという事は疑っていないのである。

「ツェアフェルトの件も黙っておいた方がよいでしょうか」

「そうしておけ」

「はい」

実はタイロンはヴェルナーに対しても批判をしていた。第一報の時点では無断での離脱を『文官系貴族は臆病だから仕方がない』と笑っていたのだが、離脱理由を聞いた途端、激高したのである。

『平民勇者の家族を助けに行っただと!? 第二王女殿下とフィノイの重要性が理解できんのか、あの若僧は!』

そう怒鳴った兄の顔をミーネは今でも思い出せた。実はミーネは勇者《マゼル》に対する印象は強くない。一方、タイロンの方はヒルデア平原とヴェリーザ砦の両戦場で戦功が自分を上回った平民出身の勇者という存在に対して、不満というよりも怒りを抱えていたのである。

だが、タイロンのそういう態度は極端ではあるが、武官系の貴族には似たような考えの持ち主は決して少なくなかった。武勲は最初に自分たちが立てるもので、平民はそれより後に戦功をあげろという態度は、特に武官系貴族には必ずしも珍しいものではない。勇者が国のお声がかりでもあるという事で口に出さないだけである。

だが、現実にはその勇者がフィノイの中にいて防衛戦の主力になっているという情報があり、一方で王国軍は魔軍相手にフィノイの外側で停止させられている格好だ。タイロンから見れば不満も溜《た》まろうというものである。やや危惧を覚えたミーネが口を開いた。

「兄上が無断で抜け駆けをしたりはしないでしょうか」

「ないと思うが、念《ねん》の為《ため》に主要な騎士たちにその旨を通達しておくか」

「はい」

「……他の貴族家が功績を挙げるとは限らんのだがな」

バスティアンが小さく呟《つぶや》いたことにミーネが驚きの表情を浮かべる。

「父上、それは王国軍が苦戦するということでしょうか」

「文官系貴族家とはいえ、貴族の直轄地である町がひとつ、壊滅させられているのだ。敵の強さを見誤ると予想以上の損害を受けかねん」

魔物暴走《スタンピード》で苦戦したということもあるであろうし、難民護送任務での魔族襲撃に関してもミーネから聞いていたからであろう。バスティアンは慎重に物事を見ていた。だからこそ、初戦は様子見をするという判断をしているのである。

ミーネもそれを聞いてうなずいた。都市襲撃《ヴァレリッツ》の場合と同様、魔族があの集団を率いているのだとすれば、フィノイを襲撃する事を想定した戦力を有しているはずである。油断してよい相手であるとは思えない。

「そういえば、いくつかの貴族家も慎重になっていたように思えました」

「王都にいれば状況を耳にすることもある。だが魔物暴走《スタンピード》後、領地に戻ってしまった貴族の中には情報に疎《うと》くなっているものもいるのだろう。民にとって魔物《モンスター》は恐ろしい怪物であるが、貴族には狩りの対象としてしか見ていないものも多いからな」

少なくとも魔王復活前はそうであった。無論、油断をすれば損害が大きくなることもあるが、貴族にとって魔物はあくまでも退治する相手でしかなかったのだ。

だが、現状では魔物の出現状況や行動は大きく変わっている。魔王復活後の魔物が前と同じ存在であるとは考えないほうがいいのではないだろうか。もしそうだとすると、ヴェルナー卿が勇者の家族を救出に向かったというのは、自分には見えていない、何らかの理由があるのかもしれない、とミーネが内心で慄然としていると、天幕《テント》の外から騎士の声がかかった。

「何事か」

「はっ。ツェアフェルト騎士団のマックスと名乗る騎士が御礼《おれい》を申し上げたいと来訪しております」

その声を聞き、ミーネがバスティアンの方に視線を向ける。

「先程の会議でツェアフェルト騎士団を庇《かば》った件でしょうか」

「おそらくな。通せ」

「はっ」

文官系貴族の騎士団らしく律儀なことだ、とミーネが内心で感心している目の前で、マックスが巨軀《きょく》を縮めるようにして天幕の中に入ってきた。

◆

魔軍の夜襲というような事態も起きないまま、翌日早朝。

朝日が地面に落ちるよりも早く、ヴァイン王国軍はフィノイの城壁前面に広がっている平野に兵を進めた。朝日が昇ると同時に、先鋒《せんぽう》を命じられている複数の貴族家騎士団が魔軍に攻撃を仕掛ける予定となっていたためだ。

夜間の戦いとなれば夜目の利く魔物の方が有利であるため、王国軍、というより人間の軍は明るい間の戦いが主となる。逆に言えば、敵に有利な時間帯にもかかわらず魔軍の側が動いてこなかった事に、王国軍側は少なからず嘲笑を浮かべてその戦い方の稚拙さを話題にしながら軍を進めた。

朝日が地面を照らすと同時に一斉に喇叭《ラッパ》の音が平地に響き、喊声《かんせい》と鎧《よろい》の音と馬蹄《ばてい》の響きが王国軍全体から湧き上がるように広がる。鎧や剣や槍《やり》の輝きが朝日を反射し、一瞬ではあるが地上に光の絨毯《じゆうたん》のような光景を生み出した。

怒濤《どとう》のように魔軍に向かい走り出した王国軍に対し、魔軍側の動きはどちらかと言えば緩慢な反応であった。個々の魔物《モンスター》がそれぞれ単独に向きを変えて王国軍の接近を待つ姿勢になっていたためだ。

魔軍側は二足歩行をする爬虫類《はちゆうるい》のような姿の爬虫人《レプタイボス》が多数いて、人食い蜥蜴《ハンターリザード》や殺人亀《キラータートル》などの人間を食い殺せるような大きさの魔獣がその周囲を固めている。見ようによっては騎士と従卒のような関係に見えなくもない。そして爬虫人たちがその外見に不釣り合いな、鋭い武器を構えて王国軍を迎撃する姿勢をとる。

それらの魔物たちと、最短距離で魔軍に向かっていった騎士たちが正面から激突した。たちまちのうちに喊声が怒声に変わり、裂帛《れっぱく》の声と絶叫、自らに気合を入れるための掛け声や苦痛による悲鳴が戦場を包む。

王国軍側の先鋒に立ったのは、立場的にはヴェルナー同様に、父親の代行として騎士や兵士を率いている若手貴族たちの軍である。彼らの突進に対し、魔軍側の戦列には剣で切られたもの、槍に貫かれたもの、戦斧《せんぷ》が肩口に食い込んだものや、戦槌《せんつい》が頭に叩きつけられる様子が各地で展開された。

だが、魔物の群れは崩れない。王都付近の魔獣とは防御力と耐久力が違うのだ。また、爬虫類の鱗《うろこ》のような表皮に対し、浅い角度で当たった刃は弾《はじ》かれたり、鱗の上を刃が滑ってしまったりといった形となって逆に騎士たちの体勢を崩す結果となり、そこに反撃の一撃が加えられると苦痛の声を上げて王国軍の人間がその場に崩れ落ちる。

　魔物の一体に馬上から騎士が剣を振り下ろし相手の肩口を切り裂く。同時に、別の鰐兵士がその騎士が乗る馬の首筋に食らいついた。馬が悲痛な声を上げて棹立《さおだ》ちになり、騎士が馬から振り落とされる。その騎士に蜥蜴人間が剣を突き込み、鎧を突き破った剣が騎士に致命傷を与える。倒れた馬にも巨大な山鰐《ヒルクロコダイル》や殺人亀が食らいつき、悲痛な嘶《いなな》きを上げていた馬が骸《むくろ》となって動くことをやめた。

　頑強な魔物の列を突破する事ができず、逆に王国軍側が足を止められ、その勢いが急停止する。足を止められた王国軍に対し、魔物の側が反撃に出た。人ならざる魔物の膂力《りょりょく》によって振り下ろされた剣により、騎士の一人が籠手《こて》ごとその腕を斬り落とされる。兜《かぶと》をかぶったままの頭が地面に転がり、血飛沫《ちしぶき》が地面に幾何学模様を描き出す。

　倒れた騎士を守ろうと果敢に魔物に打ちかかった従卒が低い位置から襲い掛かって来た山鰐に足を食いちぎられた。その山鰐に別の兵士が立ち向かう。わずかに離れた所では負傷し倒れた騎士に殺人亀が食らいつき、助けを求める悲痛な声が周囲の空気を震わせた。たちまちのうちに戦況が混沌《こんとん》とし始める。

「怯《ひる》むなっ、魔物ごときに我らが後れを取るはずがない！」

「おうっ！」

何人かの貴族や見事な鎧を身に纏《まと》った騎士が周囲に声をかけ、王国軍がすぐに態勢を立て直した。事実、彼らは自分の実力に自信がある貴族家の兵である。王都近郊のヒルデア平原の戦いに参加した者や、自領に出現した魔物《モンスター》の討伐作戦に参加したことがある人間も多い。獣型や虫型の魔獣ではなく、二足歩行の魔物が相手であるにしても、所詮相手は魔物であるという意識もある。

騎士や従卒一人一人が、頑強な爬虫類の鱗に刃を叩《たた》きつけ、その切っ先で相手の腹部を刺し貫く。一度は止まった王国軍将兵の足が、ゆっくりとではあるが再びフィノイに向かい動き始めた途端、魔軍の動きが変わった。

王国軍の騎士と言わず従卒と言わず、それを目にした人間たちから驚きの声が漏れる。唐突に現れたその影は、大きさでいえば成人男性の二倍ほどに達していたであろう。だが、それ以上にその首から上が竜のような姿をしていることと、全身から滲《にじ》み出る雰囲気が他の二足歩行の爬虫人《レプタイポス》と一線を画している。その巨体を前にして、王国軍の全員が息を呑《の》んだ。

「貴様が魔軍の将かっ！」

名前も知らぬ相手に対し、先鋒部隊の一人であるシオレック子爵が声を上げる。驚きはあるにしても声に恐怖の色はなく、むしろ待ちかねていた、というような雰囲気だ。

シオレック子爵はヴェルナーやマゼルよりも三歳年上であるが既に子爵家当主である。

ヴェルナーたちが入学するより前に卒業しているので直接面識はないのだが、しばしば「自分がいれば勇者とやらも連勝記録など持っていなかっただろう」と豪語していたほど、己の武芸に自信を持っていた。

ただ、シオレック子爵家は先の魔物暴走《スタンピード》の際に前当主である父が無用の突進をしたため、家騎士団に大きな被害を出してしまっている。子爵家クラスの家では多数の騎士が戦死しただけでも影響は大きい。そのため、特に親類縁者からの突き上げを受けてしまい、父親は強制的に引退、若い嫡子が新当主としてこの緊急出動令に応じて戦場に参加する形となっていた。そのような子爵家内部の混乱の影響もあったのであろう。家同士の選択による婚約者もいたが、結婚前に先方からの希望で破談になっている。

もっとも本人は今現在、未婚であるからこそ第二王女《ラウラ》の婚約者という席が目前に転がり込んで来たと考えており、むしろ好都合だとさえ思っていた。フィノイ解放に最大の戦果をあげて王家と教会の双方に認められれば、今は子爵家であったとしても伯爵に陞爵《しょうしゃく》、そして第二王女の降嫁という事もあり得ると信じていたのである。

そのシオレックの声を耳にしたのかどうかもわからぬまま、巨体の爬虫人《レプタイポス》がその巨軀にふさわしい大剣を振るう。

不運にもその竜頭の爬虫人《レプタイポス》、魔軍を率いる魔将であるベリウレスの周囲にいた王国軍の騎士一人と従卒が二人、一撃で切り捨てられた。横薙《よこな》ぎに振られた剣の一振りで一度に三人の人間が両断されたのである。王国軍の中からいくつもの驚愕《きょうがく》の声が上がった。

王国軍が停止したのを見たベリウレスが歩みを進めた。騎士と従卒が作る集団の中に無造作に踏み込むと、縦横にその剣を振るう。一振りが必ず王国軍の騎士か兵士の命を奪った。盾ごと体を両断し、兜ごと頭蓋骨を叩き割り、鎧を不格好な金属の塊にすると同時に、つい先程まで生きていた人間だった存在をただの屍《しかばね》へと変えていく。

「皆、下がれっ！」

その様子を驚きを持って見ていたシオレックだが、家臣である騎士が切り倒されているのを見て我にかえると、勢い込んで切りかかった。相手がただものではないことは理解していても、この魔物《モンスター》を倒せば武勲になるという誘惑、あるいは欲望のほうが上回ったのであろう。だがそれは無謀であると同時に命の浪費であった。

ベリウレスは剣を振るいもしなかった。打ちかかってきた相手の剣を、武器ではなく腕で打ち払うと、そのままシオレックの腕を摑《つか》む。声を上げた相手を無視して勢いよく腕を持ち上げた。鎧を着たままの人体が宙に浮き、強制的にベリウレスに接近させられる。

次の瞬間、異様な音が戦場に響いた。

ベリウレスは手を使わなかった。シオレックの首から上を無造作にその口で齧《かじ》り取ったのである。それを視界に収めた王国軍の将兵が硬直した。

咀嚼《そしゃく》音《おん》が戦場に響く。ベリウレスが戦場の真ん中で兜ごとシオレックの頭を嚙《か》み砕いていたのだ。その音が響くたびに兵士や従卒だけでなく騎士の顔色も青く変貌し、首から上を失ったシオレックの体から鮮血が吹き上がるとベリウレスの全身を赤く染めあげる。

「ひ、ひゃあああぁぁぁっ！」

　王国軍の誰かが悲鳴を上げた。声を聞いたベリウレスが無造作にシオレックの胴体を放り出すと、王国軍に向かい歩みを進め、それが合図となったようにシオレックの率いていた子爵家隊が魔軍に背を向けて崩れ出した。

　だが、相手に背中を見せるのは最も危険な行為であっただろう。その様子を見た魔軍はベリウレスを先頭にして、騎士や兵士に向かって殺戮《さつりく》の刃を振るい始めた。それとほぼ時を同じくして、人食い蜥蜴《ハンターリザード》や山鰐《ヒルクロコダイル》といった人の足より速く走れる魔獣たちが背中から襲い掛かり、騎士や兵士を相手に、まるで人形でも打ち倒すように死体を量産していく。

　その様子を遠望し、隣接して軍を進めていたゴルダン男爵の隊が急進して魔軍の前に割り込むように入り込んだ。だが、ベリウレスの前に立ちはだかったゴルダン男爵は、自らが一〇匹以上魔獣をその剣で打ち倒したことを自慢するような武勇自慢の貴族であったにもかかわらず、剣を打ち合う事もできず、馬ごとベリウレスに一撃で体を両断された。一瞬にして指揮官を失った男爵の隊も恐慌を起こし崩壊する。

　シオレック、ゴルダンという二人の貴族が瞬く間に戦死し率いる隊が崩れたのを見て、二列目にいたトイテンベルク伯爵がやや慌てたように援護のために動き出した。伯爵が率いる兵力は決して少なくなく、四十代半ばになる伯爵自身も二人の息子と共に魔物《モンスター》狩りなどの経験が豊富であり、先鋒を任された若い貴族が率いる隊が苦戦するような事態になった時には援護に向かえるように、グリュンディング公爵が配置していた兵力である。

総大将であるグリュンディング公爵が信任していただけの事はあり、トイテンベルク伯爵はうまくやった。無理に魔軍の前に割り込むのではなく、魔軍の勢いを受け流すように切り込むことで、崩れたった多数の騎士たちが戦場を離脱するまでの時間を稼ぐ事には成功したのである。

ただし、その代償は大きなものとなった。伯爵本人と次男はベリウレスの標的となったことでそれぞれにその巨大な剣に叩き割られる形で命を失い、長男はそれを見て逃げ出した味方の騎士や兵士たちをまとめようと声を上げている所で、混乱に乗じて近づいて来た蜥蜴人間《リザードマン》と鰐兵士《アリゲーター・ウォーリアー》の数体を相手にその場で喰《く》い殺されてしまった。一家全員が瞬く間にその命をフィノイ前方の平地に散らすことになったのである。

王国軍はほんのわずかの間に貴族家当主三名を失った。本陣にいるグリュンディング公爵が戦況を把握する暇さえない。だが、逃げ出した王国軍を追っていた魔軍の側もさすがに大きく戦列が伸びていた。その戦列に横から食い込んだのは、トイテンベルク伯爵家隊と同様、二列目に布陣していたフュルスト伯爵家隊である。

当主バスティアンの指示でベリウレスを避けるようにして、嫡子タイロンを先頭に魔軍の伸びきった列に突入したフュルスト伯爵家隊の一団が、魔物たちと激しく切り結ぶ。

同時に、兵士や従卒がヘルミーネの指示で集団戦を繰り広げる事で魔軍に損害を強いて足止めをし、混乱し総崩れとなっていたトイテンベルク伯爵家の騎士や兵士を混戦の中から離脱させることに成功した。

「敵の強さを認めろ、複数人数で確実に一匹ずつ屠《ほふ》れ！」

「はっ！」

ミーネが裂帛の声を上げて周囲の兵士たちに指示を飛ばす。武勇に秀でている存在が評価される世界であっても、目の前の状況を見ていれば命の方が大事である。青黒い鮮血の中で剣を振るい、返り体液で全身を染め上げながらもミーネの指揮する従卒たちが確実に魔軍の数を削っていく。

バスティアンは視界範囲内の戦況を確認しながら立て続けに指示を出し、フュルスト伯爵家隊はベリウレスからは距離を保ちながら、敵に切り込む騎士と戦果を拡大させる兵士という形で役割を分担しながら魔軍の足止めに成功していた。

それと前後して、フュルスト伯爵家隊が勇戦している地点からやや離れた所で積極攻勢に転じていたのはライニシュ子爵とデーゲンコルプ子爵の隊である。

魔物暴走《スタンピード》時にヴェルナーの指揮下で戦った経験を持つこの両家の騎士たちは、集団対集団の戦いに慣れていた。混戦の中に駆け込んで味方を救うのではなく、味方の逃げるス

ペースを確保することがこの場合は有効だと判断し、魔将《ベリウレス》のいない地域で大きく魔軍を押し返すことで味方の後方に退避できる面積を開け、そこに当主を失い逃げまわっていた貴族家の兵卒が逃げ込むのを支援したのである。

「バケモノだな、あれは」

暴風のように剣を振り回し血煙と血飛沫を舞い上げているベリウレスを遠望し、デーゲンコルプは小さく呻《うめ》く。武勇に自慢があってもあれと戦うのは無謀だ、と判断したデーゲンコルプは、すぐに隣接するライニシュにも伝令を送り、ベリウレスから遠ざかる方向に軍を進めるように提案した。ライニシュもそれに同意して、魔軍の進攻方向からは逃れる形に隊を動かし、かつ魔軍が王国軍内部に浸透しないよう、面で相手を押し止《とど》める。

その頃になって、トイテンベルク伯爵が軍を動かす前に本陣に出していた伝令兵の報告を受けて、ようやくグリュンディング公爵も戦況が不利になっているのを把握できた。特にその武勇を評価していたゴルダン男爵の戦死に驚いた公爵は騎士団にも出撃を指示し、戦意に溢《あふ》れた貴族家だけに任せるのではなく、全面的に攻勢に出ることを指示したのである。王国軍は動き出した。

だが、大軍が同時に動くことは難しい。指示を受けてすぐに動き出した軍があると思えば、合図の音を聞いてようやく騎士が騎乗するような貴族家もある。全体として文官系貴族家の動きが鈍いのは普段の姿勢があるのかもしれない。結果的に魔軍と激しく戦い始めた騎士団と貴族家軍がいる一方、妙に間延びしたような戦い方に終始している場所もあり、ますます戦場全体が混沌《こんとん》としてしまった。

これはグリュンディング公爵が指示を出した時点での戦況では、まだトイテンベルク伯爵が存命であった事も大きいであろう。このような戦場ではままある事ではあるが、戦場の動きが激しいと、最前線からの連絡が総大将のもとにたどり着き、総大将がそれに対する指示を戦闘中の部隊に届けるまでに時間差が発生してしまう。

今回も公爵の指示が各貴族家に届いた頃にはトイテンベルク伯爵も戦死してしまっていたため、指示を出した時点での判断としては正しくとも、その指示は既に現場の状況とはかみ合っていないという事態が発生していたのである。

「これは収拾がつかんな。適当に戦おう」

馬上、視界の届く範囲の戦況を見やったアンスヘルム・ジーグル・イェーリングが自らの指揮をする伯爵家隊の前で皮肉っぽく呟《つぶや》いた。

なにより、敵の首魁《しゆかい》と思われる巨大な竜頭爬虫人《レプタイポス》の強さが貴族や騎士の常軌を逸している。あのような敵を相手にする際には、大型魔獣か魔族を相手にするような戦い方をしなければならなかったはずだが、相手を甘く見ていた事で王国軍の側が正面から戦いを始めてしまっているのだ。

いくら騎士であっても猛獣相手でさえ一対一では死傷者もでる。ましてあれほどの強さの魔物《モンスター》となれば損害は馬鹿にならないものになるだろう。うかつに戦場に出て行けば混乱に巻き込まれて自分の率いる隊の被害が拡大するかもしれない。

「臆病風に吹かれたと思われるのは不本意だ。前進はするが無理に戦うな」

「それでよろしいのですか」

「父上からお預かりしている騎士たちを無駄に死なせる気はない。それに、どうせ今日一日では決着はつかん」

　疑問を呈した騎士に対し、アンスヘルムは冷静というよりも突き放すような口調でそう応じた。武勲をたてる機会があるならばそれを無駄にする気もなかったが、この状況ではそれもかなわない。それならば他の貴族家に損害を押し付けよう、と考えたアンスヘルムは、あえて主戦場で悲鳴を上げる王国軍の騎士や兵士を放置し、その周辺で弱敵の掃討に終始することに決めた。

「王国軍と魔軍、双方ともに戦力を消耗してくれれば一番有難いんだがな」

　大神殿が魔軍に蹂躙《じゅうりん》されるような事になれば、神殿だけではなく救援が間に合わなかった王家の権威も失墜する。国内だけではなく国際情勢もどう変わるかわからない。無論、魔王と魔軍が勢力を伸張させることもあるだろう。そうなれば時代は混迷の時を迎えることになる。面白い事になってきた、と内心でつぶやきながら、アンスヘルムは小さく皮肉な笑みを浮かべた。

「……何という事だ」

◆

その日の夕刻、一旦は混戦状態に陥った王国軍は、投入された第一、第二両騎士団の奮戦と魔術師隊の魔軍後方に向けての長距離連続魔法攻撃、更にノルポト、シュラム両侯爵が陣頭指揮まで執った事で、かろうじてまだ息のある負傷者の大部分を保護しつつ、魔軍と距離を取り夜営のための陣に戻ることに成功した。

だが、結果は惨憺《さんたん》たる有様である。初戦での損害にグリュンディング公爵は思わずうなった。お気に入りのゴルダン男爵を失っただけではなく、特に損害が大きくなったトイテンベルク伯爵は戦場に来ていた一族全員が戦死しており、指揮官を失ったその家騎士団は役に立たない。最初に戦死したシオレック子爵が率いていた家騎士団は壊滅的な打撃を受け、もはや体裁を保つだけの数もいない。

特に大きな損害を出したのはこの三家であるが、それ以外にも戦功を焦り戦況を把握せずに突進した貴族家には多数の人的被害が出ている。準備不足の貴族家隊の中には魔物の毒により命を落とす将兵も多数に上り、夜営陣に戻った現在、治癒魔法が使える神官と毒消しを持った補給部隊の人間が王国軍の中を走り回っているような状態だ。

初戦はかろうじて引き分けというような体裁をとることはできたが、数が少ないはずの魔軍の側にはそれほど大きな損害が出ているとは思えない。内実はどう見ても大敗である。数を揃《そろ》えたことで敵の強さを見誤った己の判断の甘さを公爵は悔やんだ。

悔やみつつも公爵は総指揮官としての義務は果たした。まず自分の判断の誤りを率直に認め、敗軍の救出に尽力したフュルスト伯爵を始め、不利な戦況でも勇戦した貴族や騎士を称賛し報酬も出す。負傷者に治療の手配を行い、必要がある人間は後送して安全な場所での治療を指示する。一方で騎士団に指示を出し、フィノイへの攻勢が再開されないように翌日以降も王国軍として魔軍との戦いを進めるように手配を整えた。元々が文官系のグリュンディング公爵はそのような手配は巧みで速い。

公爵から指示されたそれらの手配を確認し、自家騎士団の負傷者への手配を済ませてから、バスティアンはタイロンとヘルミーネと共に食事の席を囲んだ。とはいえ、緊急の出撃だったこともあって補給面が追いついていないため、内容は比較的素朴なものである。

だが、三人が深刻な表情を浮かべているのは、食事や補給に関する問題ではない。今日の戦況がもたらした結果がフュルスト伯爵家にも無関係ではなかったためだ。改めて状況を把握したタイロンが苦い声をあげた。

「まさかトイテンベルク伯爵の一家が揃って戦死するとは……」

「伯爵家の直系はダニーロしかいないのですか」

「そうだ」

タイロンの言葉に続けたミーネに頷《うなず》き、バスティアンは苦い声で短く応じる。

「トイテンベルクは中核となる騎士も多数失った。再建には支援が欠かせんだろう」

バスティアンの声にタイロンとミーネも深刻な表情で頷く。その再建支援に手を貸さなければならないのはフュルスト伯爵家であったためだ。

伯爵家唯一の男子になるダニーロ・ファン・トイテンベルクの年齢はまだ五歳。そしてその子供はバスティアンにとっては孫であり、タイロンたちにとっては甥《おい》にあたる。トイテンベルク伯爵の長男に嫁入りしたバスティアンの長女が生んだ子がダニーロなのだ。

「姉上と伯爵夫人の関係はどうなのでしょうか」

「正直に言えばあまりよいとはいえないらしい」

ミーネの疑問にタイロンが応じ、沈黙が下りる。トイテンベルク伯爵家の夫人は気位が高い事で知られている。そして夫人の実家がどう動いてくるのかは想像がつかない。トイテンベルク伯爵家を乗っ取るような行動を仕掛けてくる可能性もある。今後、フュルスト伯爵としては孫の立場を守るための行動を強いられることになった。

「この戦いが終わった後、一度はトイテンベルク伯爵領に向かう事になるだろう。私が王都不在の間はタイロンに任せる」

「承知いたしました。……しかし、ここまで王国軍が脆《もろ》いとは」

気分を変えるように葡萄酒《ぶどうしゅ》で乾燥肉を茹《ゆ》でたものを飲み下し、タイロンが口を開いた。

バスティアンが首を振って応じる。

「敵の強さを見誤っていたのは事実だが、ヒルデア平原で大勝しすぎてしまったな」

王国軍が弱いとはバスティアンも思ってはいない。だが、ヒルデア平原で圧倒的な勝利を得た結果、敵を軽んじるような風潮もどこかに芽生えていたのであろう。ヒルデア平原の戦いは王太子殿下の指揮と策があっての大勝であった、と改めてバスティアンは思い、自身もどこかで油断があった事を認めずにはいられない。

単に指示通りに動くだけの死霊系魔物《アンデッドモンスター》を相手にするのとはわけが違うとわかっていたはずであったが、その意識さえ末端にまでは行き渡っていなかったのであろう。フュルスト伯爵家隊はともかく、一部の家騎士団における兵の士気も考えれば、今日の損害は決して軽いものではない、とバスティアンは思う。

「いずれにしろ、翌日以降のことだ。フィノイを救援するための軍がその手前で足止めされてしまっているのだからな」

「実は父上、その件で少々」

「何かあったのか」

バスティアンだけではなくタイロンもミーネの方に視線を向ける。大軍という状況では細部の情報はなかなか周知されず、噂話《うわさばなし》だけが広まることがある。そのため、敵だけではなく自軍内部の正確な情報も欠かせない。バスティアンはそれを理解していたため、ミーネに王国軍内部の情報を集めるように指示をしていたのである。

二人の視線を向けられたミーネは、話ばかりで証拠はないのですが、と断りつつ口を開いた。

「どうも戦意が両極端に分かれているようです」

「両極端?」

タイロンに頷いてミーネが説明を加える。緊急出動令という事でこの戦場に出てきてはいるが、なるべく被害を回避したいと考えている貴族もいることは事実なのだ。特に魔王復活後に魔物《モンスター》の出現状況が変化した結果、強力な魔物が出没するようになった地域の貴族にその傾向が強い。

「大神殿の重要性を理解していないわけではないのですが、それでもなるべく戦いたくはないという家が複数あるようです」

「フィノイには第二王女殿下もおられるというのに、何という事だ」

怒りと軽侮を複雑に混ぜた口調でタイロンが吐き捨てる。ライバルが少なくなることはありがたいが、フィノイ解放に時間がかかるというのは望ましい事ではない。王国貴族としてあるまじき態度だ、とタイロンが罵りの声を上げた。その声は聞き流しながらミーネが更に言葉を継ぐ。

「一方で、トイテンベルク伯爵らを殺害した敵を斃《たお》せば武勲になると逸《はや》っている家も複数あるようで、隊ごとにまるで別の戦場にいるかのようだと」

「……戦線が広すぎたか」

バスティアンが唸《うな》る。目の前であの暴風のような戦いを見ていた者ならばそうたやすくはない事は解《わか》るはずである。だが戦場が広く、遠方で戦っていた者にはそのような危険性が理解できなかったのであろう。もしくはそれでもなお自分ならば勝てると思っているのかもしれない。

「あれと戦《い》うのはさすがに骨だな」

「そういうレベルではないように思われます」

タイロンの呟きにミーネが応じる。ミーネは臆病なつもりはないが、あの敵は常軌を逸していると思わずにはいられない。戦場で生きたまま人間の生首を齧《かじ》り食っていたらしい、と聞いたミーネが嫌悪感と共に多少の恐怖心を持ったのは人間としては当然の事であっただろう。そのミーネにバスティアンが確認の声をかける。

「公爵閣下はそのことをご存じなのか」

「ご存じだとは思いますが……」

理解と戦場での戦意は別物である。今日と同じような戦い方をしていてはまた損害が大きくなってしまうであろう。翌日への指示が不明瞭なことにバスティアンは若干の不安を抱きつつ、自身も食事を再開した。

そのバスティアンの危惧は不幸にしてあたり、翌日、王国軍は抜け駆けを狙った一部貴族が暴走して早朝から戦闘状態が勃発し、ベリウレスに粉砕される貴族家の家騎士団が発生。そこから王国軍全体が大きく乱れ、結果としては『フィノイが攻撃されずに済んだことだけは幸い』という一日となってしまう。

状況が変わったのは、その数日後、王都から新たに補給部隊を率いてこの戦場に到着したセイファート将爵がここまでの戦況を把握した事による。予想もしていなかった損害の大きさに驚いた将爵はすぐにグリュンディング公爵に指揮系統の再編成を進言した。

だが、指揮系統を再編、同時にこれ以降の無断戦闘は全て厳罰の対象とするというグリュンディング公爵、セイファート将爵という文武の重鎮による通達文が周知されるのは少々遅かった。この間に、被害の大きかった一部の貴族家騎士団はこの戦場に留《とど》まる意欲さえ失い、また敵の強さがようやく周知されたことで各貴族家軍も警戒を始め、王国軍の内部には手詰まり感と奇妙な停滞感が出ることになったのである。

一方で、王国軍から見れば不思議なことに魔軍もフィノイへの強硬な攻撃を控えており、その結果戦線が膠着《こうちゃく》、数日の間、小競り合いが繰り返されるような形で戦況は推移することになった。

◆

肉を齧りながらハルティング一家にマゼルの王都での生活を説明する。俺の視点ではあるが、それでも興味深そうに聞いているのは家族だからだろう。留学先の話を聴いているようなもんなんだろうな。

「……って感じで、学園でのマゼルの模擬戦の勝率は誰よりも高い。今のところ、相手は教師も含めて四十六戦四十五勝一引き分け」

「その引き分けはツェアフェルト様ですか？」

「いや、俺はマゼルには全然勝てない」

今ならマゼルは木の枝かなんかを得物にしてる状態で、俺が真槍《しんそう》を持っているハンデ戦でも俺の方が負けるんじゃなかろうか。

「そうなんですか？　ではどんな方が……」

「いやそれが何と言うか」

俺たちの世代では伝説化している逸話だ。入学間もない頃だったその日は屋外修練場での授業で、腕試しの模擬戦をやることに。マゼルの相手は某貴族の三男。まあ弱くはないというレベルなんで、普通ならマゼルの方が勝っただろう。

両者が定位置について剣を構え、審判役の教師が「始め！」と言ったその瞬間、三男坊の頭の上に鳥の糞《ふん》がべちゃりと音を立てて落下。そして一瞬の沈黙。

観戦していた俺たちは大爆笑してしまい、相手は硬直して動かない。そしてどうしたらいいんですかこれと心底困り果てたような表情のマゼル。あんなマゼルの顔は後にも先にも見たことはない。

教師も笑いを堪《こら》えるような表情のまま引き分けとジャッジしてその試合はそこで終了。相手に頭を洗ってきなさいと指示を出した。マゼルも苦笑してその結果を受け入れていたんで、戦績としてそのままカウントされている。今のマゼルの実力も考えれば学生時代唯一の引き分けって事になるだろう。

「あの時はとにかく笑ったね」

と話を締めくくったら目を点にしていたハルティング家の皆さんも笑いだした。うん、笑えてよかった。あんな形で生まれ故郷の村を出てきたんだもんな。気を張っているのが当然だ。そこにノイラートが近づいて来たんで顔を向ける。

「ヴェルナー様、全員食事が終わりました」

「ああ、馬はどうだ」

「十分休みが取れたかと」

「よし、警戒要員も全員集まってくれ」

香草で挟んで枝に刺して焼かれた肉の最後の一切れを口に放り込み、湯冷ましの水で流し込んでから全員を集め、俺がいない間のアーレア村での状況を確認することにする。ちなみに鍋なんかはハルティング一家が焼け跡から探し出してきたものだし、食事の準備の際に香草も探してくれていたようだ。なるべく身を軽くするために余計な荷物は一切持ってこなかったので、こういう小さな心遣いが正直有り難い。

アーレア村で何があったのかを聞かせるのはどうかとも思ったが、何か情報に齟齬《そご》があると現状より悪い問題になりかねない。聞きたくないなら聞かなくてもいい、と断りを入れたが、ハルティング一家も情報交換に参加してくれることになった。申し訳ない。

今回の副官役であるベネッケ騎士はさすがマックスの推薦だけあって、単に戦うだけじゃなくて情報収集も進めていてくれたようだ。ありがたいんだが、その情報の中で重要かつ不愉快な話を聞くことになった。

「つまり、あの魔物《モンスター》たちは最初からハルティング一家を狙いに来ていたわけだな」

「はっ。村で最初に襲われたのはフィノイ側にある村の出口に近い所にある家だったようですが、その家の住人がマゼルという男の家族はどこにいるのか、と聞かれたと」

「……で、聞かれた側はそれをペラペラしゃべったと？」

「そのようです」

簡潔なベネッケの返答に苦い顔をするしかない。自分の命の方が大事だと思う事は理解できるが、アーレア村にとっては村の決定に従わなかったハルティング一家を売ることに躊躇《ちゅうちょ》はなかったという事か。本当に地方の村って奴《やつ》は〝法なき小国家〟状態になることもあるんだな。村社会の違反者はどうなってもいいらしい。その結果があれだからな。

「失礼ですが、ご一家は以前からそうだったのでしょうか」

「……一月ほど前から酷《ひど》くなりました」

シュンツェルの疑問にアリーさんが重い口を開く。魔物の出没状況が変わったことに確信を持ったのがそのぐらいの時期なのか。そして村の危機だからマゼルを呼び戻せと言われるようになったと。

「村にとって若く戦う力のあるマゼルは貴重でした。ですが、村の都合で戻すなど」

「できませんね」

国の呼び出しなんだから無茶というものだ。思わず間髪入れずに応じてしまった。だが同時に、家族がマゼルに事情を伝えなかった理由もわかる。マゼルなら家族がそんな状況になっていると聞けば村に戻ろうとしたはずだ。あいつなら間違いなくそうする。

ただ、そうなるとアーレア村で使い潰される未来しか見えない。言っちゃ悪いがあの村ではその後はあまり期待できないのは俺が見てもわかる。家族としてはマゼルにそんな未来を選ばせたくなかったんだろう。

「妻や娘を水車小屋で働かせるか、と言われたこともありました」

アリーさんのその発言を聞いてアンナさんとリリーさんがうつむいた。どうやらその話は初耳だったようで二人の顔色はお世辞にもよくない。

「水車小屋？」

「ノイラートは知らないか」

いや俺も知識でしか知らんけど。この世界でこの表現はどうかと思うが、王都出身で都会っ子のノイラートは俺以上に知らなかったようだ。

中世、この世界は中世風だが、ともかくそういう世界では村の水車小屋というのは少々特殊な立場になる。

水車を使った動力は穀物の脱穀や製粉を行ったり、羊毛をフェルトに加工したりと村の中で様々な用途に用いられるため、村の中ではトップクラスの重要施設である一方、木工技術や金属加工技術など、複数の技術者と多額の予算が必要となるので、水車と水車小屋は基本的に領主が設置する建築物だ。

そのため、水車小屋は領主の直轄地となるし、そこに駐在する粉挽《こなひき》職人は領主に雇われる格好で、いわば村内に駐在する領主に直結している家臣のような存在になる。水車を使うたびに村人は使用料を粉挽職人に支払う形になるが、これは領主の貴重な現金収入の一つだ。領主が石臼などを個人の家で持つことを許さなかったのは、村人に水車を使わせることで使用料を徴収する目的があったわけだな。

その結果、粉挽職人はある種の特権を得て、水車小屋の周囲は村の中の異界になる。村の収穫物である穀物を粉にした時に分量をごまかして差額を懐に入れたりして、個人の資金が潤沢になった粉挽職人が水車小屋の周囲で副業を始めたりもしていた。実のところ、中世の村にあった浴場なんかは水車で水を汲《く》み上げることが多いから、この粉挽職人の副業だった事も多い。まっとうな方の副業と言える。

一方、夜中でも止まらずに音がし続ける水車小屋の近くには、夜でも騒音を気にしない店を開くこともある。酒場や娼館《しょうかん》だ。この辺は前世の中世と変わらんらしい。

巡礼者が通過する村で娼館を建てるのかと思うかもしれないが、魔王復活前でも魔物《モンスター》が出没していたんで、団体巡礼者は傭兵《ようへい》や冒険者を護衛として同行させていた。巡礼者が娼館に行くことはあんまりないと思うが、護衛なら十分にあり得る。よかれあしかれ傭兵や冒険者って存在は体力自慢の人間も多いしな。その他に、巡礼者と同行するような商人がいれば、その護衛なんかも客になる可能性はあるか。

余談だが、前世のラノベなんかではだいたい宿屋の一階で食事がとれるが、現実の中世では村の宿屋は素泊まりで、食事場所は別だった事も多い。旅人が落とすカネを村人が分け合う目的があったからだ。

それはともかく、地方の村で凶作になった時には、村の女性が春を売る立場になることも珍しくない。その場所を水車小屋の近くに用意し、旅人からは使用料を、副業で春を売る事になった村の女性たちからも場所代を徴収していたのが粉挽職人の一面だ。中には村の女性を借金で雁字《がんじ》搦《がら》めにしていたとかいう悪質な例さえある。

とはいえ、やりすぎると〝月の出ている夜ばかりではない〟ことになったりもするんで、ある程度は粉挽職人も村人に配慮をするのが普通だ。

だが、村の中で村八分《むらはちぶ》にされている相手にそんな配慮をする事はないだろう。村の有力者である村長と領主直属の粉挽職人が同意すれば、強制的に村の娼館で働かせることもできたはずだ。

まだそういう状況にはなっていなかったようだが、実は結構危ない所だったのかもしれない。というか、そんなことになっていたらマゼルの奴が悲しむか本気で怒るんじゃないかという気もする。そっちの可能性も含めると色々な意味で危ない所だったようだな。

なお、この世界では水場限定で出現する魔物《モンスター》もいるのでそっちの心配もしなければならず、水車小屋も普段は魔物が近寄らない結界内となる村の敷地の中にある。とはいえ、やはり水車の音がうるさいのは事実なので、村の外れにある事の方が圧倒的に多い。

「事情は理解しました。王都における皆様の生活はお任せください」

アーレア村に対する不快感も後押しの原因だと自覚はしているが、マゼルの家族の前で俺はそう断言した。生まれ故郷の村に戻るという選択肢をいつかは選ぶかもしれないが、少なくとも家も焼けてしまい村八分の現状ではそれを希望する確率は低いだろう。

俺も子爵を名乗れる立場だ。多少の俸給ぐらいは出る。すぐに水道橋警備の任務に就いたせいで使わずにいた難民護送に従事した間の報酬もあるし、俺が養わなきゃいけない家族もいないから、一家が王都で新生活を送れるようになるまでの生活ぐらいは俺個人でも保障できるしな。

もっとも、あの王太子殿下まで話が通れば何もしないとも思えないんで、要するにその短期間だけ保護すればいいだろうと思っているのも確かだ。そういう意味では国を信用してもいる。

はて、そうするとなぜハルティング一家はあんな扱いを受けていたんだろう。いくら勇者《マゼル》の家族とはいえ、直接国が対応するかどうかはやや微妙だ。現場の担当に対応するようにと指示をして済ませてしまっていたのかもしれない。とすると、所詮平民の家族だと現場が手を抜いていたのだろうか。状況がよくわからんが、一度調査してもらう必要もありそうだな。それはともかく。

「王都で何らかの職もご用意できるかと思いますが、それは後日という事で。当面の生活は私が保障いたします」

「……ご厚意に甘えさせていただきます」

「ありがとうございます……」

うぐ、一家に半泣きで感謝されてしまった。こういう世界だから貴族の〝厚意に甘えない平民〟ってのも普通はいないが、今回に関する限りは本心であると思いたい。村の中で半奴隷扱いされる可能性まであったんだから、すぐに戻りたいとは思わんだろうし。

　前世の知識で考えれば俺の年齢で友人の親を養うってのはどうかと思わなくもないが、この世界で貴族の家に生まれている以上、圧倒的とも言えるアドバンテージがある。それを生かさないのであればその地位についている意味がない。だからマゼルの家族を保護する道を選ぶ事に躊躇はない。

　次いでこちらの事情も説明する。何があったのかを説明しないわけにはいかない。軍事行動なので実際は機密に属する事ではあるのだが、どうせ数日間同行していればどこかでばれる。信用していますという事を示すためにも事情を説明してしまおう。

「内密に願いたいのですが、現在、王国軍がフィノイ大神殿に向かっております」

　端的にそう話してからフィノイに魔軍が襲来している事、防衛にマゼルが参加している事を説明したら一家が顔色を変えたので、今現在はマゼルも無事だと話しておく。

　人質を取られてマゼルが内通するとは思わないが、ヴェリーザ砦《とりで》を奪還した英雄でもあるマゼルが、家族を助けるためであっても急にいなくなれば、防衛するフィノイの士気は著しく下がるだろう。恐らくだがそれが狙いだったんじゃないかと思う。

「このような事態になってしまったのは皆様の安全確保がおろそかであった我々の責任です。ヴァイン王国の貴族の一人として謹んでお詫《わ》びいたします」

「あ、頭をお上げくださいい、子爵様」

貴族である俺が頭を下げたせいかアリーさんが狼狽《うろた》えた声をあげているが、この点は間違いなく国側の失態だ。国の貴族として俺の側がこの点を有耶無耶《うやむや》にしてはいけない。

「解《わか》りましたので、どうぞ頭を上げていただきたく……」

「ご配慮、ありがとうございます。その謝罪の意も含め、道中と今後の生活はどうぞお任せください」

そう言ってもう一度頭を下げ、ひとまずこの件はそこで終わりにさせてもらう。先ほどのベネッケが聞き込んで来た話からすると、今は別件の方を問題としなければならない。

同行してくれていた騎士たちに向き直る。

「それとは別に直近の問題がある。魔軍側がまだ襲ってくる可能性があるという事だ」

「と、申されますと」

「敵が聞きこんでいたという点から考えると、ハルティング一家を狙っているのは確実という事になる。あの蜥蜴魔術師《リザードマジシャン》たち襲撃者は、敵から見れば行方不明になっているわけだ。状況確認のため、新手の敵が来る可能性を考慮しなければならない」

シュンツェルの疑問にそう応じた。実際、例えばアーレア村全体を虐殺するという可能性もあったわけだが、どうやら敵の狙いはマゼルの家族限定らしい。問題はその目的が不明な事と、マゼルがフィノイ攻略の邪魔者だからなのか、《勇者》というスキルを持っている人間の家族だからなのか、という点だ。偶然、勇者の家族の情報を手に入れた魔王が先に手を打った可能性っていうのも今の段階では捨てきれない。

とはいえ、情報不足なんでその疑問は置いておく。一家が狙われているのは確かだし、現状では安全を確保するために必要な手元の戦力でさえ万全とは言い難い。魔物《モンスター》たちの人間を見下している態度からすると、襲撃を失敗することはあまり想定していないようにも思えるが、油断をするわけにもいかないだろう。

それに、ハルティング一家が素早く村から逃げ出した場合に備えて、捕縛のための別動隊が村の周辺を徘徊《はいかい》している可能性は十分にある。まだ危機を脱しているとは言えない。

「かといってここで時間を浪費する事もできない。アーレア村の村長が何をしでかすかわからんからだ」

あの村長だと自分に都合のいい嘘《うそ》を並べて訴え出かねない。先にアーレア村が腐っていることを伝える必要がある。

人間心理として、ほとんどの人間は先にある情報と比較する形で後から来た情報を判断する。そのため、先に一方が悪党のような印象があれば、後から来た方の言い分はどうしても言い訳を強弁しているように見えてしまう。裁判は訴えた側が有利なゆえんだ。

ああいう自己都合がすべてに優先すると思っている奴を相手にするときは、時間を味方につけないと、俺たちが悪いという先入観をフィノイの救援軍や王都の人たちに持たれることになりかねない。だから早めに報告を上げる必要がある。

俺がそう説明すると、ハルティング一家も含めて全員が感心したように頷《うなず》いてくれた。

このあたりは前世知識の賜物《たまもの》だからちょっとむず痒《がゆ》い。

「したがって、なるべく早く事情を説明しないといけない。二名ほど選抜する。こっちは警戒しながらの移動だから時間がかかる。まずフィノイに向かっているはずの伯爵家隊《ツェアフェルト》に戻り、マックスに近況を報告してほしい」

「解りました。使者はヴィリーとフィラットでいかがでしょうか」

「ああ、二人に任せよう」

家騎士団の中から選抜してきているから、全員相応の実力者だ。だから正直な事を言えば誰でもいいんだが、ここは先達であるベネッケの推薦を容《い》れよう。それよりもやってもらうことがある。

「近況を報告したら、マックスに俺からの指示を伝えてくれ。ハルティング一家を王都に護衛する部隊の編成と、アーレア村であったことを総大将と父に伝えてほしいとな」

王都の父が状況を理解してくれれば後は動いてくれるだろう。丸投げになるがそこまで俺の手は回らない。俺の行動そのものに恥じるところはないのだから、迷わず父の手を借りることにする。

ヴィリーたち二人も俺の説明を理解しており、そういう事ならアーレア村の現状を自分の目で見ていた自分たちがフィノイ救援軍に報告後、そのまま王都に向かうと言ってくれた。ここは躊躇《ちゅうちょ》していられん。

「では二人には王都に向かう際に魔道具《マジックアイテム》の使用を許可する。総大将に報告後、俺の執務用保管箱に入れてある、靴に見える道具を持って『王都ヴァインツィアールへ』と言え」

「は、はあ」

「同時に、その効果に関しては一切の口外を禁止する。魔道具の使用に関してはすぐに許可書を書くから少し待て」

　二人はよくわからんという顔をしていたが、これはまあしょうがない。飛行靴《スカイウォーク》の事はまだほとんど説明してないし、数もないからあんまり多数に広めたくもない。何で広まってないのか理由も確認しておきたいしな。

　紙も筆も手元にないんで、木片を刻んでペンモドキを作り、焚火《たきび》の炭を使って裂いた布に許可内容を簡潔に記す。指先を噛《か》んで血で拇印《ぼいん》を押せばこれでも臨時の公式文書だ。

　その後、元気な方から馬を六頭選抜して使者になる二人に預ける。最悪の場合、馬を囮《おとり》にし、見捨ててでも役目を果たせと厳命した。

「俺たちはこのままヴァレリッツにまっすぐ向かう。途中で合流できるようにマックスに手配を頼んでくれ」

「かしこまりました」

本心をいえばマゼルの家族はここから王都に向かわせたいんだが、護衛も必要だし、食事の問題がある。冒険者とか騎士なら王都までの数日、魔物《モンスター》を狩って料理して、でも済むが、一般人にそれはきついだろう。普通はそもそも狩れないか。

数人程度なら食える野草とかで食いつなぐことはできるだろうが、それも今は危険すぎる。一家に対し護衛はどうしても必須だ。

その一方で、まだ王国軍がヴァレリッツ近郊にいるかと考えるとそれも可能性は低い。既にフィノイの方に向かっていると考えるのが妥当だろう。軍の正確な位置もわからんので、どこかで合流するほうが少しでも早くなる。

こんなことなら飛行靴《スカイウオーク》を持ってきておけばとも思うけど、アーレア村でのトラブルは想定してなかったし。そういえばヴァレリッツはあんな状態だが廃墟《はいきよ》に移動するのにも使えるんだろうか。そもそも今持ち合わせていないんだから考えてもしょうがないか。

「それ以外の者たちは俺と一緒にハルティング一家を護衛しながらマックスが編成してくれるだろう護衛部隊と合流。一家にはそこから王都に向かってもらう」

「解りました」

それにしてもすまんなほんと。あっちこっち引きずりまわして強行軍なんてレベルじゃない。しかし、これで俺が確保していた飛行靴は予備まで全部使い切ったことになるのか。どうにかして補充したい。手に入れたら分けてもらえるようマゼルに頼もうかな。

◆

ヴィリーとフィラットの二人を送り出した後、ハルティング家の皆さんには休んでもらい、残った騎士の班分けを行う。夜間の警戒と、敵の襲撃があった時に備えての作戦指示のためだ。特に敵の動きが読めない以上、準備と策を講じておく必要がある。

幸いというか、このあたりはまだそれほど特殊な攻撃をしてくる奴《やつ》は多くなかったと記憶している。蛇型魔物《モンスター》の毒に気を付けるのと、魔法使いへの対応が重要になるだろう。

「まず全員を三つの班に分ける。夜営の際もこの組ごとに寝起きして警戒をすることになるが、むしろ敵襲があった時の準備だ」

それぞれの特徴に応じて班に分け、あらかじめ基本作戦案を指摘しておく。パターンを複数用意しておくが、あまり複雑にするとわからなくなるから三パターンぐらいだ。敵に応じて指示を変えることにする。

とはいえ、この世界では野営の注意などは学園でも習うし、あの魔物暴走《スタンピード》後、魔物《モンスター》との戦い方だってここにいる全員は経験済みだ。基本的な点は今更説明の必要はないはず。

ただ、俺の指示や指導はより実践的なものに近い。難民護送の際に多くの冒険者と話す時間を設けていたおかげで、いろいろな情報や注意点を教えてもらっていたのが役にたっ

た。こういう情報は頭でっかちになると困るが、それでも頭に入れておけば応用もきく。

「よし、それじゃ全員、出発準備を始めてくれ」

「はっ」

とはいうものの、荷物もほとんどないから簡易的に靴や鎧《よろい》の手入れをしたり、馬の疲労を確認したり蹄鉄《ていてつ》の様子を確認したりという程度だ。鎧に錆《さび》が浮かないかが心配だが、今までそれどころじゃなかったからなあ。

そんな事を考えながら立ち上がってちょっと驚いた。すぐ傍《そば》でリリーさんがこっちを見ていたからだ。話に集中していたのと、森との堺《さかい》から魔物《モンスター》が出没しないかどうかの方を気にしていたせいで気が付かなかった。

「どうかしましたか」

「あ、いえ、凄《すご》いなぁ、と思いまして……申し訳ありません」

リリーさんがちょっと呆《ほう》けたような表情のまま差し出してきた木製コップを受け取りながら尋ねたら、狼狽えたように頭を下げられた。はて、何が凄いんだろうかと思ったが、よく考えたら俺よりも年長で体格のいい騎士に指図をしているのは、同世代からすれば驚きの対象かもしれない。けどこれは貴族という地位によるものだからなあ。

そう思いつつもう一つの点に気がつく。まだ軽度の緊張を感じるが、これから数日間ずっとそういう距離感だと何より向こうの気が休まることがないだろう。なので、女性相手ではあるが、俺の方から言葉を崩す。

「えっと、まず」

「は、はい」

「そんなに緊張しなくてもいいから」

「で、ですが……」

本気でそう思う。確かに学園でも俺に対して礼儀正しく接してくる相手はいたが、それを超えるレベルでリリーさんが貴族である俺を相手に毎回緊張しているのはちょっと気になる。本来、俺の方も騎士や貴族として淑女相手には礼儀を払うべきなんだろうが、こう堅苦しいとやりにくい。

頭では貴族相手の平民ってこれでも足りないぐらいだとわかってはいるんだが、俺としては生まれた村をあんな形で離れざるを得なかった、被害者であるマゼルの家族にはせめてもう少し気を休めてもらいたいというのが本心だ。

「確かに俺は貴族であってそれを否定はしないよ」

生まれや立場を卑下や否定することはできない。貴族が卑下する相手はそれこそ同じ貴族や王族に対してであり、それがこの世界の常識だからだ。前世の知識や記憶があるとしても、今の俺はこの世界の住人なのだから、ここで生きる人たちと接する際に守るべきものがある。まして貴族であることを最大限利用している自分がそれを否定する事なんかできるはずもない。

それに、俺が自分の立場や生まれを否定してしまえば、生まれついての勇者スキルの持ち主として、魔王討伐の旅に出ているマゼルはどうなるんだという話だ。生まれや立場を卑下することで、俺にとっての親友であり、リリーさんの兄であるマゼルも貶《おとし》めるような格好になるわけにはいかない。

「貴族を相手にしている、という意味でならリリーさんの態度は正しいと思う。けれど、マゼルたち学友と一緒に酒飲んで騒いでいる俺も確かに俺なんだ」

「……は、はい」

いやほんと、思い返すと学園では色々やらかしているし。改めて考えるともうちょっとやりようがあったんじゃないかと思う事もあるが、ひとまずそれは忘れることにする。

「だから少なくとも王都に着くまでの間は貴族の俺じゃなく、マゼルの相棒兼悪友に対する態度で構わないよ」

「悪友……」

くすりとリリーさんが笑った。うん、笑顔の方が絶対可愛《かわい》い。宿では人気あったんだろうなと思いつつ言葉を継ぐ。

「大体、貴族っぽく振舞う俺を見たらまずマゼルが笑い出すだろうからなあ」

そもそも偉そうにしている俺って自分でも想像できん。そう思いながら肩をすくめる。

そのまま意図的に軽い口調で言葉を継いだ。

「無理にとは言わないがそういうつもりでいてもらえるかな」

「……はい」

少し緊張が抜けた表情で頷いてくれたんでひとまずこれで良しとする。たいして荷物もない状況だが、出発準備をするようにリリーさんにも伝え、コップの中身を一気飲みすると俺も自分の馬の方に足を向けた。

◆

一夜を過ごした場所から数時間ほど移動し、距離を取ってもう一度昼休憩。軽く何かを口にいれて馬も休ませるためだ。行きに馬にも無理をさせる事ができたのはポーションのおかげだだが、それも品切れ。今後、馬の餌をどうやって調達するか悩ましい。

「本当ならもう少し急ぎたいが、難しいな」

「はい。馬の疲労とのバランスを取りながら、可能な限り飼葉などを調達ができそうな場所に向かいましょう」

「人家というか村があれば一番いいんだがな」

「地理に詳しいものがいないので、注意しながら進むしかありません」

ノイラートやシュンツェルを傍に置いて俺との会話を聞かせつつ、ベテラン騎士のベネッケと相談中。飲用できる水がこの先にあるのかないのかさえも注意しながら進むんで、足が遅くなるのは避けられない。ハルティング一家もあまりこのあたりには詳しくないらしいが、宿を経営しているような家族が自分から他の村に行くことはなかっただろうから、これは仕方がないだろう。

現実の中世もそうだったが、この世界でも似た所があるのは町や村のない地域の状況だ。実のところ、これを理解するのは絹の道《シルクロード》とかの砂漠地帯をイメージするほうがわかりやすい。砂漠を旅するときは砂の中に点在する泉のある緑地《オアシス》を目指して移動するが、中世風世界では森と荒れ地の中に点在する集落《オアシス》から集落を経由して移動する。だから道を知らない場所での移動は砂漠の中をコンパスなしで彷徨《さまよ》うのに近い。

しかも、一家が乗っているのは長距離を移動するための馬車ではなく、村で使う古めの荷車を馬で引っ張っているものだし、そもそも道がある場所でさえ舗装どころか歩行者が足で踏み固めただけのような道だ。その道すらない事も多い。急ぐにしても限界はある。

結果、徒歩よりは速いが、軍事行軍より遅いというようなペースで移動をすることになってしまうが、贅沢《ぜいたく》は言えん。それにしてもこの馬の疲労と移動距離とのバランス配分はあの難民護送での経験が生きているなと思わずにはいられない。

フィノイの方が気にならないといえば嘘《うそ》になるが、マゼルがフィノイにいるなら大丈夫だろう。俺本人がフィノイにいるよりも頼りになるのは確かだ。

「水の補給地に関する情報が欲しいな。どこかの村で道案内を雇えればいいんだが」

「この際、直接フィノイに向かう道を利用してはいかがでしょうか。アーレアからフィノイにはもともと巡礼者が行き来していた道がありますし、道中なら水源場も整備されているかと」

移動経路を相談中、ノイラートがそう進言してきた。俺としてもそれは考えなくもなかったが、ハルティング一家を狙っていたのが爬虫人系《レプタイポス》ということは、その大本はフィノイの魔将ベリウレスである可能性は高い。となると、フィノイ周辺に連れて行くのはさすがに危険が大きいだろう。

「敵がフィノイへの援軍を警戒していたりするとなあ……」

「確かにそれは問題ですな」

シュンツェルが頷《うなず》いた。魔物《モンスター》がそこまで考えるかどうかは別にして警戒は必要。仮に、誰かが通るだろうとフィノイ近郊の道に警戒網が張られていた場合、待ち伏せされている所に突っ込む危険性がある。今は王都に避難してもらう方がいいはずだ。

それに、魔軍がヴァレリッツを攻め滅ぼして通過した街道周辺からは山賊とかも移動している可能性がある。その面でも少数の護衛で、王国軍が行軍したのとは別の道を通行するのは危険なんじゃないかという気がするんだよな。現状では道なき道を通る方が山賊との遭遇確率が下がるだろうというのは皮肉な気分だ。

結局のところ、どの選択肢を選んでもリスクはあるわけだが、護衛しなきゃならない相手がいて、こっちの戦力は少ない状況でもある。可能な限り、戦闘面のリスクを減らしたいところだ。考えることが多くて胃が痛い。

ふと見ると騎士の護衛付きでハルティング一家が食べられる野草とかを採集しているようだ。食料品に余裕がない事は説明済みだから、少しでも何か役に立とうという事だろうか。気を使わせているのは申し訳ないなあ。

「ひとまず今日の食事として魔物《モンスター》狩りの必要もあるか」

「野生動物と異なり、人がいるとわかれば魔物の方から近づいて来るのは助かると言えなくもないがな」

ノイラートとシュンツェルの会話を耳にして苦笑するしかない。一〇人程度の人数ですら補給を考えないといけないんだから、まったくもって世の中はややこしい。六足兎《モルティラビット》でも出てこないかなあ。

余談だがこの世界では兎《うさぎ》も一匹、二匹で数える。そして魔物の兎はその肉だけ食べていても死なない。前世世界ではウサギ飢餓って言葉があるぐらいで、遭難した狩人《ハンター》が兎肉だけしか食べられずに死んだ記録さえある。ということはこの世界では魔物の兎は外見こそ兎だけど兎じゃないのかもしれん。その辺さっぱりわからんが。

「ひとまず魔物《モンスター》にも気をつけつつ、もう少し休んだら移動するぞ」

「はっ」

ハルティング一家も呼び集め、荷車の車輪等を確認するように頼む。俺自身も念のため荷車を確認していると、ふと妙なものに気が付いた。荷車の隅に置いてあるのはリリーさんを助けた際に回収してきた、あのどこか妖しい気配を感じた石の入った包みだ。

俺には鑑定の能力なんかないし、魔力を感じられるとかの特殊スキルもない。だからこれは直感としか言えないが、やはりなんとなく気になる。

念のためハルティング一家の傍に保管するのはやめることにして、全員に注意喚起をしてから、出発前にあの石の入った包みを慎重に空馬の一頭に括《くく》り付けた。

◆

馬上で警戒をしながらハルティング一家と世間話をしつつ移動中。ああは言ったが、俺から話しかけないと相手の緊張が消えない。とはいえ、俺も話題が豊富ってわけじゃないんだよなあ。王都襲撃が起きた時に備えて、生き残るために訓練三昧だった弊害が出ている気がする。

「なるほど、香草とかにも詳しいのか」

「はい、宿のお料理は評判が良かったと思います」

こんな状況ではあるが、それでもアンナさんがそう口にした。どうやら本当に料理自慢の宿だったらしい。そう言えば焼け跡から調理用の道具と何種類かの素材だけは何とか探し出していたな。

ところで、中世世界では香草《ハーブ》の類がもたらす影響は想像よりも大きい。だからカール大帝ことシャルルマーニュなんか宮廷の庭で七十三種類もの香草を育てるように執事に命じているし、そのリストが丁寧に受け継がれ二十一世紀にまで残っている。リストの中には『魔女に魔法をかけられた時に有効』な香草とかがあったりするけど。そんなものはないにしても、この世界でも香草は重要であることは間違いない。

「それはいいな。王都で店を開くようならぜひ一度足を運ばせてもらうよ」

「はい」

俺がそう応じたらリリーさんも嬉《うれ》しそうに応じてくれた。もし実際に店でも開いたらドレクスラーたちと〝マゼルの家族のやっている店〟に行くのもいいな、と思いながら馬上で手綱を引く。

とはいえ、王都の町中でそんな事ができるのは魔王討伐後になるのかなあ。あれ、でもそうなった時ってマゼルはえらく出世してることにならないだろうか。

「ツェアフェルト様は苦手な物とかはおありなのですか？」

「特にないという事にしておく」

俺も頑張ってちょくちょく話を振っていたおかげで会話から硬さはだいぶ抜けているんだが、この世界の平民、しかも女の子相手だと話題を振るのがちょっと大変。だから向こうから話を振ってくれるのは正直ありがたい。

「戦場だと贅沢がいえなくなるから何でも食べるようになるんだよな。とはいえ旨《うま》いものの方が有り難いのは確かだけど」

「貴族のかたでも美味《おい》しくないものを食べることがあるのですか？」

「まあ……いろいろとね」

貴族ならいいものを食っているという偏見というか先入観はこの世界にもあるらしい。半分ぐらいは間違ってないのか。美味《うま》いものを食う機会が多いのは事実だし。

とはいえ、ここで言う事ではないから黙っておくが、戦場ではパンの他には虫を茹《ゆ》でたものしか入っていないスープしか出なかったとか、そういう話もある。栄養価は知らんが味の方は白湯《さゆ》の方がましなんじゃなかろうか。

「そう言えばこの間のお茶みたいなのは何だったのかな」

「あ、あれは根菜の葉を乾燥させたものでして……」

「ああ、なるほど」

前世世界での中世と同様、この世界でも腐っていたりしない限り、根菜の葉まで無駄なく使うのが普通だ。カブの葉なんかも普通に使う。根菜類が栽培量はともかく種類が豊富なのはやっぱりゲーム世界なんだなと再認識してしまう所だ。俺は見たことはないが、この世界には都合よくジャガイモとかもあるのかもしれない。

「ああいうのも嫌いじゃないかな」

「よかったです」

貴族にそんなものを飲ませたのかと怒られるのが気になったのか、リリーさんが安心したようにそう呟《つぶや》いた。俺は美味ければ文句はないというタイプだから気にしないんだけど。前世でも食にこだわりはなかったが、悪食だった記憶はない。ないったらない。好き嫌いが少ないというだけだ。戦場に出ることもあるこの世界ではそれが幸いしている面があるはず。あとあんまり辛いものは……ってそれこそどうでもいい事か。

「もしよろしければ、皆様の今日の夕食も私どもが」

「そうしていただければ助かります」

宿の主人で料理人でもあったらしいアリーさんがそう提案してきたんで遠慮なく応じる。ここにいる騎士が作る料理は多かれ少なかれ戦場の料理だからな。そう思いながら反応したが、その途端、首筋になにかちりっとしたものを感じた。

◆

「ヴェルナー様」

「ああ、気が付いた」

人間の感覚器官というのは妙なものだ。前世で言えば、混雑して騒々しい駅の人ごみの中でも、知人が自分の名前を呼んでいる時には気がつく事ができる。いわゆる殺気とか危険性とかを感じるのはそういう部分を先鋭化したものなのだろう。緊張していると感覚が鋭敏になるっていうのもそうなのかもしれない。

素早く周囲を見回す。多少の起伏はあり、広くないが地形に癖はない。この地形なら相手が魔物《モンスター》でも地形効果は互角だ。むしろここで対処したほうが確実か。

「全員、下馬をして警戒態勢。ハルティング一家のみなさんは動かないように」

下馬しながらそう指示を出し、馬を後方に下げる。さすがというか、騎士たちは全員気が付いていたようだ。すぐに警戒態勢に入り武器を手に取る。騎士全員が同じ方向を向くのではなく、多数が疑わしい方向に視線を向けつつ、あらかじめ決められた数人が別の方を向いているのは警戒時の鉄則どおりだ。馬の方も訓練されているから大人しく荷車の隣、一カ所に留《とど》まった。魔物に直接襲われない限り、そこで我慢してくれると思う。

俺も背負っていた槍《やり》を手に取る。魔法鞄《マジックバッグ》は高価だから手元にない事も多いし、別の馬に載せておくとこういう時に取り出すワンアクションが必要になるから、警戒移動中には肩から斜めにして背負うのが基本。ちなみにそれ用の肩紐《かたひも》のようなものもある。

ほどなく警戒していた繁《しげ》みから二足歩行の魔物らしき影が複数、姿を現した。荷車の上でハルティング一家が硬くなっているのは、リリーさんが拉致された時を思い出したのかもしれない。

「心配ない。任せろ」

敵から目をそらさずにそう声をかける。格好をつけたつもりはない。あの時みたいに敵の方が早かったのならともかく、この状況で魔物に後れを取るような事はないし、手も出させない。そんなことになったらマゼルに合わせる顔もないしな。

相手を素早く確認する。槍を持った蛙男《フロッグマン》が四体、半月刀《シミター》を装備した蜥蜴人間《リザードマン》が二体と、石斧《せきふ》を手にした鰐兵士《アリゲーター・ウォーリアー》が一体、その後ろに杖《つえ》を持つ蛇僧侶《スネークプリースト》が一体の全部で八体か。

蛇僧侶《スネークプリースト》は魔法を使うはずだ。蛙《かえる》って両生類であって爬《は》虫類《ちゅうるい》じゃないはずだけど、魔物としての出現範囲は同じ地域なんだよな。ベリウレスの雑兵的な扱いなんだろうか。

それにしてもこいつらはアーレア村からハルティング一家を追って来たのか、それともフィノイの方からこっちに向かってきたのだろうか。それは後で考えるとするか。

「対応パターン二番で行く。蛇の毒には気をつけろ。ベネッケ、頼むぞ」

「かしこまりました」

敵が出てきたときの打ち合わせは済んでいるので、これ以上の指示は無用だ。俺も槍を構える。一瞬の睨《にら》み合いがあり、次の瞬間、蛙男《フロッグマン》が地面を蹴って跳びあがった。ゲームではただ攻撃という表記が出てくるだけだが、実際はこうやって跳んでくるのか。

一方、一班の騎士たちは鎧《よろい》を着たまま全力で走り出し、距離を詰めた。敵の前衛にではない。前衛の蛙男《フロッグマン》や鰐兵士《アリゲーター・ウォーリアー》を素通りし、蛇僧侶《スネークプリースト》に肉薄したのだ。横を人間が通り過ぎた格好になった、敵の中段にいた蜥蜴人間《リザードマン》たちが驚いたように動きを止め、そこに二班にいるベネッケたちが接近して動きを封じた。

◆

俺の指示はある意味でゲーム的な指示ではある。まず相手の魔法使い、特に回復魔法を使う奴《やつ》がいればそれを最優先に叩《たた》くというものだ。そのための一班は短時間で魔法使いの無力化を狙うため、特に戦闘力に自信がある騎士で固めてある。

その後に続いた二班は遊撃で、基本は一班の背中を守るのが役目だが、状況に応じて位置を変えてもらわないとならない。判断力と応用力が重要になるから、ベネッケ騎士ともう一人のベテランが二班の構成員だ。一班は魔法を使う敵を斃《たお》した後は、二班と同じ敵と戦う事になっている。

三班のノイラート、シュンツェルはハルティング一家に近づいて来る敵を迎撃するのが役目。二人も騎士としての実力はあるだろうが、実戦経験という意味では他の騎士に劣るはずだから、やることを限定させる形で逆にそれ以外の事を考えなくてもいいようにしている。俺も今はこの三班にいるが、敵の数が減ったところで二班に合流予定。

　その俺たちの前に蛙男が跳ねながら近づいて来る。だが跳び方は単調だ。ジャンプの高さに最初はちょっと驚いたが、冷静に見れば訓練で戦った騎士の方がはるかに隙はない。

「着地点の下に入るな、相手のペースに乗るなよ！」

　ノイラートとシュンツェルにそう声をかけると、俺自身は逆に着地点を狙い前に駆けだし、地に足をつけたままで対空迎撃の形で槍を斜め上に突きあげた。俺の槍の方が長くてしっかりしているうえ、相手は空から落ちてくるので、敵の体重が槍の穂先に集中する。結果、穂先が蛙男の下顎から頭を貫通し、相手の口から空気と共に濁った音というか声が漏れた。

　足が地についていないと敵の動きや武器の距離に応じて自分の体の位置を変えられないため、相手の攻撃を避ける事ができなくなる。逆に言えば蛙男のように飛行能力のない奴が空中に跳んでも方向転換はできないから、ただの空中にある的でしかない。

「ふっ！」

　蛙男の頭部を貫通させてからすぐに手元に引き寄せた槍を一度大きく横に薙《な》いで、俺に接近しようとした鰐兵士を牽制《けんせい》する。その間にノイラートとシュンツェルもそれぞれ一体ずつ蛙男《フロッグマン》と切り結び始めた。蜥蜴人間《リザードマン》二体は二班の二人と一対一で交戦中か。

鰐兵士《アリゲータ・ウォーリアー》の顔が動いた。奴の視線の先を頭の中で確認し俺も頷《うなず》く。なるほど、俺たちを発見、接近して来たのは人間の臭いとかじゃなくてあれのせいか。とすると奴らの優先順位も予想がつく。戦力が集まっている一班と二班が敵を倒すまでここで食い止めればいい、と思っていたら最後に残った蛙男が視線を動かした。

俺たちにではなく、ハルティング一家の方に。

それを把握するよりも早く、蛙男の視線が向いた先に気が付いていた俺の体が動いていた。鰐兵士の攻撃を避けるようにして後方に下がりながら、目の前の鰐兵士ではなく蛙男を狙い、大きく踏み込んで槍を突きだす。一家を狙うため跳び上がろうとした蛙男の脇腹を槍が貫通し、文字で表現するのが難しい、聞き苦しい蛙の鳴き声が響いた。

槍のリーチを生かしたとはいえ、だいぶ無理な姿勢で蛙男を刺した俺に鰐兵士が接近し石斧を振り上げる。よし、狙い通り俺の方に来た。隙を見せた甲斐《かい》がある。

この状況で敵の動きから目を離すつもりはない。足元を確認し蛙男から槍を引き抜くと、石突きの方を鰐兵士に向けたまま、逆に鰐兵士に向かって全身で飛び込むように距離を詰めた。近接戦闘というより格闘戦の距離に飛び込んだ俺の体に、相手の振り回した石斧ではなく、腕が激突する。魔物《モンスター》の馬鹿力に鎧が悲鳴を上げたが、それと同時に俺が持つ槍の石突きが奴の顎の下に食い込んだ。体重に勢いが加わった一撃だったので鰐兵士が大きく仰《の》け反る。

　石斧のような武器は遠心力による勢いがついた一撃が怖い。だからむしろ格闘戦距離に飛び込むことで、石斧じゃなく腕に体をぶつけるようにして鰐兵士が振るう武器の勢いを殺す方を選んだ。かなり無茶なやり方だが、目的の方に向かわせず、かつ致命傷を避けるにはこれがベストだったからだ。痛ぇけどな！

　硬い石突きで顎を撃ち抜かれた鰐兵士がよろけたように数歩下がり、俺との間に距離ができる。その間に俺は痛みを堪《こら》えつつもう一度槍を繰り出し、起き上がり一家の方に向かおうとしていた、先ほど腹を貫いた蛙男の首を刺し貫いて止《とど》めを刺した。

　こいつらはハルティング一家も狙っているのかもしれないが、一人ぐらいは殺しても構わないというような考えを同時に持っていてもおかしくはない。最優先するべきなのは一家の安全だし、こいつらの思い通りにさせる気もないぞ。

「ヴェルナー様！」

「二人とも、こっちにかまうな！」

　俺がそう怒鳴ると、短い返事があり再び俺の後ろで気合の入った声が聞こえてくる。俺自身は得物を構え鰐兵士に向き直った。槍を突き込むと奴は石斧でそれをカウンターで叩いて来る。あるいは槍を折るつもりだったのかもしれないが、生憎《あいにく》この槍はそう簡単に折られるようなもんじゃない。狙いはぶれたが突いた槍は鰐兵士の肩に命中した。鱗《うろこ》の硬い所だったのか、まるで金属の鎧を突いたような衝撃が手に残る。

予想していた状況と違うと思ったのか、それとも俺が一番邪魔だということを認識したのか。鰐兵士《アリゲータ・ウォーリアー》が俺に向き直った。奴の視線がこっちを向いたことを確認し、わざと構えを崩して大きく肩をすくめて見せる。何だこの程度か、という俺の態度《ジェスチャー》を見て鰐兵士が怒りの表情を浮かべて俺に向かってきた。よしよし、後は時間を稼ぐだけだ。

大振りの一撃を避けながら相手を牽制しつつ攻撃を加える。それほど長い時間耐える必要はなかった。ノイラートとシュンツェルがそれぞれ蛙男《フロッグマン》を片付けると、こちらに駆けつけて来たからだ。二人が俺の左右に分かれて鰐兵士に斬りかかる。頑丈な皮膚と鱗だが、さすがに至近から斬りつけられれば無傷という訳にはいかないようだ。

その様子を見てから目だけを動かすと、視線の先でも戦況がこっちに有利に展開していた。三対一だった一班が蛇僧侶《スネークプリースト》を斃すと、そのまま一班のうち二人が蜥蜴人間《リザードマン》の片方に後方から襲い掛かりそいつを切り伏せる。残ったもう一体の蜥蜴人間に動ける全員が向かったのを確認し、牽制のため鰐兵士の顔面に槍を突きだしてから一度距離を取った。ハルティング一家の無事を確認する必要があったためだ。敵に別動隊のような奴はいないようで一安心。

俺が周囲を確認している間に一班と二班がほとんどの敵を倒し、ノイラートたちが戦っている鰐兵士を後ろから切りつけ始めていた。敵は皮膚が丈夫で体力的にはタフだが、あの状況なら大丈夫だろう。そう思いながら全体を確認すると、一班の構成員である騎士の一人が倒れたままになっているのを視界の隅で確認する。

「ノイラートとシュンツェルはそのまま敵の攻撃に対応しろ、ベネッケたちは敵の腕を狙え！」

すぐに俺も鰐兵士との戦いに再び参加した。攻撃目標を明快にしつつ、奴が誰かを攻撃しようという様子を見せるたびに、先にその腕や目を狙って槍を突き出す。倒れている騎士も心配だが、これ以上被害を拡大させないことも負けず劣らずに大事だからな。

やがて、文字通り袋叩きになった鰐兵士もその場に崩れ落ちて動きを止めた。

◆

「どうした!?」

「毒を受けたようです」

倒れて動けなくなっている騎士に駆け寄ると、同じように近づいた一班に所属していた別の騎士からそういう反応が返って来た。意識はあるようなので、他の騎士たちに周辺を警戒するように指示を出してから、すぐに荷物から毒消しを持ち出し治療する。

早急な処置が功を奏したのか、すぐ顔色はよくなった。が、ゲームと違って毒消しを使うと同時に健康体に戻るほど便利ではないようだ。すぐに身体《からだ》のしびれが消えたり、失った体力が復調したりはしないのだろう。ゲームだと死にかけていても健康体と同じ速さで歩けるんだが、それと一緒にするのは野暮か。

「すまないが荷車に乗せてもらいたい」

「はい、大丈夫です」

別の騎士と二人がかりで荷車まで運び、ハルティング一家に断って一緒に乗せてもらうことにする。一家が面倒を見てくれるそうなので、感謝しつつ任せることにした。

その間に一班の騎士から詳しく聞くと、蛇僧侶《スネークプリースト》が喉笛に噛《か》み付いてきたときにとっさに腕で喉を庇《かば》う格好になったらしい。籠手《こて》を貫通する牙ってどんな鋭さなんだ。冒険者から話は聞いていたが、まだ見通しは甘かったらしい。

魔物《モンスター》の魔石と素材になる部分を回収し終わったという報告を受けて、魔物の武器も回収させた。石斧は重すぎるから捨てていくとして、蛇僧侶の杖と蜥蜴人間《リザードマン》の半月刀《シミター》二本、それに蛙男《フロッグマン》の四本の槍《やり》。こんなものでも売れば少しは路銀の足しにはなるだろう。

「ヴェルナー様、これからですが」

「もう少し、怪我《けが》の治療や休憩をしながら待て。周囲の警戒は怠るな」

昼食後に移動した時間も含めれば、多分、もう少しで状況が変わるはず。そう思いながら魔物の武器を見ていると妙な事に気が付いた。質が一定だという点だ。その不自然さに俺が思わず考え込みそうになったところで、騎士の一人が声をあげた。

「ヴェルナー様、あれを」

その声に応じて考えを中断し、その方向に視線を向け、内心で大きく安堵《あんど》の溜息《ためいき》をついてしまう。

人間の集落から上がる、夕餉《ゆうげ》を作る炊煙が立ち上るのが夕暮れの空を背景に見る事ができたからだ。


騎士を二人ほど先遣として向かわせてから、俺たちも可能な限り急いでその村に移動。名を名乗り、先ほどの魔物から回収した魔石などを代金がわりに宿に泊めてもらう交渉をまとめた。これで今日は夜営せずに済むな。

ついでにというと語弊があるが、残った魔石や魔物の武具と、これから必要な物品の交換を申し出る。ハルティング一家用に木靴などを先に分けてもらい、それ以外の荷も明日までに用意してくれるとの言葉に一安心。貴族らしい態度を維持しつつ礼を述べておく。俺、前世にもう一度生まれ変わったら貴族専門の舞台俳優ぐらいならできるかも。

それにしても、先に貴族だと名乗ったこともあるかもしれないが、アーレア村のような扱いは受けなかったのは正直ありがたい。ハルティング一家とあの毒を受けた騎士を休ませる目的もあり、宿を借り切って泊まらせてもらう。村長には移動の途中でこの村で一泊したただけだから、これ以上のもてなしは不要とも伝えておこう。

恐らく、ヴァレリッツの町が滅ぼされたという噂《うわさ》ぐらいはこの村にも流れてきてはいると思われる。だから騎士が一〇人近く泊ってくれるのは村人も安心できるという意味で好都合に違いない。こちらもこの村で泊まれるのはありがたいものの、絶対に敵の襲撃がないとはいえないのも事実だ。ハルティング一家と負傷した騎士には休んでもらって、念のため俺を含めたそれ以外の全員には交代での夜警を指示した。

◆

深夜過ぎ、俺ともう一人の順番になったんで、鎧《よろい》は着ないが予備の服を外套《がいとう》がわりにして外に出る。村の外から何かが侵入してきた場合、なるべく早く気が付くためには建物の外にいる方がいいからだ。表側の扉をもう一人に任せ、裏口になる扉の外側で警戒をしながら、気になっていた部分の思索を少し進めておくことにする。

あの時、鰐兵士《アリゲーター・ウオーリアー》は馬の方に視線を向けた一方、蛙男《フロッグマン》はハルティング一家に攻撃の狙いを定めていた。その二点から想像できるのは、恐らくだが、敵の優先順位のなかで最上位なのはあの謎の石なのだろうという事だ。

だが、あの上から目線だった蜥蜴魔術師《リザードマジシャン》が失敗するとか自分が倒されることを想定していたとは考えにくい。予想外の事態、つまり蜥蜴魔術師が倒されたということに気がついて、アーレア村の周囲にいた別の一団があの石を回収しに来たと考えるのが自然だろう。

一方、今のところあの石が何か起こしたわけではない。持っているだけではあまり意味がないようだ。あの石はゲーム的にいえばイベントを発生させるフラグかトリガーのようなものなのだと思う。

そこまでは想像できるが、それ以上となるとさっぱりわからん。まさか何が起きるか実験するわけにもいかんし。人間を生贄《いけにえ》に魔物暴走《スタンピード》を発生させるイベントアイテムだったりしたら目もあてられないしな。

とりあえず危険物だという事は予想できたんで、さっさと誰か専門家に預けてしまう事にしよう。よく考えればヴィリーやフィラットに預けておいてもよかったかもしれないが、あの時点ではそこまで頭が回らなかった。二人がさっきの蛇僧侶《スネークプリースト》たちに襲われるよりはましだったと思っておくことにする。

そしてもう一つ。ゲームだとグラフィックを使いまわしているから気にも留めなかったが、実際にこうして戦ってみると不自然極まりないものとして魔物《モンスター》の装備がある。爪や牙ならともかく、何でいつも同じ種類の敵なら同じ水準の装備を身につけているんだ、という点。中には武器を持ったまま発生してくる奴《やつ》もいるだろうが、雑魚《ざこ》の小鬼《ゴブリン》や蛙男まで全く同じような装備を持っているのは考えてみれば不自然極まりない。

だが、これに近いものを俺は知っている。魔物《モンスター》が持っていることがある宝箱だ。同じ種類の魔物を斃《たお》したときに手に入る《ドロップする》宝箱から出てくる装備品やアイテムには、どれだけ保存されていたのかわからないのに品質に差がない。これらがゲームで表されていない部分だとしたらどうだろう。

ひょっとすると、ゲーム知識では存在しなかった町や貴族やらが現実に存在しているのと同様なのではないか。ゲームには登場しない俺の知らない魔物が存在していて、人間が豚や羊などを家畜としているように魔物もその未確認の魔物を家畜化している。そして、その未確認魔物が、魔物の武器の材料、もしくは武器そのものを生み出しているのではないか、という仮説だ。

前世の中世欧州では中央アジア方面、いわゆるチュルク系民族の地域からも鉄を輸入していて、それで消費量が賄われていたし、中には特殊なものも含まれていた。

例えば伝説の武器、エクスカリバーとかカラドボルグとか、そういう物のモデルの一つとされるウルフバートと呼ばれる剣がある。やたらと丈夫で地中に埋まっていても保存状態がいいものが多く、中世欧州で打たれた他の多くの剣とは一線を画している代物《しろもの》だ。ウルフバートと銘が彫り込まれている剣は複数見つかっているんで、地域名か工房名なのではないかという説もある。

このウルフバートは特に支配者の墓から発掘される例が多いんだが、その頑丈さの理由が長い間謎だった。正体が判明したのは二十一世紀になって金属の中に含まれている不純物から産地を特定できるようになってからだ。それによると、材料に使われた高品質の鋼は欧州産ではなく中央アジアの物だった。当時の中央アジアには絹の道《シルクロード》ならぬ鉄の道《アイアンロード》が存在していて、そこで作られた鋼がウルフバートの正体だったわけだ。

この世界にはそういう欧州に対する中央アジアのような、外地域というか別地域というか、ともかくそういうものがない。文化圏の外部から資材が流入するルートは存在しないわけだ。この世界にも鉱山はあるが、鉱山数や生産量から考えると、金属の商品数というか使用量、流通量がおかしい。

だが、魔物が作り出す宝箱の中身がそういった金属類の供給源なのだとすると、生産量と消費量の差に一応の理屈がつけられる。なんせ魔物はどこからともなく湧いて出てくるしな。実際、魔物の武器防具を熔《と》かして資源とすることは珍しくない。前世で都市鉱山と言われていたのに倣えば、さしずめ魔物鉱山とでもいったところか。

そして魔物の作り出す物品は常に一定の品質があるのだとすると、同じ種類の魔物が同じような武器を持っているという理屈も一応納得がいく。

ただ、そういう魔物がいるとしても、どうやって銅の剣とか鋼の盾のような武器を作り出しているのかという疑問はある。あるんだが、それを言うとこの世界は攻撃魔法で火の玉《ファイアーボール》やら氷の矢やらが生み出される世界。金属のインゴットがそのまま生み出されていても驚かない……いや嘘《うそ》。多分、目の前で見たら驚くわ。

それはともかく、仮にこの仮説が正しいとすると魔物《モンスター》というのは何なのだろう。もしかすると、生物工場だったものが魔王の復活に影響されて魔物になったのではないか。だとすると魔物の原種とでもいうべきものは魔王以前から存在していたことになる。

どうにも時系列が解《わか》らんのだが、これ以上は何か新しい情報か資料でもないとどうしようもない。考え込んでいても仕方がないので、一度思索を中断し、さしあたり明日からの事を考えよう。そう思い直したところで建物の中から木靴の音がした。

◆

思わず視線を向けると、音を立てないように気をつけつつ宿の裏口が開き、顔を出したリリーさんが驚いた表情で俺の方を見てくる。建物の外に俺がいるとは思っていなかったんだろうか。とりあえず俺の方から声をかけるべきだろうなあ。

「こんばんは。何かあったか？」

いくら村の中だとはいえ、夜闇の中を一人で出歩くような子じゃないだろうとは思っているが、何か問題でもあったのかもしれない。そう思い聞いてみたところ、ちょっと躊躇《ちゆうちよ》しながらだが、申し訳なさそうにリリーさんが口を開く。

「こ、こんばんは。いえ、その……眠れなかったので、少し夜風にあたりたいな、と」

「なるほど」

一旦納得。少々失礼だがじっと顔を見る。居心地悪そうにリリーさんが軽く身じろぎをした。ちょっと非礼すぎたかもしれん。

「あ、あの、何か？」

「いや、無理をしているわけでもなさそうだなと」

俺はアーレア村には何の感慨もないが、生まれた時からあの村で生活をしていたリリーさんは内心で思う所もあるだろう。正直、泣いていてもおかしくないと思ったのだが、多少の疲労こそ顔に浮かんでいるものの、泣いた跡とかは見えない。無理をしていないとまではいわないが、それ以上に今の状況を受け入れようとしているように見える。

そう思っていたところ、リリーさんは俯《うつむ》いて、小さく声を出した。

「本当は、怖かったですし、ちょっと泣きたかったです。でも……」

「でも？」

「兄が王都に行くときに、約束したんです。私は心配ないから、って。だから、大丈夫です」

そういって微笑《ほほえ》んで見せる。やせ我慢かもしれないが、それを徹底しようとしている。

それはここにいる家族だけではなく、マゼルをも心配させまいという決意の証《あかし》なのだろう。

その表情を見て俺は思わず猛反省した。

マゼルの強さが強靱《きようじん》な強さだとしたら、リリーさんの強さはしなやかな強さだ。諦めるのではなく、受け入れて、その上でこの場にいないマゼルも含め周囲への配慮までしている。少なくともこの世界に転生した直後、死にたくないと自分の事だけしか考えていなかった俺なんかよりよほど強い。貴族として平民への配慮をとか、マゼルの妹だからとか、年下だからとか、相手は女の子だし慰める必要があるかもとか考えていたが、恥ずかしくなるような自分の傲慢さだった。

彼女はちゃんとこの世界で生きている。それも俺の想像よりもしなやかに力強く。それを理解せず一方的に守る必要とかを考えて軽く見るのは彼女に失礼だ。

……うん、反省おわり。沈黙している場合じゃない。

「そうか。凄《すご》いな、リリーさんは」

本人を目の前に偉いとか強いと評するのもなんか違う気がしたんで、とりあえず凄いという表現になってしまった。だが、リリーさんの心の強さは尊敬に値するというのは嘘偽りのない俺の本心だ。

「そ、そんなことは……ないと思います」

「なら、凄い所もある、と尊敬させていただきましょう」

そう言って今度は演技ではなく頭を下げ正規《ボウ・アンド・スクレープ》の礼を行う。この世界の場合、これより上だと貴婦人に剣を捧《ささ》げるとかいう事になり、礼儀とかそういうレベルを超えてしまうので、俺がやったことは通常接する女性に対する最上位の礼といってもいい。

「え、えっ!?」

そんな事を知っているとは思えないが、それでも爵位を名乗る俺が頭を下げた格好になったためか、リリーさんが動揺交じりの声を上げる。ちょっと突然すぎたか。リリーさんの居心地を悪くしたいわけでもないから、強引にでも話を変えよう。

「それにしても、風邪を引かないようにね」

ついでに口調も崩しておく。また貴族相手の反応に戻ったら俺の方がいたたまれない。外套がわりの上着を肩から掛けてあげながらそう話しかけると、びっくりしたように俺の方を見た。

「は、はい。あの、ツェアフェルト様は……」

「あー、言いにくいならヴェルナーでいい」

そう応じたら自分のセリフに記憶層が刺激されて、思わず小さく笑ってしまった。リリーさんがきょとんとした表情を浮かべる。

「あ、あの、なにか」

「いやあ、このセリフを兄妹両方に言うとは思ってもみなかったんで、ついね」

マゼルの奴も言いにくそうにしていたんで、「ヴェルナーでいいぞ」って俺の方から言ったんだったなあ。いつの話だったっけ。なんかすげえ昔の話のような気さえする。

「あいつはあっさり受け入れてくれたんで、リリーさんもそうしてくれると嬉《うれ》しい」

「……はい。努力します」

笑顔でそう応じてくれたので、努力する事じゃないような気もするが、それは指摘しないでおく。

「寒くないか」

「大丈夫です。ツェ……ヴェルナー様、何か温かいものをお持ちしましょうか」

「いや、俺だけもらうのは申し訳ないからね。気持ちだけもらっておくよ」

「そう……ですか」

「それに今から準備していたら本当にリリーさんは眠れなくなるぞ」

ちょっとしょんぼりしているリリーさんに冗談めかしてそう言うと今度は小さく笑って

くれた。けど冗談じゃないんだよなあ。宿だから薪《まき》は準備してあるにしても、薪が貴重だ

からほとんどの火は消してあり、一部の炭に火が残っているだけだ。今から薪を竈《かまど》に移し

て火を起こして水を汲《く》んできてそれを湯にして、ってやっていると目がさえるなんてもん

じゃない。水道やガスコンロは偉大だった。この世界には火を点《つ》ける魔道具《マジックアイテム》もあるが、こ

こには持ってきてないし。

「それよりも、体が冷えないうちに部屋に戻ってゆっくり休んでほしいかな。ここで体を

壊されても困るし」

「はい。ありがとうございます。少ししたら戻りますね」

そういうリリーさん相手に月明かりの下で少しだけ話を続ける。王都の事を聞きたいと頼まれたんで、やや当たり障りのない話をしてみた。早朝の市場では歩くのも大変なほど人が道に溢《あふ》れることもある、と話すと驚いたように目を見張ったりする。村じゃそんなことはまずないだろうしな。

「あの……ご質問をさせていただいてもよろしいでしょうか」

話が一段落したところで、不意にリリーさんがやや躊躇しつつ俺の方に問いかけてくる。深刻という感じではないのだが、気になって仕方がないというような口調だ。

「別に構わないけど」

「その、なんでそんなに髪を伸ばしていらっしゃるのかな、と」

「ああ、これ」

自分で後ろにまとめてある髪を前に引っ張り、ひらひらと軽く振る。たしかにこの世界の男性貴族で後ろ髪を伸ばしているのは珍しい方に入るかもしれない。理由に関しては別に秘密にしているとかではないんだが、これなあ。

「あー……先に言っておくと、気にしなくていいからね」

「はい……？」

リリーさんが不思議そうに首を傾《かし》げた。この髪の由来、マゼルにも聞かれて答えた事があるんだが、その後で心底すまなさそうな顔をされたんだよなあ。何となくあのときの再現をすることになりそうだと思いつつ口を開く。

「縁起担ぎというか、験《げん》担ぎだな」

「験担ぎ、ですか」

異世界なのになんで験担ぎというような仏教由来の言葉が通じるのかは謎だが、そこはもう考えるのをやめた。あるいはそういうふうに脳内で自然に翻訳されているのかもしれんし。それはともかく。

「子供の頃に俺と兄が乗っていた馬車がひっくり返る事故があってさ」

そこまで口に出したらリリーさんの表情も少し変わった。後悔に近い空気をまとったんで、この先に俺が話す内容を想像できたのかもしれない。

「その時に兄は光の向こうに旅立ってしまったんだけど。その時から切ってないんだよ」

髪を切らないから死なないということはないだろうが。とはいえ、魔王復活後に死ぬかもしれない、ということを思い出したときから、験担ぎでもなんでもしようと思っていたのは間違いのない事実だ。

かといってその頃に髭《ひげ》は生えていなかったから、よく騎士が誓うときの定番でもある、髭を剃《そ》らないかわりに髪を切らないということにした。その結果が、今のこの長い後ろ髪というわけだ。兄との繋《つな》がり、という意識もないとはいえないかもしれない。

「も、申し訳ありません」

「だから気にしなくてもいいって」

本心なんだが、落ち込んだ表情をされてしまうとこっちが困る。とりあえず話をそらすことにしよう。

「ところでさ」

「は、はい」

呼びかけたところで話のネタがない。夜空を見上げる。星が綺麗《きれい》だな。そうだ。

「異国の文化だが、星に形と名前をつけることがあるらしい」

異国と言うか異世界だが。この世界には星座という概念はないんだよな。この世界の宗教的には星々は神の用意した無数の希望らしいから、別の生物や道具の形をイメージするという発想が出なかったのかもしれない。手の届かないところにある希望というのは何の暗示なんだろうか。

「星に、形と、名前?」

「例えばあっちの赤い星から左に伸ばして、その後であの小さな星を結んで……」

いくつかの目立つ星を丁寧に結んで行くと、リリーさんが理解したように口を開いた。

「鳥、ですか?」

「大きさから鳩《はと》のイメージかな」

比較対象がないから大きいも小さいもあったもんじゃないか。そう思ったがリリーさんはくすくすと笑いだした。

「確かにちょっと可愛《かわい》らしいですね」

「大きいのは鷹《たか》とか鷲《わし》なんだろうがなあ」

それとも騎士らしく馬座とか考えるべきだっただろうか。騎士座とかイメージするのも面倒くさそう。

「その国には他にどんな形があるのですか？」

「俺も詳しく知らないんだよ。今ならこの国での提案者になれるかもしれない」

天文学にはあまり興味がなかったので前世でも星座の形なんか覚えていなかったが、そもそも異世界であるこの世界じゃ星の配置が違うと思う。

今のうちに星座の概念を広めておくと勇者座《マゼル》とかできるかもしれんなあ。そう思いながら応じると、リリーさんが興味を持ったのかもう一度夜空を見上げた。

「それじゃあ、例えばですね……」

考え考えという感じでいくつかの星を結んでいく。どうやら罪悪感からは意識が逸《そ》れたようでなによりだけど、目がきらきらしている様子を見ると思いっきり好奇心を刺激してしまったようだ。しばらく話に付き合う事にする。その結果、とりあえずリリーさんはセンスが凄くいいことがわかり、俺としては感心するしかなかったのは余談。

やがてリリーさんが小さなくしゃみをしたので、部屋に戻ってもらう事にした。お休みの挨拶を交わし宿の中に戻るのを見送る。色っぽい話とかは一切なかったが、少なくともリリーさんの気分転換にはなったんじゃないかと思う。それとも俺の方が気分転換になったんだろうか。

◆

翌朝。残った食材でハルティング一家が朝食の手配をしてくれたんで腹に詰め込む。あの騎士もどうやら体力は回復したらしい。全員の前でそいつには心持ち多目に食うように指示をしておいた。

なお、朝食は同じ食堂で一家にも同席してもらう。幸い、作ってくれた料理が美味《うま》かったのと、あのアーレア村の様子を見ていた事や今まで精いっぱい協力してくれていたのを見ていた事もあるのだろう、騎士たちからは平民が同じ部屋でとかそういう言葉は出てこない。仲間意識を持ってくれればありがたい。

一部の騎士は飲み物を配っているリリーさんの方にこっそり視線を向けているが、失礼とまでは言えないレベルだし、可愛い子だから気持ちは理解できなくもないいんで見て見ぬふり。度が過ぎるようなら注意は必要だろうけど、怒るような事でもないし。

食事が終わるとノイラートとシュンツェルを連れて村長に挨拶に行き、昨日の急な宿泊の礼を述べておく。荷物の準備もしてもらえていたんで、ざっと確認して一安心だ。

ただ、残念ながら道案内は手配できなかった。村の守りに若い人手は必須であり、道案内の帰路にも安全の確保が難しいという現状、これは仕方がない。せめてもの情報として近隣の村に向かう方向や道の確認だけはさせてもらう。

村長のもとを離れて宿に戻る。荷物の内容はハルティング一家にも確認しておいてもらおうと思い、そのまま宿の前まで運んでもらった。呼び出されたアリーさんたちが小さな布の山を確認して驚いた表情を浮かべる。

「これは……」

「着替えだ。途中で護衛と合流して王都に向かうあなた方には必要だろう」

いやほんとに。俺たちは戦場に立つ以上、よほど破れたりしない限りは着たままなんてこともざらだが、着の身着のままで村を出てきたハルティング一家にもそれを要求する気はない。移動のペースはあまり変えられない、となると王都までは結構な日数の夜営宿泊になるし、王都での生活をする上でも着替えは必要になる。

「こっちの大きな布とこれは蠟《ろう》の塊で、雨具になる。天候が悪化しそうになったら蠟を満遍なく布に塗ってほしい。蠟を塗った布の下に入れば濡《ぬ》れなくて済むと思う」

この世界の雨具はこんなもんだ。貴族ならそのまま水を弾《はじ》く魔物素材《モンスター》の革を使う事もあるが、平民にはまず手に入れるのは難しい。

旅の途中に体を濡らすと想像以上に体力を奪われるから、早めにハルティング一家用の雨具を用意できたのは幸いだった。服と雨具、これだけでも結構な量の魔石や魔物素材と交換だが、生活に直結し体調にも関わる品だからここでケチるわけにはいかない。

とはいえ、布が貴重なので前世のような大きなテントは高級品。この布も大きさのイメージとしては家族全員が入る事ができる寝袋の方が近いだろう。ちなみに蠟は蜜蜂の巣などが原料であることがほとんどで、蠟でない場合、雨具には獣脂などを塗る。このあたりは前世の中世と同じだが、どっちにしろ火が怖い事は確かだ。

この世界だと魔物素材の蠟もあるが、これは蠟蚯蚓《ワクシーワーム》という前世で言えば電柱ぐらいの大きさがある蚯蚓《みみず》の体液から採集する。火に弱いが火を使うと蠟が採れなくなるんで、討伐は簡単だが採集は結構大変らしい。しかし、そういうのが苦手な人間が見るとドン引きしたくなるような魔物だな。

「こっちは水筒だな。水は補給できるときに補給しておくといい」

普通に手に入る水筒には革製の物や木製、金属製の物が一般的。この世界では魔物素材製のもあるが。革は縫製が悪いとすぐに滲《にじ》み出してしまうので、安物を使うと気がついたら一割以上中身が失われていたなんてことも珍しくない。木製だと水筒そのものが重いし、金属製は価格が高価と、どれを選んでも難しい。魔物《モンスター》革製の水筒は普通の村で買えるようなものじゃないんで論外。

それはともかく、そのほかの旅の注意点をいくつか実物を見せながらハルティング家の全員に説明をしておく。旅慣れていないはずの人たちだから、知っているはずだという思い込みを捨てて、しつこいぐらいに丁寧にだ。

その間に騎士たちには飼葉とかを調達してもらった。村にも農耕馬用に飼葉があるのが普通だが、こういう時の飼葉は一束いくらという形で購入することになるんで、数が多いと代金が馬鹿にならない。戦乱期には戦場近くの村から飼葉も略奪されることがあったぐらいだ。その他、穀物類の飼料も必要になる。そのあたりの今後必要になる予算を考えると頭痛がしてくるが、顔に出すわけにもいかず、何事もなかったように説明を続けた。

◆

一泊した村を出発後、魔物を狩ったりマゼルの子供時代の話を聴いたりしつつ、護衛を続け、数日後の早朝。

「ヴェルナー様」

「ああ、思ったより早かったな」

馬車まで用意した一団が近づいてきて一瞬身構えはしたが、先頭で馬を駆っているのは水道橋巡邏《じゅんら》任務の時の二班班長だった騎士だ。メンバーも全員一班と二班でそろえているようだな。顔見知りばかりで偽装した山賊とかの偽物が入る余地がないのはありがたい。

「ヴェルナー様、お待たせいたしました」

「いろいろ心配をかけた。だがそのあたりの話は後だ。卿《けい》らはハルティング一家を連れて王都の父のところに向かってくれ」

「承知しております」

いい返事だ。頼んだぜほんと。

「戦況はどうなっている」

「はっ。王国軍はフィノイ大神殿を攻撃中の魔軍後方を逆に襲撃、戦線は数日ですが膠《こう》着《ちゃく》状態です」

「フィノイは」

「今のところ健在です」

内心で安堵《あんど》の大きなため息。どうやらフェリはうまくやってくれたみたいだな。そしてうかつもうかつだが肝心なことを確認していなかったんで聴いておく。

「そういえば結局総大将は誰なんだ?」

「グリュンディング公爵閣下です」

うげ。現王妃様の実家の当主かよ。大物だ。思わず遠い目をしてしまう。説教で済めばいいなぁ。

そうか、よく考えればラウラの母方の祖父になるのか。私情が入ってるな、これは。っていうかラウラの祖父もゲームには出てきてなかったよな。まあそれはいい。

「他には？」

聞いて後悔。第一、第二騎士団はもちろんだがノルポト侯にシュラム侯、魔術師隊まではいい。伯爵や子爵が合計二〇家以上も一族を引き連れてきているってどんだけ兵力投入してるんだ。と言うか補給もつのか？

これ、負けるのはもちろん長期戦になるだけでもやばいぞ。

「ほかに先日セイファート将爵が補給部隊を率いてまいられております」

「あー、わかった」

補給部隊もメシは食うのよね……そのあたりは多分考えてはいるんだろうけど。しかしそれって荷運びの非戦闘員とかの諸々《もろもろ》含めれば三〇〇〇〇を軽く超える人数になってないか。そんな大軍、ゲームでは動くことはなかった。と言うかゲームだと勇者パーティーしかいないし。なんか色々ストーリー変わりすぎていてどう反応していいやら。

逆にマゼルたちがフィノイの外にいたら貴族がなんか勝手に依頼とかしていそうだから、既に籠城側としてフィノイの中にいるのはよかったかもしれん。

ところで、中世、特に農業改革と人口爆発以前の中世前期頃ではそれほど大軍が動員されたようなイメージは少ないが、実際の所は中世以前の共和制ローマでさえ万で数える兵力を動かしたこともあり、招集に時間をかければ質はともかく数として数万人の軍というのはありえない事ではない。『ヨーロッパの父』と呼ばれるカール大帝なんか将兵の数だけで十五万人もの大軍勢を統率している。

それはともかく、公爵や将爵といった大物ぞろいの皆様の前に出なきゃいかんのか。胃が痛い。いや軍を勝手に離れた俺が悪いんだけどね。

「解《わか》った。俺はこれからフィノイに向かう。一家の方は頼む」

「ははっ」

魔物《モンスター》素材もほとんど交換に使ってしまったんで、これまでの件も含め、騎士たちには別途報酬をだすとこの場で約束しておく。伯爵家の財政に負担をかけないようにしたいが、どうなる事やら。また父に頭を下げることになるかもしれないなあ。

財布の中身を気にしつつもその他の引継ぎも忘れない。元々ハルティング一家が狙われていた事や、街道の治安も悪化している事など、情報交換の中身も多いのでちょっと時間がかかった。それが済んでからハルティング家にも挨拶に向かい、ここで別れて軍務に戻ることを伝えに行く。一応状況は説明してあるんで向こうも事情は理解している。

「子爵様、息子をお願いいたします」

「ああ、解っている」

マゼルの家族たちからそう言われてしまったので、とにかく自信ありそうな顔を作りそう応じる。不安にさせる必要はないからな。

とはいうものの実力的な面で考えれば、何かあるとしたらマゼルより俺の方かもしれない。そんな事を思っていたらリリーさんが心配そうに俺に声をかけてきた。

「その、ヴェルナー様も、お体にお気をつけください」

「ありがとう、気をつけるよ」

本気で心配してくれているらしいその表情を見て、気を使わせないように笑って応じたんだが……あれ、なんかこう、普通に心配されたのってすげぇ久しぶりじゃね？

想像以上に俺の職場はブラックなんじゃなかろうかと、気が付かないほうが幸せなことに気が付いてしまった。

三章（フィノイ防衛戦～武勲と献策～）

「ヴェルナー・ファン・ツェアフェルト子爵が到着されました」

「通せ」

「失礼いたします」

気分的には法廷に出頭したような気分だ。あんまり間違ってないか。事情聴取とは言え軍法会議に近いからな。あの時は緊急事態だったし他に方法が思いつかなかったんだが、無断で率いる隊から離脱した俺が悪いんで大人しくするしかない。とりあえず手土産と言うか証拠もあるし、重罪ということはないだろう。

本陣に入ると正面にグリュンディング公爵が怖い顔をして睨《にら》んでいて、その横でセイファート将爵がいつもの風貌にすました表情を浮かべてこっちを見ている。補給部隊を率いてきたということだが、さすがに将爵という地位だと席次もあそこか。年齢はどっちも高齢っていうかこの世界だと老齢って言う方が近いんだが、重鎮としての迫力がある。

さらに第一騎士団と第二騎士団の団長がそれぞれ左右に分かれて座っていて、そこから二人の侯爵、魔術師隊や神官隊の隊長らしき人、伯爵家から順に貴族の方々と言ったやんごとなき皆様が並んでいらっしゃいます。

うーん。伯爵家の顔ぶれは大体が父より少し若いぐらいだな。三〇代から四〇代半ばあたりの、少し大きな武功を望む世代という言い方もできるか。両騎士団長や侯爵、魔術師隊の隊長あたりはそれより年上。

「ツェアフェルト子爵、まず卿の主張を聴こう」

おや、前提も何もなしか。罵倒ぐらいは覚悟していたが。状況は一応全員が理解していると判断していいんだろうな。

「はっ。ではまず事実を申し上げます」

この時点では人の名前は一応出さず、なるべく簡潔に、でも言うことはきっちり言う形で可能な限り客観的になるように事実を説明する。いきなり自己弁護だと悪いことをしていましたと主張するようなもんだしな。

「事実関係は以上です。この行動は……」

今度は行動の理由を説明する。こっちは俺の主観も混じるが行動の正当性を主張するためには必要なことだ。別にやましいことはない……わけでもないか。前世の知識があるってのはある意味でやましいな。まあ言っても信じてもらえないだろうからこの際考えない。

「偽りではなかろうな」

「本件は既に王都にも使者を出したほか、ハルティング一家も王都に向かっております。

王都に問い合わせの使者をお出しください。その間、私の身柄は営倉に入れていただいても文句はありません」

横から口を開いた貴族の一人を軽く脅し返す。俺も一応子爵を名乗れるからな。単に疑いだけで貴族である俺を罪人扱いにするんなら後でしっかりやり返しますよ、と副音声で言ってやったらさすがに黙った。

「ハルティング家をここまで同行しなかった理由は」

「ヴァレリッツの跡を見ておりましたので。村人にあの惨状を伴うような戦場は酷だと判断した結果です」

「逃亡したのではないのだな」

「家名に誓って逃亡ではありません」

何人かの貴族が次々と厭味《いやみ》ったらしく言ってきたがこの程度では怒らない。怒りはアーレア村相手にぶちまけたせいか怒るための燃料不足だ。我ながら落ち着いているな。

家名に誓うというのは一族先祖代々の名誉も含んで、という意味。つまり俺一人の問題ではないという事になり、ひいては国家に仕える貴族ツェアフェルト伯爵家としてやましい事はないという意味で、王に誓う事の次に重要な誓いとなる。

「事情を伝えて他人に任せてもよかったのではないかね」

「ご説明した通り、私があの状態で駆けつけてなお勇者の家族は危ない状況でした。独断の批判は甘受いたしますが、間違ってはいなかったと判断しております」

「他の軍に援助を求めてもよかったのでは」

「あの場には第二騎士団しかおらず、また他の軍の方がいつどこに到着するのかもわかりませんでしたから。それに多数で動くには食料が足りませんでした」

んー。伯爵家以下の皆様方がなんかネチネチしつこいな。……あー、そういう事ね、なるほど。出る杭《くい》は打っておきたいのはどこの国でも同じか。乗ってやってもいいんだが、マゼルやその家族に延焼すると怖いな。無難に切り抜けよう。

なあにこの程度、前世でブラック企業の社長の前でプレゼンして文字の位置がズレてるとか、まるで重箱の隅を電子顕微鏡で突っ込まれたような経験に比べればたいしたことでもない。まさかそんな経験が生きてくるとは思わなかったが。

「魔族がいたというのは事実か」

「おそらく、としか申せませんが。そういえば退治した際に謎の石を発見いたしました」

「見せてもらおう」

シュンツェルが土ごと掘り起こしたあの黒い宝石のようなものを包みのまま従卒らしい人物に渡す。開いて土の中にある中身を見ると将爵と魔術師隊隊長がなんか難しい顔になった。何だろうか。

それからも時にのらりくらりと、いわれなき中傷には毅然《きぜん》と応じる事、体感で三〇分以上。嫌がらせみたいな質問か揚げ足取りばかりになり始めたんで、いい加減疲れてきたなと思った頃。

「そこまでにしようか。卿《けい》の主張は解った。一度退席せよ」

「はっ」

議長、もとい公爵の一言で第一ラウンド終了。ありがたい。大人しく退席させていただきますかね。

「将爵、両侯爵、両団長、魔術師隊隊長はお残りいただきたい。伯爵以下の者たちは念のため敵の襲撃に備えるため前線に戻ってもらおう」

「公爵、それは……」

「人数が多すぎても話は纏《まと》まらぬ。残る者たちが信用できぬと申されるか？」

「い、いえ、滅相もない」

貴族の一人がなんか抵抗して轟沈《ごうちん》したのを背中に聴きながら本陣の天幕《テント》を出て、そのすぐ傍《そば》にある控えの天幕《テント》に入る。

あー疲れた。地べたに座ってようやく一息。無罪放免はないだろう。悪いことは悪い。どんな罰が来るかなあ。

◆

ヴェルナーの後に伯爵以下の貴族が全員退席したのを確認し、公爵は一度座りなおした。そして大きく一息ついて、残った全員を見渡し、口を開く。

「さて、ツェアフェルト子爵の今回の行動に対し、諸卿の見解を聴こうか」

「逃亡ではないと判断いたします」

公爵の問いにまず口を開いたのは第二騎士団団長のヒンデルマンである。ヒンデルマンとヴェルナーにはこの任務の時まで直接の面識はなかったが、以前からヴェルナーを高く評価していた。

「子爵は魔物暴走《スタンピード》の際、最も危険な殿《しんがり》に自ら身を置き、かつ多くの将兵を生還させました。今更臆病風に吹かれることもないかと」

「今回は別かもしれぬが？」

ノルポト侯爵が口を開いたが、悪意があるというほどではない。純粋に確認のためという口調である。

「やや独断専行の傾向はあるが臆病ではあるまい。態度も堂々としていた。勇者の家族に目を向けなかったのは国としても失態ではある。功績として評価しないわけにはいかん」

第一騎士団団長のフィルスマイアーがそう応じた。ヴェルナーとは特に関係があるわけでもないが悪意もない。淡々と事実だけを述べている。

もっともノルポト侯爵も「確かにその傾向はありますな」と応じているので、ある意味ではヴェルナーに対する共通認識に近いものになっているかもしれない。

ヒンデルマンが再び口を開く。

「若いわりに随分と落ち着いておりましたな。やましいところはないという事なのでしょうか」

「行動は独断専行だがあの冷静な態度はなんともちぐはぐではありましたな」

ヒンデルマンの発言にそう続けたのはシュラム侯爵である。沈黙している将爵を横目に魔術師隊隊長が口を開いた。

「断定はできませんが、子爵はかなりの勲功をあげているかもしれません」

「どういうことかね」

公爵の問いに、魔術師隊隊長はヴェルナーが回収してきた石を包んである布をもう一度見る。

「この石は魔物暴走《スタンピード》の際やヴェリーザ砦《とりで》で回収されたものと同様の物に見えます。同じかどうかまでは何とも申し上げられませんが……」

「儂《わし》の目には」

ここでセイファファート将爵が難しい表情のまま初めて口を開いた。

「ヴェリーザ砦の魔将を斃《たお》した者が回収してきたものとまったく同じに見える」

全員の間に小さく動揺が広がった。将爵は難しい顔のままである。

「まさか、魔将を？」

「信じられません」

「儂もそこまでは言っておらぬ。じゃが魔術師隊隊長、この石は厳重に保管し王都で調査をしてもらいたい」

「承知いたしました」

魔術師隊隊長が恭しく頭を下げて応じ、そのまま注意深くしまい込む。それを横目にシュラム侯爵が口を開いた。

「その謎の石の件はそれとして、子爵の離脱行為に対してですが」

「勇者の家族を救った功績は功績として、問題がなかったわけではない。将爵はどのように思われるか」

厳罰を望む者は一人もいなかった。また、神殿内部との情報交換が行えるようになった現在、神殿に勇者がいて聖女《ラウラ》を守った事などがヴェルナーの提案であったことも判《わか》っている。それらを踏まえたうえでの公爵の発言に、将爵が顎を撫《な》でながら口を開いた。

「そうじゃのう……」

結局俺の処罰は行動に比して軽いものではあった。俺と同行した騎士たちは譴責《けんせき》処分だが書類には残さない。二度とやるなよ、ということだ。

俺自身は譴責と罰金、そしてもう一つの罰と三日間の営倉入り。二日間ぐっすり寝れました。あれこれひょっとしてむしろご褒美だったんじゃね。

ちなみに貴族である俺の場合、罰金は王都に戻ってから支払えばいいんだが、兵士の場合は給与からの天引きになる。小さな差別というか何というか。

当面の罰としてはそれで、後は敵が目の前にいる状況でもあり「後は武勲で補え」という事になった。この脳筋世界め。

問題は無断での離脱に関係している、最後の一つだ。気が重い。なかなかの黒歴史になりそうな気配だ。この世界でも黒歴史って言葉通じるのかな。何となくニュアンスは通じそうな気はする。とりあえずその時に嘆くとして今は別の事を考えよう。

三日目あたりになるとさすがにそろそろ体を動かしたくなるんだが、それは流石《さすが》に無理。反面、面会禁止とかじゃないんでこの二日間もマックスたちが顔を出していろいろ情報を伝えてくれていた。ただ差し入れはダメだそうだ。残念。

この営倉状態での食事はあまり美味《うま》いもんじゃないんだけど、文句を言える立場ではないので我慢。そういえば俺がここで食っちゃ寝している間に補給の第二陣が到着していたらしい。といってもさすがに贅沢《ぜいたく》できるような状況ではないようだが。

あと、俺は逃げる気なんぞはないんだが、一応ここは営倉になるんで、衛兵が常に二人体制で見張っている。仕事とはいえ向こうも退屈そうなんで、時々話し相手になってもらっているが、今のところ戦況は膠着《こうちゃく》状態らしい。

三日目、早朝の衛兵交代時間に合わせるようにノイラートとシュンツェルが顔を出してくれた。二人とも表情が硬いが何かあったんだろうか。

「二人ともすまないな。何かあったのか？」

「いえ、戦況に変化はありません」

「にらみ合いの状況そのものは理解できました。まずそこからご説明します」

まず戦場全体を俯瞰《ふかん》してみる。フィノイの大神殿はゲームの場合、進入禁止の高山に埋まるような形で設置されていたが、この世界では高山の中腹に建っていて正面以外は近寄るのも困難。そのため、戦場は大神殿の正門部分に集中しているらしい。

「周囲の山からフィノイへの侵攻は？」

「今のところはないようです」

三将軍のうちドレアクスは不死系《アンデッド》だから僧侶系魔法を使う神殿の神官たちとは相性が悪い。四天王は魔法型だからこれも僧侶系防御魔法とは相性が悪い。残る三将軍最後の一人アバドラスは巨人《ジャイアント》系で、建物の中のラウラ《ヒロイン》を捕まえるのには向いてない。山岳の建造物を攻撃するなら爬虫人系《レプタイポス》というのは理解もできる。なるほどベリウレスが攻め込む相手としては最適ともいえるのか。

だが現状、フィノイの正門は勇者《マゼル》たちが通せんぼしてる。状況がゲームとだいぶ変わっているとは言え、今のマゼルたちのレベルと装備じゃ簡単には突破できないだろうし、膠着状態にもなろうってもんだな。

「王国軍はフィノイの正面にいる魔軍を半月状に取り囲んでおりますが、柵や土塁を構えて長期戦の構えです」

「そこが解《わか》らん。個々の強さでいえば兵士よりは魔物《モンスター》の方が強いかもしれんが、数はどうなんだ」

「数でいえば王国軍の方が多いのですが」

侯爵二人や騎士団団長たちは魔軍の強さも理解しているので精鋭で固めているらしいが、一部貴族の中には一族郎党に奴隷兵まで大挙して連れてきたのもいるのだという。緊急出撃なのに無理に数を集めて連れてきただと？

「それって単に軍としての柔軟性を損なっているだけじゃねぇの」

「おっしゃる通りです。しかも数が多いので補給面での負担は大きい」

「最悪だな」

シュンツェルの説明に思わずため息と一緒に本音が口をついてしまった。ノイラートが続ける。

「初戦での印象も大きかったようです。魔軍の将軍らしき相手はどうやら亜竜人《ドラゴニュート》のようなのですが」

この世界の亜竜人《ドラゴニュート》は蜥蜴人間《リザードマン》や半魚人《サハギン》の上位種みたいな感じ。二本足で歩くし武器も使う。知能はあるが顔はドラゴンに近く、あんまり人間っぽいところはない。

ただ蜥蜴人間《リザードマン》や半魚人《サハギン》も普通の人間には脅威だが、亜竜人《ドラゴニュート》になるともう騎士団とか上級冒険者が複数人とかが必須クラス。それでも犠牲者は覚悟しなきゃならん。兵士クラスだとうかつに近づくのさえ危険な相手らしい。ゲームだとドレアクスやベリウレスの色違いが後半のランダムエンカウントするモンスターで登場するが、どっちも強かったな。これは口には出せんけど。

「目撃者によると体長が人の二倍にもなり、その膂力《りょりょく》も並みの魔物《モンスター》とは一線を画しているようでして」

「その大きさだとほとんど巨人《ジャイアント》サイズだな」

兵士のチップユニットが一マスサイズでボスクラスは縦横二マスの合計四マスサイズだから、確かに身長は普通の兵士の二倍だが。そんなところはゲーム準拠かよ。

そして魔将と呼ばれるぐらいだから強いのは当然か。それでも最後の迷宮《ラストダンジョン》で復活前はゲーム後半でランダムエンカウントする雑魚《ざこ》よりも弱いんだが。復活後の強さはドレアクス同様かなり強敵だけど。

あれ、俺マゼルに三将軍は復活するって伝えてあったっけ……なかった気がする。必須情報ではないとはいえ、どこかでそれとなく注意喚起しておいたほうがいいかもな。

俺が内心でメモ帳を開いてる間にノイラートの説明が続く。

「初戦でわが軍の一部が痛い目を見てしまい、畏縮しているものもいる模様。それゆえ野戦陣を構築した段階で膠着状態になっているようです」

「痛い目?」

初戦でベリウレスを甘く見た貴族の一人が手柄は自分のものと突っ込んで行った挙句、食われたんだという。

「食われたって」

「それが文字通りの意味らしく。相手は武器も使わず首から上を食いちぎったのだとか」

「おいおい……」

俺様お前丸かじりってか。そりゃ確かに驚くだろう。

「その翌日の戦いでも同様の被害者が出ているそうです」

「その日の被害者は蛇の毒を受けて動けなくなったところで、生きたまま腹部を食いちぎられたと聞きました。泣き叫び、苦痛と恐怖から助けを求める声、絶叫、更に骨ごと人体を咀嚼《そしゃく》する音で恐れをなした周囲の兵から崩れたらしく」

「うーん」

パニック系の恐竜映画で生きたまま食われるのをリアルで見せられたような状況になっていたという事か。目の前で見たら怖いだろうねそれは。兵卒はもちろん、騎士クラスでも逃げ出す奴《やつ》はでてきそうだ。しかも貴族という指揮官が戦死でもしたんなら、その貴族家隊が崩れるのもしょうがないとも思える。

「また、魔物《モンスター》が倒れた王国軍の兵を死体と言わず負傷者と言わず、その場で食らっているのを見てしまっており、一部の兵は士気が上がらないのが現状のようです」

「逆に復讐心《ふくしゅうしん》を溢《あふ》れさせている者もいるので、落差が相当に激しい雰囲気ですね」

肉親の死体を食われでもしたら敵愾心《てきがいしん》は増すだろう。一方で戦意が低い軍を率いている貴族としては面子《メンツ》の問題から撤退するわけにもいかず、戦場に布陣は続けているって訳か。大神殿を見捨てて逃げ出した、とか噂《うわさ》がたつと、疫病とかの際に教会から神官を派遣してもらう場合などでも影響が出そうだしなあ。

意欲に差がある集団ってのは全体を同じように動かしにくいから、全軍の動きが緩慢になってしまうのは解らんでもない。いくら脳筋世界とはいえ騎士と一般兵と奴隷兵、それぞれに戦意の差があるのは当然だし。

いままでの話からすると、復讐心で動く奴はクールダウンの時間が必要だとしても、やる気のある貴族にとっては戦意のない兵士の存在が腹立たしくてなおさら意地になるパターンに陥っているな。緊急招集した集団の悪いところが出てやがる。予定通りとか、前もって指示があった場合なら意欲のあるやつだけ選んで連れて来ることができるが、とりあえず数をかき集めた状態だとどうしてもこういう戦意とかやる気の落差が出るんだよな。

しかしなんだな、やはりというか俺の予想はおおむね正しいようだ。

◆

ここまでの話を聴き終わってため息をついてしまった俺は悪くない、と思う。ノイラートがそれをフォローするように続けた。

「ただ、さすがに魔軍が大神殿に向かおうとすると王国軍も攻勢に出ますので」

「相手もあからさまにはこっちに背中は向けられない、と」

「はい。それに各貴族家も臆病な方ばかりではありません。騎士や貴族の方々にはまだ戦意がある方も多いのです。むしろ意欲のありすぎる者を抑える事さえあります」

「さすがにフィノイを敵の手に渡すわけにはいかない、という点では共通の意識を持っておりますから」

シュンツェルが付け加えた内容まで聴いて頭痛を感じてしまう。王国軍にはとりあえず魔軍を自由にはさせない以外の共通目的がないのか。分けようと思えば目的意識の違いで分けられるんだろうけど、見事なまでにまとまりがない状況だな。かき集められた軍だからむしろよく統率されているとさえ言えるのか。しかしまあ。

「公爵の目論見《もくろみ》が半分は当たっているようだな。問題はどこでいつまで膠着していられるか、か」

「は？」

ノイラートとシュンツェルがよくわからない、という表情を浮かべた。ちょっと飛躍しすぎたか。こっちはぐっすり寝て考える時間があったからな。体を動かせないんで考えるしかなかったというか。

「順を追って考えてみるとしよう。まず二人もヴァレリッツの様子は見たな」

「はい」

「忘れられません」

そう、ヴァレリッツの住民を含む生き物は文字通りむさぼり食われていた。つまり爬《は》虫類《ちゅうるい》軍は死霊兵と異なり物を食うんだ。

「連中も食事はする。だが王国軍が野戦陣で半包囲しているとなると敵は食い物を狩りには行けない」

王国軍の将兵を餌とする考え方もあるだろうが、こっちは武装している。王国軍の将兵だって一方的に食われることはない。そうなると敵だって食料が潤沢というわけでもないだろう。戦場で王国軍の将兵を食っていたというのは、案外敵も腹を空《す》かせているのかもしれない。

「ということは、野戦で敵を兵糧攻めにしていることになる。ここまではいいんだ」

こっち側の問題。まずフィノイの大神殿。そりゃ少しは備蓄もあるだろうが、果たして長期の籠城に耐えられるのかという問題がある。

それに、もともと神官とかには荒事向きの性格をしてない人も多いし、長期戦になると精神的に折れてしまう危険性も高い。早く助けに来いと王国軍が煽《あお》られる可能性もある。

「そして王国軍。相手を飢えで消耗させるという選択肢はありだったと思うが、こっちも兵数が多すぎる」

一部貴族の方々がやる気を出しすぎたんだろう。人間はゲームのように決まった予定通りには動かない。もともと脳筋世界である上に、宰相閣下が緊急出動令を出したことにもよると思うが、敵の狙いがフィノイだったということもあるだろうな。

現状では王家や貴族と神殿の関係は悪くないが、王権と神権で権力のいがみ合いが発生することはままある。神殿側に恩を押し売りするのにいい機会だと思った貴族も間違いなくいるだろう。この世界、疫病とかが発生した時には僧侶系の魔法が頼りになることもあるから、神殿に恩を売りたい気持ちはわかる。もう一つの理由に関しては想像だけなんで今は言及しないでおこう。

そして別の誤算は周辺の状況だ。これは自分の目で確認していないが、多分間違っていない。

「補給不足の解消として現地で魔物《モンスター》を狩ろうにも、魔軍が行軍中に食いつくしてしまったんで、出現数が少ないんだろう」

ヴァレリッツの町をまるごと食いつくすほどの食欲だ。フィノイに向かうまでも遭遇したものは何でも食いつくして来ているに違いない。軍に合流する前に確認したデンハン村も酷《ひど》い状態だったし。見た目は爬虫類の癖にまるで軍隊アリだな。

魔軍同士の場合は共食いするのか、それとも彷徨う魔物《ワンダリングモンスター》と魔将の直属は別物なんだろうか。実際、人間から見れば全部魔物には違いないが、人間同士で国ごと、階級ごとにいさかいがあるように、魔軍にもなにかこう格差のようなものがあるのかもしれない。あるいは本当に家畜のような魔物がいるとか。この辺は正直謎だが、魔物に聞いたって答えてくれるとも思えんしなあ。

それはともかく、王国軍は緊急出動なんで補給面はどうしても後手に回っているだろうし、魔物を狩るという現地調達の手段が失われ、フィノイ近隣で大軍の拠点になりえたヴァレリッツは崩壊状態。

「敵を飢えさせているつもりがこっちまで飢えそうになっている、っていうんじゃ笑えない。陛下や王太子殿下も苦労されているんじゃないか」

「王太子殿下が？」

「なぜでしょう」

「ここにいないのが何よりの証拠だ」

国王陛下自身はこういう時、指示を出すだけだからな。補給面での手配、外交面での対応、兵がごっそりいなくなった貴族領の状況やこの状況における街道の治安の確認。おそらく、王太子殿下や担当の軍務大臣あたりは王都から離れられないほど処理すべき事があるに違いない。むしろ、ここまで物資が不足気味でも飢えてないあたり、殿下の手腕がすげぇ。あの人、実は天才なんじゃね。

「外交、ですか？」

「フィノイは別にわが国だけの大神殿じゃないぞ」

聖地、大神殿という扱いなので、ちょっと違うが前世でいえばバチカンみたいな一面がある。普段から多いかどうかは別にして、他国からもフィノイには巡礼が来ていたはずだ。情報伝達速度にもよるとはいえ、当然ながらこの状況は少しずつ近隣国にも漏れているだろう。多分、陛下や外務大臣は情報封鎖に忙しいはず。

これは国益という面を兼ねてもいる。我が国だけでフィノイ大神殿救援に成功した場合と、複数国の連合軍で救援した場合とでは、発言権とか影響力とかの面に大きな差が出る。フィノイが引越しをするわけではないにしても、魔王復活後の今後、神殿が我が国に感謝しているか否かは、その後に与える影響も馬鹿にならないはずだ。そのあたりも考慮しているんだろう。

それにしても、考えてみれば外国からの巡礼者も通るアーレア村はもっと大きくなっていてもおかしくないんだよなあ。あの村長、村に落ちた金を何に使ってたんだろうね。

「フィノイの状況が伝われば近隣国も出兵の意向を見せてくるだろう。けど現状はご覧のありさまだ」

この世界だとよほどの状況でもなきゃ援軍に対しては食料などの提供をしなきゃならない。この場合、相手が魔軍なのだからこっちが食糧を出すのが当然となるだろうが、現状、自国の軍ですら食糧が危険な状態だ。これで義勇軍とか援軍という名目で兵数が増えでもしたら、補給線の問題で軍が崩壊する。なまじ宗教が絡んでいるんで、いつまでも拒否し続けるわけにもいかんだろうし。

外交的に見れば、近隣国の立場に立つとここでヴァイン王国に恩を売るチャンスでもある。利用できるときは利用し、恩を売れるときは売り、敵対するときは敵対する。外交なんてそんなもんだ。指導者と指導者個人の関係はどうあれ、組織としての国と国なら国益が優先される。ローマによる平和《パクス・ローマーナ》なんてもんはローマによる安定が周辺国にとっても都合がよかった時代の産物でしかないからな。

「想像だがそうだなあ、長くてもあと二〇日程度で決着付けたほうがいいだろうな。それまでになんかいい手があれば」

いいけどね、と言いかけたら交代したばかりの衛兵の内、片方が笑い出し……え・い・へ・い？　えーと。

俺の視線に気が付いたのだろう、後ろにいた衛兵姿の二人が量産品の兜《かぶと》を脱ぐと、見覚えのある顔がそこにあった。ノイラートとシュンツェルが硬い表情をしていたのはこのせいか。

「どうかね公爵、子爵の見識は一〇代のものではなかろう」

「うむ。ヒルデア平原の勝利が子爵の手によるものだというのも理解せざるを得ぬ」

老齢のお方二人のそんな会話が目の前でかわされている。まあ確かに前世も含めれば俺の人生経験は一〇代じゃありませんがね。

セイファート将爵閣下とグリュンディング公爵閣下、なんでまた衛兵の格好をしてまでこんなところにいらっしゃったんですか。

◆

公爵と将爵が前に出てきて、代わってノイラートとシュンツェルが後ろに下がった。礼をしようとした俺を将爵が止める。

「非公式じゃ。気にせんでもよい」

　無茶言わんで欲しい。けどそう言われた以上仕方がない。簡易的な礼だけで済ませる。

「あまり驚いてはいないようだな」

「驚いてはいますよ」

　公爵がいかつい顔のままそう言ってきたんで一応抗弁。事実驚いてはいる。ただまあ、どっちかというとそこまでしなきゃならん状況なのか、という意味ではあるが。どうやら予想は当たっていたんだろう。

「卿《けい》は今、卿自身が語らなかった点についてはどう思うかね」

「ラウラ殿下のご意向をぜひ拝聴したいところです」

　俺がそう即答すると将爵がまた笑い出した。公爵は何とも言えず苦い表情をしている。

「卿は聡《さと》いな」

　その顔で言われてもあまり褒められてる気がしない。だが非公式なら不躾《ぶしつけ》な質問も許されるだろうから確認させてもらおう。

「失礼な言い方になりますが、やはり殿下が目的の方がいらっしゃいますか」

「かなり多い」

　やっぱりなあ、と内心でため息。うん、年齢層の偏りがおかしいとは思った。貴族なら一〇歳程度の年齢差での結婚は珍しくないんで、三〇代前半ぐらいならワンチャンあり。

そうでない場合は息子がラウラと似たり寄ったりという世代の貴族。中間がいなかった。

要するにここでいいところを見せて、美貌のお姫様であるラウラの婿候補に名乗り出ようって魂胆なわけだ。ラウラもちょうど適齢期ではあるしな。

ネチネチ言ってきた伯爵家の面々は本人と息子、どちらが婿の席を狙っているのかは別にして、年齢的にライバルになりうる俺を貶《おとし》めておこうとしていたわけだ。面倒な。

同時に王太子殿下が近隣国からの援軍を受け入れないというか、受け入れたくない理由の一つでもあるんだろう。近隣国に恩を売られて代わりにラウラとの婚約とか持ち込まれると面倒くさいこと甚だしい。

つまり本来ならフィノイが最優先のはずがどっかで目的がねじ曲がりそうになっている。敵は魔軍だが問題は魔軍のみにあらず、ってわけだ。もうひとひねりすれば歌劇かなんかのタイトルにならんかね。

「卿はラウラに会ったことがあるのだろう。どう思ったかね」

「お美しい方だとは思いましたが私には高嶺《たかね》の花《はな》ですね」

祖父としての発言なのだろうが、呼び捨てにはちょっとびっくりだ。確かにこれは非公式でないとできんわ。そう思いながら俺が答えると公爵は大きくため息をついた。

「皆が卿ほど分《ぶん》をわきまえておればな」

何気に酷いことを言われてる。俺がラウラと釣り合うかどうかと問われれば釣り合わないだろうけど。否定できんけど。この人、実は親馬鹿ならぬ祖父馬鹿だろ。

　まあラウラとお似合いなのはマゼルなんでその点は流す。鷲馬獣《ヒポグリフ》に蹴られて死にたくないし。だから将爵もそう忍び笑いしないでください。あとノイラート、笑いを我慢するのはしょうがないが顔真っ赤にしてるんじゃねえ。

「その見識を見込んで卿に頼みがある」

「一応、お伺いいたします」

　頼みじゃなくて命令だろうと思わなくもない。というか、公爵が子爵に言うんだからどういう表現を使っていても実質命令だよな。どんな無茶な命令を出す気だよ、と思っていたら想像の斜め上の事を言い出された。

「この戦いで全員を納得させるだけの結果を出してもらいたい」

「……は？」

　いやいや。まさかそのためにそんな格好してまで俺に会いに来たわけですか。

「つまり『この戦場であれだけの功績をあげたツェアフェルト子爵でさえそんなことは言っていない』という口実で殿下に群がる虫を追い返そうと？」

「端的に言えばそうなる」

　俺に何を求めてるんですか公爵。いや確かにラウラを褒美にくれとか言う気はねぇよ。ねぇけどさ。さっきから口が悪いが内心だから許せ。

「直接呼び出すと別の勘繰りがある。だからこんな場所に非公式かつお忍びで訪ねてきて、功績をあげたうえで殿下に興味がない態度をとれ、と」

「その通りだ。そのかわり、無断での離脱の件も含めて纏《まと》めて評価、対応する」

「無茶すぎる……」

非礼の極みだが公爵ほどの目上を前に素《す》でそう口走り頭を抱えてしまった。さすがに無茶を言っているという自覚はあるんだろう。俺の態度を見ても公爵は何も口にしなかったが、だからといって俺の頭痛がなくなったわけじゃない。

笑いを収めた将爵が口を開く。

「卿には面倒ごとを押し付ける形になってしまい済まぬと思っておる。が、事は政治的な面が大きくての」

「政治的……ですか」

「卿は殿下にそのような考えを持っておらぬようなので伝えてしまおう。この戦場に大軍を引き連れてきた者たちは、殿下の婿候補としては全員落選しておる」

とっさにノイラートとシュンツェルに視線を向けた。これは結構やばい。

「ノイラート、シュンツェル、ここで聴いた事は他言無用だ。どこかに漏れたら二人とも俺が斬る」

「は……はっ！」

二人が直立不動の姿勢で返答をする。流石《さすが》に二人とも現状の把握はできているようだ。公爵と将爵もこのやり取りに対しては口を挟まない。あくまでも二人は俺の部下だから。その代わり責任は俺になる。二人から漏れたら俺も処罰対象ってことだ。二人の表情を確認したうえでもう一度将爵に向き直る。

「大軍を連れてきている者は全員ですか」

「全員じゃ。殿下が歴代最高水準の聖女だということは」

「どこかで聴いたことがあります」

ゲーム内知識だが。

「ならば話は早い。そして神託を受けることができる存在が複数いるということは知っておるな」

「はい」

ゲームでは歴代最高聖女のラウラが一番優れているという設定になっているが、確かマゼルを鑑定するように進言したのは別の神官だったはず。ラウラかと思っていたら違うんだよな。もっともラウラの性格なら、神託を受けた時点で自分からマゼルに会いに行きそうな気もする。二人が初対面だったのはそのあたりが影響しているのかもしれん。

「別のものが別の神託を受けておる。殿下の御子《おこ》は高位につくであろう、と。このことは殿下本人ですら知らぬ」

ノイラートやシュンツェルが息を呑《の》んだ。一方の俺は驚きこそしたが、ゲーム内知識でいえばマゼルが王になるエンディングを知っているだけに妙な納得もある。

ゲーム中にそんなことは話題にすらならなかったが、このレベルなら高位貴族内での最重要機密事項だろうから理解できなくもない。というよりこの言い方だとほとんどの貴族が知らないんじゃないか。

そのあたりを頭の中で整理したうえで、半ば確認のために口を開いた。

「だからここに大軍を率いてきたものは全員落選という事なのですね」

「確かに魔軍がフィノイに向かったということは大問題だ。だが、それを好機ととらえるような考えの持ち主が国の高位につくことがあってはならん」

代わって返答をしたのは公爵だ。現在、既に爵位貴族の子がさらに高位につくということは、下手をすると王位という事さえ考えられる。だがそうなるとルーウェン殿下の立場はどうなる？

変に欲深い奴《やつ》が王族でもある第二王女《ラウラ》の配偶者、もしくは義父の立場に立てば、神託を現実にするために反乱でも起こしかねん。実のところ神託って必ず当たるわけじゃないんだが。魔王の強さとか肝心なところの神託はないし。

しかしこの神託は結構悪質だな。これが〝王位〟なら逆方向に大問題だ。いっそラウラを殺してしまえというような過激派も出かねん。王太子殿下だってラウラを一生監禁するとか考える可能性もあるだろう。

けど〝高位〟だと宰相とか公爵とか、その水準だってあり得るわけだ。一概に排除するには躊躇《ちゆうちよ》するレベル。宰相クラスに強欲な奴が影響力持っていても困るには困るんだが。

しかも内容はラウラの子、だ。娘ならその代の王妃という可能性だってあり得る。もっといえば養子だって可能性の範疇《はんちゆう》だ。予想できる選択肢が多すぎて、王室至上主義派もラウラを利用したがる奴も暴走しようと思えばいくらでも可能。

ゲーム的なエンディングを予言している神託としては正しい。正しいというか間違ってはいない。ただそれにしても微妙な線だ。だから極秘扱いになっているんだろうけど。

ラウラの子ってことは公爵自身のひ孫になるが、その頃にはさすがに公爵本人は生きてないだろうな。ああ公爵の跡継ぎがどう考えるかも考慮しなきゃならん。勇者《マゼル》との関係も全く触れられてないし。なんだかこの神託に悪意を感じるのは俺だけか？

いやまてよ。よく考えたらゲームでも魔族はなんでラウラを狙っていたのかは説明されていない。あの当時のゲームだから、なんかこうお姫様が狙われるのは様式美で気にもしていなかったが、考えてみれば殺さないようにしていたのには何か理由があるんじゃないか。もしそれが同じ根っこだったとしたら？

いろいろ気にはなるが先の事はひとまず置こう。正直考えたくもない。目の前の問題に限れば、遠回しな言い方をしているが、要するに欲深いかどうか篩《ふるい》にかけているわけか。

ただそいつらが動員できた兵力が予想以上に多かったんで、深刻な食糧不足に陥っているんだろうけどな。

もっともラウラの美少女っぷりを知ってればワンチャン狙うのもわからなくもない。王族の皆様、自分たちの周囲が美貌の人間ばかりなんでその辺マヒしてませんかね。

「王族に生まれた以上、惚《ほ》れた好いただけで婚姻というわけにはいかぬ。国のためになるか否かも考慮せねばならぬのだ」

公爵閣下がそう続けた。正論ではある。けど結構な比率で私情も混じっていませんか。公的には王女かつ聖女が狙われていて、私的には孫娘の命の危機。それをチャンスだと思う奴に任せたくないのは解《わか》るけどさ。

「他者と同程度の功績でよい。同程度であれば理屈をつけて押し通す。報酬も十分に払う。今後の卿の立場にも配慮しよう。引き受けてもらえないだろうか」

ここまで聞かせて俺に拒絶って選択肢あるんですかねー。報酬って口止め料の事だろ。逃げ道なんかないんですけど。

「微力を尽くします……」

俺、泣いていいですか。

◆

その後、俺の方からも質問を重ねて必要な情報を確認させてもらい終えると、さすがに二人とも本陣に戻って行った。表向きはノイラートとシュンツェルの部下として。あの二人も胃が痛くなればいいんだ、ふははははは。

うん、そんなことを考えても何にもならないのは解ってる。

入れ替わりに俺の監視についた二人は一応衛兵の格好をしているが、冷静に見ると身のこなしが違う。公爵や将爵どちらかの部下かもしれない。ここまでの話を聴いてしまったうえで逃げようとしたら殺されそうだな。逃げる気なんぞないけど。

ちなみに兵士の営倉は檻《おり》を載せた馬車になるが、貴族の場合一応外からの目を遮断する建物や天幕《テント》になる。天幕といっても魔物《モンスター》の革を使った丈夫なものだ。素材が素材だけに、小さなナイフなんかはまず通らず、兵士の使う天幕より丈夫にできている。逃亡防止の目的もあるんで当然だが。相手が国同士だったら貴族の捕虜なんかもこういう所に押し込まれるからな。

そんな天幕の寝床で仰向《あおむ》けに寝転がり慨嘆。なんでこんな面倒なことに巻き込まれるんだ、と思ったが、ゲームのように騎士団が崩壊していたら、どの貴族だって自分の領地を守ることが最優先だ。ラウラに言い寄るのなんか後回しにするしかなかっただろう。逆にいえば、騎士団が健在でいるから多少の馬鹿をする余裕があるということになる。

つまりまわりまわって俺の行動の結果かよ。泣きたい。

嘆いたりぼやいたりしても仕方がない。深呼吸を繰り返して頭をクリアにする。なんせ今回は条件が複雑だ。俺自身が認められる一方、マゼルも評価されなきゃいけない。

そもそも本来のゲームストーリーに沿うのであれば、フィノイが半壊したのもラウラが勇者《マゼル》の冒険に参加できる理由なんだが、そのフラグはもうどうしようもないな。フィノイは無事という前提は崩さない。問題は他の条件だ。

もしマゼルが評価されなかったらラウラとの同行が許されないかもしれない。主人公《マゼル》とお姫様《ラウラ》がお似合いなのは当然として、ゲーム中だと聖女であるラウラがいないとクリアできない事件《イベント》がある。絶対にマゼルとラウラは同行してもらわなきゃいけないんだ。幸か不幸か、今フィノイにマゼルがいるから二人の関係は友人ぐらいにはなっているだろう。多分。そこは期待するしかない。

同時にもう一つの条件。貴族の誰かが俺より功績を上げて婚約者候補とかになったら、ラウラが旅に出られずに、王都なりその貴族領なりに留《とど》まらざるを得ない可能性があるということだ。それもやっぱりマゼルの魔王討伐の失敗フラグになる。もちろん論外なのは敗北する事。

ゲームだとラウラの目の前でボスであるベリウレスと戦闘になるが、現状、魔将《ベリウレス》も敵軍の中にいる。いくらマゼルでも敵軍の中に突入してボスとだけ戦うのは無理だろう。ゲームだとそれに近い事をやっているんだけど、実際は周囲から邪魔が入るだろうからな。

かといってここでベリウレスを倒し損ねると今度ストーリーがどうなるやら。撤退したベリウレスが戦力を整え直して王都に再戦を挑んできたりしたら、俺の側《こっち》の収拾がつかなくなる。

つまり現在フィノイを攻囲してる魔軍を壊滅させてベリウレスを倒し、その上俺とマゼルでワンツーフィニッシュを決めなきゃならん。しかも手持ちの札だけで。なんだこの無茶な任務《ミッション》。

ため息をつきながら両軍の布陣状況を確認する。扇の要《かなめ》の位置にフィノイを置くと、扇の中骨の部分に魔族、さらにその外側、紙や布を張り付けた扇面の部分に王国軍が布陣している。地形的に扇の外側からフィノイに攻め込めないのは不幸中の幸いだな。

フィノイは山の中、魔軍のいるあたりは平野に近く、王国軍は森と平地の境目に布陣しているのか。これ、森の魔物《モンスター》が復活してきたら挟み撃ちにあわないだろうか。

魔物はどこかから湧いて出てくる。案外ベリウレスは魔物と王国軍が戦う形での消耗も狙っているのかもしれない。王国軍の兵士とこの辺の魔物が一対一で戦えば魔物の方が間違いなく強い。騎士だってやばいぐらいだ。

そしてベリウレス直属の部下たちは恐らくこの近辺で出没する魔物よりも強いだろう。にもかかわらず向こうが攻勢に出ないのはそれが理由か。確証はないがフィノイに強襲をかけないのも含め、魔軍も消耗戦狙いなのかもしれない。食い物大丈夫なのかね。

王国軍は相手を半包囲していて、両翼に騎兵を配置する常道で第一騎士団と第二騎士団が左右の端に配置されている。それはいいとしても、全体数が多いせいで、何というかでろーんとでも表現するしかないような形で軍が展開されているな。

全体指揮をするには本陣からの距離があるうえ、ラウラを嫁にとやたらやる気のある奴がいる一方、心折られて可能なら撤退を望んでいるだろう隊もあったりするんで、統一性すらない。陰では貴族同士《ライバル》で足を引っ張りあっていたりもするだろうから、なおの事。

「どーすんだこれ」

言いたいことは山ほどあるが文句を言っても仕方がない。こういう時にやっちゃいけないのは敵の長所だけ、自分の欠点だけを見ることだ。それでは打開策が出てくるわけがない。相手の欠点を狙い自分の利点を生かす方向で考えないと。なんせ今回は時間制限があるからな。相手の欠点を上回るまで時間は待ってくれないんだよ。

王国軍の利点は数だ。何のかんのいいながら数は力。一方魔軍の欠点は……ん、ちょっと待てよ。

起き上がり胡坐《あぐら》をかいて思い付いた思考を追う。ゲームでの魔将のセリフ、ヴェリーザ砦《とりで》での魔族の口調、そしてリリーさん拉致犯の蜥蜴魔術師《リザードマジシャン》の態度。共通しているのは人間を見下している点だ。

バカにしている相手が罠《わな》をしかけてくるとは思わないだろう。そしてゲームの知識でいえば、ベリウレスを倒せば大神殿マップは解放される。つまり大将《ボス》はいるが副将格の敵はいないかそれに近い状況だろう。ターゲットはベリウレスに絞る。

本当なら最初から綿密に計画立てておきたい作戦だが、やってやれなくもないだろう。さっき公爵に確認したらフィノイとは一応連絡は取れているらしいし。大神殿に魔法鞄《マジックバッグ》を使った武器食糧の補給を兼ねているらしいが、あの包囲戦の中で連絡を取る手段があるのは正直有り難い。大神殿の方に計画を伝えることができれば何とかなるさ、きっと。

これだとマゼルが功績一位になるだろうが、むしろその方がいい。大体、公爵が後ろ盾になると言ってくれてもどこまで信じていいかわからんし、仮に後ろ盾になってくれたとしてもこっちはしょせん一子爵。後が怖い。

その点マゼルは王室お声がかりだからな。後はうまくフォローすれば大丈夫なはず。どうせワンツーフィニッシュを狙わなきゃいけないんだ。全部俺がやる必要はない。マゼルならきっと大丈夫。

「悪いが、公爵閣下か将爵閣下に相談がある。取り次いでくれ」

俺が床の上に座り込んでぶつぶつ言っているのを黙ってみていた衛兵に声をかけると、二人が頷《うなず》きあって一人が出て行った。やっぱりどっちかの直属騎士だったか。

この日の夜、将爵からの差し入れとやらを持ってきた兵士の服を借りて営倉を出て、お二人に直接面会し案を説明する。必要な道具は幸いまだ俺の青箱の中にあるからそのあたりも説明。二、三の質疑応答を済ませてこの日は大人しく営倉に戻った。

これで全体の作戦計画はいいとして、後は明日からの戦況次第だ。俺はどうやって功績上げようかねえ……。胃が痛い。

とりあえず明日は営倉から出たら飯は柔らかい麦粥《むぎがゆ》かなんかにしてもらおう。はあ。

◆

翌日早朝、沈滞し持久戦かと思えるような先日までの空気が嘘《うそ》のように王国軍が積極的に動き始めた。

最初に行動を起こしたのは王国軍最左翼に位置していた第一騎士団である。

騎馬の突進力を用いず、あえて馬を降りて左翼のさらに外側にある山脈を生かし、側面に回り込まれないようにしながらも積極的に攻勢に出ると、人間が乗れるほどの大きさを持つ亀、あるいは人を丸呑《まるの》みできそうな蛇など、魔軍の連れていた魔物《モンスター》を狙い、その数を削ぎ落すように切り倒し始めた。

「あまり深く切り込むな。相手の数を減らせばよい」

全体作戦の一環であることを理解しているフィルスマイアーが騎士たちの行動を抑制し

つつ、注意深く敵の動きを見続ける。やがて遠目からもひときわ巨大な影がフィルスマイアーたちの目に映った。

「よし、魔術師は合図を。全軍後退。あれとは戦うな。負傷者を残すなよ」

フィルスマイアーの指示に従い、魔術師がひときわ大きな火球を空に向かって打ち揚げる。やがて第一騎士団は魔術師隊の支援を受けながら後退を始めた。代わって動き出したのは王国軍最右翼に配置されていた第二騎士団である。

第二騎士団は第一騎士団の戦闘地域から火球があがったのを確認すると、こちらは騎馬の勢いを駆って強烈な勢いで戦線が薄くなっていた魔軍に突入し、人間を噛《か》み殺せそうな巨大蜥蜴《とかげ》や蛙男《フロッグマン》などの魔物《モンスター》をなぎ倒しながら大神殿の門を目指すように魔軍の列に食い込んでいく。

「間違えるなよ。大神殿に入るふりをするだけだ」

「しかし団長。このままなら大神殿に入れそうですが……」

第二騎士団の団長であるヒンデルマンにそばにいた騎士が語りかける。だがヒンデルマンは首を振った。

「第二騎士団が入ってしまうと大神殿の糧食が持たぬ」

「悔しいですな」

その会話の最中も周囲の魔物たちが次々と死骸へと変わっていく。魔軍の主戦力が魔将と共に第一騎士団の方に向かっているためだ。残った魔軍は大神殿に王国軍を近づけさせないようにと懸命な抵抗をしているが、その抵抗は統一されたものではなく、単なる戦闘でしかないため、組織だった騎士団を相手に魔軍の損害は増加を続けていた。

「団長！」

「来たか！　火矢！」

巨体の影を確認した騎士が上げた注意喚起を受けてヒンデルマンが火矢を射《う》つように命じ、傍《そば》にいた騎士が馬上で器用に火矢を空に向かって打ち揚げる。そのまま第二騎士団は潮が引くように急速に後退をはじめ、ベリウレスがその付近に到着した時には既に離脱を始めていた。

強襲された無数の爬虫人《レプタイポス》の死体が転がる場所に到着した直後、ベリウレスは別の喊声《かんせい》を耳にする。第一騎士団の隣に配属されていた貴族軍が、戦場のベリウレスから離れた地点で突入を敢行したのである。

第二騎士団からの合図を受けて動き出した貴族家軍の中で、特に目覚ましい働きを見せたのはフュルスト伯爵家の隊であった。フュルスト隊はヘルミーネが指示を出しながら集団戦の訓練をした兵士を中心にして魔軍の一部を本隊から引きはがし、そこに嫡男タイロンの率いる騎士団が突入して本隊から引きはがされた魔物たちを蹂躙《じゅうりん》する。

タイロン自身はいまだに魔軍の将を倒すのは自分だと公言しているが、王国軍全体の戦意回復が優先だとする指摘を理解できないわけでもない。また、今回の攻勢に転じた王国軍の作戦全体像も説明されていない。細部まで説明を受けているのは当主であるバスティアンのみである。

　そのため、タイロンは現状の鬱憤を晴らすかのように率先して魔軍に激しく斬り込んでおり、その勇戦は王国軍の中でも際立っている。そして乱戦の中でその勢いを生かすように隊を指揮しつつ、バスティアンは戦果を拡大させていた。

　そのフュルスト隊が作った魔軍の亀裂を広げるように周囲の貴族家隊を動かしているのはシュラム侯爵である。シュラム侯爵は手勢と他の貴族家隊を連動させ、フュルスト伯爵家隊が作った魔軍の損害を利用し、魔軍側の戦力に粗密を作る形で戦力の薄い部分を作り上げ、敵の戦力が薄くなった部分を撃破する形で戦果を拡大させていく。

　蜥蜴人間《リザードマン》や鰐兵士《アリゲータ・ウォーリアー》は単体では強い。だが、乱戦になり孤立してしまえば数の暴力には勝てないのだ。魔獣が打ち減らされ始めたことで、それらを支援戦力として戦っていた魔物《モンスター》たちへの損害が拡大し始めていたのである。

　遠方で発生した激しい戦いの音を耳にしたベリウレスは、露骨なまでに怒りの表情を浮かべて戦闘が激しく行われている地域に足を向けた。

「ヴェルナー様、こんなことでいいので？」

「いいんだよ。まずは敵の親玉がいなきゃそこそこの勝負ができる、と兵に自信を回復してもらう必要があるんだから」

奴隷兵とか数合わせの下級兵士とかはそう簡単でもないだろうけどな、と思いながら戦闘地域から少しだけ距離を取った丘のような場所で戦況を確認しつつ、マックスの問いに答える。もちろんそれだけが目的ではないんだが。

さっきまで戦っていた騎士や兵士が一旦距離を取って自陣に戻ってくるのが見え、そいつらが俺の方を見て笑うのを確認してしまう。それを見ていたマックスが横で肩をすくめたのを把握し、思わず白眼《はくがん》を向けた。

「別に笑ってもいいぞ」

「いえ、もう十分笑わせていただきました」

「そこは嘘でも否定しろよ!?」

思わず怒鳴るが他人がこの格好してたら俺だって笑いを堪《こら》えるぐらいはしただろうとは思う。なんせ今の俺は女性物の純白ワンピース、素足にサンダルという姿だからだ。うう、足元がすーすーする。

この格好は無断での戦場離脱行為に対する処罰として行われている、例の最後の罰だ。

前線からもこの服装が確認できているだろうと思うと内心複雑にならざるを得ない。前世日本だと女性陣がさぞやお怒りになると思うが、女性はか弱いっていうまあそういう女性蔑視時代の産物だ。今は女性騎士や女性冒険者もいるんだけどな。

この世界はどうしても武勇尊重というか、とにかくそういう方面が重要視される世界なんで、あいつはひ弱だというのが侮辱罪のように扱われる。その結果がこれだ。この格好だと騎乗も禁止。徒歩で移動するから周囲からじろじろ見られる羽目になる。

俺は逃亡したわけじゃないんで逃亡罪の方は適用されなかったが、無断での戦場離脱行為そのものは間違ってない。しかし自分がこの格好すると何と言うか……うん、周囲の好奇の目が辛《つら》い。明日もこの格好なのが更に辛い。

とはいえ、この処罰中は戦場に出るのは免除してもらえるんで、そこは助かる。鎧《よろい》を着ていないのに戦場に突っ込めだと死刑と変わらない。ちなみに逃亡罪の場合は死刑か良くて無謀な命令が出る。そっちじゃないだけ良しとしよう。しかし、この女装する処罰は髭《ひげ》もじゃのオッサンとかにも下ることがあるんで、それはもう別の意味で犯罪じゃね？

このほかには鞭打《むちう》ちや杖打《つえう》ち、杖って言っても棍棒《こんぼう》の方が近いが、ともかくそういう物で殴られる奴《やつ》とか、陣外夜警、食事抜き、軍務降格なんかも罰則としては一応ある。ポーションが使えるかどうかの相手によっても処罰の中身が使い分けられるのがこの世界らしいところだな。

陣外夜警ってのは文字通り夜営陣として作られた柵の外側での夜警だ。敵が夜襲をしてきたら間違いなく真っ先に狙われる。野生動物や魔物《モンスター》も危険なので、精神的にとにかくきついらしい。俺は流石《さすが》に経験がない。

軍務降格っていうのは独立貴族家としての行動が許されず、別の貴族の寄り子みたいな形で指示を受ける立場になることだ。そうなると罰則なんで指揮系統的に上位になった貴族家にこき使われることになったりもする。

罪を犯した本人だけならともかく、隊全体がそう扱われると結果的に被害が大きくなるんで、実はかなりの重罪でないとこの軍務降格にはならない。その分、そうなった時は悲惨で、酷《ひど》いときには無謀な突撃を命じられて貴族家の中核騎士が軒並み戦死させられたこともあったそうだ。もっとも、どこまで本当かは知らんが王家への反乱を企《たくら》んでいた貴族家がそういう目にあったらしいとも聞く。

また食事抜きってのも全部抜きじゃなくて、味の薄い肉なし麦粥と水だけとかそういうのが普通。平和な自宅でならたいして辛くないが、武器持って鎧着て動き回らなければいけないときに一日中粥だけってのは結構つらい。罰なんだから辛いのは当たり前か。その意味で言えば罰金刑とか営倉入りってのは楽な方ではある。

それとは別に軽い犯罪の場合、吸湿性の高いタオルのような布を両足の膝から下にぐるぐる巻き付けて、朝露のついた草原を延々と歩き続けるなんてのもある。朝露が脛《すね》に巻き付けた布に吸収されるんで、一時間も歩いて布を絞ると個人が飲むのには困らない程度の水が集められる。

ただ、ほどほどの高さがある草地を意味もなく歩き続けるのって地味に面倒なんで、刑罰的な扱い。集められなかったらその日は昼まで水分抜きの罰に早変わり。散々歩いた後に水抜きで半日行軍とかすると、気候によっては死にかける。

この足に布を巻くやり方、冒険者は飲料水を確保するためによくやるそうだが、数人単位ならともかく、軍にこの程度の水じゃ足りんから罰以外の何物でもない。

あと、この世界らしいなと思うのは魔法封印刑や魔道具《マジックアイテム》禁止刑か。封印できるような便利な道具はないんだが、魔法や魔道具《マジックアイテム》を使っているのを目撃されたらその瞬間に重労働の懲役刑に移行するという結構怖い罰だ。この国では懲役刑の一種になっているらしい。

よかれあしかれこの世界は魔法で成り立っているところも多いんで、魔法を使うなとか魔道具《マジックアイテム》の使用を一定期間でも禁止ってのは地味につらい。長いと年単位だし。前世で言えば一定期間ネット接続禁止や家電製品の使用を禁止されるのに近いかもしれない。一気に生活が不自由になるだろう。

「お」

「笛矢が飛びましたな」

つらつら考えていたら遠くの方から風に乗って鋭い音が聞こえてきた。笛矢ってのは前世日本の鏑矢《かぶらや》みたいなもので、矢を放つと音が鳴る。いい音なんで俺は結構気に入っているんだが、合図に使うものだから普段は使えない。残念。

その音を合図に今度は第二騎士団の隣あたりから喊声が上がる。あのあたりに配属されていた貴族軍が戦闘に入ったんだろう。確かあの辺りにはハルフォーク伯爵の隊がいたな。ヒルデア平原でも一軍を率いていたらしいから引き際は解《わか》っているだろう。

俺が提案した作戦は、前世では外線作戦と呼ばれるものの範疇《はんちゅう》に属する。規模は全然違うが、日本史になじみ深い人なら、信長《のぶなが》包囲網で足利義昭《あしかがよしあき》が仕掛けたのがこの外線作戦の例になるな。離れた地点に複数の戦場正面を設定し、敵の主戦力をどこか一カ所に引っ張り出す。そのうえで主戦力のいない戦場で攻撃を繰り返すことで敵全体に消耗を強いて、最終的に消耗した敵を包囲攻撃する方法だ。

作戦行動としては複雑じゃない。王国軍はどうせ統一的な動きはできない。中世風のこの世界、貴族家の個人的な騎士や家臣に対しては、それこそ軍務降格みたいなことがなければ、他の貴族はおろか王族ですら無茶な命令を下せない。それに、現状では兵数が多すぎて戦列も横に長すぎるから、細かい指示にタイムラグは絶対に避けられない。ならいっそのこと統一的な戦いを始めから考えずに、各個に動いている。

本来なら各個撃破の対象にしかならないのだが、ポイントは敵にベリウレス以外の指揮官がいない点だ。ベリウレスが来たら陣に閉じこもって防衛戦、遠距離射撃戦に入り、ベリウレスがいないところでは積極攻勢に出て敵戦力に消耗を強いる。貴族同士で功績争いしているから、いいところを見せようとベリウレスがいないところだと積極的に攻め込む貴族もいるんで、その地域では魔軍の損害は無視できない水準になることもあるだろう。

一方の魔軍は内線作戦となるが、ぞろぞろと敵の主力がベリウレスと一緒に動くので引き際は解りやすい。あいつデカいから遠くからも目立つし。

ベリウレスが来たところは逃げる、そしてベリウレスとは別の場所で残った敵の二線級戦力を徹底的に削る。基本この繰り返し。これができるのは敵に機動力の高い騎兵がいないのも大きい。敵が軍ではなく、ただの集団になればまだ兵士レベルでもやりようはあるということだ。この辺りだと普通の兵士でもかなり厳しくなっているようだが。

そして以前から気になっていた点も遠目に確認する。やはりというかベリウレスがいないところでは無数の個人戦という感じで集団戦とはいえないな。それに付き合う王国軍の騎士や部隊もいるわけだが。

ま、それは後で考えればいい。今考えてもない物ねだりだし。まずはベリウレスの堪忍袋を突っつきまくることからだ。

◆

夕闇が下りる時間帯になると、負傷者を残さないようにしながら王国軍は陣に撤収。各貴族家ごとに自分たちが作った陣に戻り、戦闘担当者以外の働きを確認することになる。

どうしても戦闘があった日には騎士や兵士の働きが目につくが、戦える人間が戦っている間の非戦闘員が行った手配も確認は必須だ。

この仕事も多岐にわたる。補給部隊から人数分の食料を預かり食事の支度をするのはもちろんだが、夜営時に使う篝火《かがりび》の準備や、トイレが溢《あふ》れないかの確認、陣を形作っている柵などの修繕、雨が降った時に備えて水を逃がすための溝が出陣の際に埋まってしまった場合の保守といった通常業務のほか、敵の夜襲があった時に備えて投げるための石を柵の近くに何カ所も積んでおくようにといった戦闘に関する指示をする事もある。

敵に襲われないから楽という事はなく、例えば柵が傷んでいるのに結ぶロープが足りない、なんて時はその材料を準備するところからやらなきゃならないから、時間も手間もかかることが多い。だから早朝の出陣の前に指示を出しておく必要があるわけだ。

そういう、非戦闘員にもあらかじめ指示を出しておき、その日のうちに出来栄えを確認するのも上に立つ人間の役目という事になる。ただ、これから数日はその確認を女装のままやる事になっているんで、手配を確認した後で本陣に戻ってきてから遠い目をしてしまう。いやこれ、想像以上に精神を削られるわ。

「ヴェルナー様、お時間はありますでしょうか」

「マックスか、かまわない」

ツェアフェルト隊の本陣になっている天幕《テント》の中で、ここまでの消費物資に関する書類を作成していると外から声がかけられたんで、中に入ることを許可する。声に応じてマックスが狭い入口から巨体をかがめるようにして入って来た。

「どうした」

「はっ、実はフュルスト伯爵家令嬢がご相談があると訪ねてきております」

「……今かよ」

ややげんなりと応じはしたが、言葉としてはおかしいものの〝まれによくある〟状態なんで、もう半分諦めている。勇者の家族の事を聞きたいとか、なんかいろいろ理屈をつけて朝から面会希望者が訪ねてくるんだよ。さっきまでは作戦打ち合わせという事で呼び出されていたけど、その往復でもこっそり指をさされていたりしたし。

ちなみにセイファート将爵には「意外と似合っておるの」と評された後で遠慮なく笑われた。ストレートだった分怒るに怒れない。

「わかった、会おう」

「実はその件で先にご報告が」

俺が許可を出したらマックスが難しい顔で口を開く。何かと思ったら、俺がアーレア村に向かっている間、フュルスト伯に布陣位置で庇《かば》ってもらう事があったらしい。

「フュルスト伯爵が？」

　正直に言って予想外の話ではある。けど向こうには向こうの考えもあるんだろう。俺の感情はともかく、隣接領だから仲を悪いくしたいわけでもないだろうしな。

「わかった、覚えておく。お通ししてくれ」

「はっ」

　一度出て行ったマックスがヘルミーネ嬢を連れて入ってくる。

「お忙しいところ申し訳ない、ツェアフェルト子爵……」

　頭を下げてそこまで言ったところでポーカーフェイスを失敗している。さすがに吹き出す事はなかったが、目元や口元が笑いを堪《こら》えているのを隠しきれていない。わかってたことだけどな。

「失礼しました」

　ヘルミーネ嬢が咳払《せきばら》いを一回して冷静な表情に戻る。立ち直るのが早いのは貴族家令嬢としての教育の賜物《たまもの》だろう。こっちは予想通りの反応に内心で溜息《ためいき》をつきつつ、表面上は冷静な表情のまま対応。

「何かありましたか」

「……その、大変申し訳ないのですが、お口添えをお願いいたしたく罷《まか》り越しました」

一転して神妙な顔でヘルミーネ嬢がそんなことを口にしたんで、思わずマックスと顔を見合わせることに。何だ一体。

「詳しくお伺いしても？」

「はい。実は……」

事情を聴いて小さく唸《うな》りながら腕を組んでしまう。フュルスト伯爵家にとっては親族であるトイテンベルク伯爵家の存続あるいはお家騒動の危機という事になるのか。

「口添えというのは、つまり私の父に？」

「はい、典礼大臣に父と面談のお時間を頂けるようにお願いしたいのです」

なるほど。仮にも大臣である父はそれだけでも普通の伯爵よりは影響力がある。また、陛下と典礼大臣が列席している場で爵位の継承が行われるので、典礼大臣には決定権こそないが発言力は大きい。誰かを次期当主にしようと提案が出されても『その人物は継承儀式の場に相応《ふさわ》しくないと思われます』と儀式の場に呼び出すことを否定できるわけだ。前世風に言うのであればNO限定の人事部長のような権限があるってところだろうか。

だが、逆に言えば希望者以外を全員拒否し続ける形で希望者の名前が出てくるのを待つこともできる。さすがにそこまで露骨だと貴族社会で敵だらけになるだろうし、父がそういう形で恣意的に地位に伴う権力を行使した事はないはずだ。どちらかといえば王宮内部での父は公正、公平というような高評価が多いと聞いている。そんな父に面談したいという事は、フュルスト伯爵が気にしているのはトイテンベルク伯爵家の後継者となる幼児の母親である令息夫人の存在だろう。なにせ俺の兄の婚約者だった女性だからな。

　フュルスト伯爵は娘の婚約者であった俺の兄の事故後、ヘルミーネ嬢の姉にあたるその娘をさっさと別の貴族家、その別の家というのがトイテンベルク伯爵家なわけだが、そこに嫁がせた。うち《ツエアフエルト》とはその時点で縁が切れていて、何かをしてやる義理はない。

　俺としては不幸になれとまでいう気はないものの、なるべくならもう二度と顔を見たくない相手だ。そして父がどう思っているのかは俺にはわからん。わからんが、貴族家同士という形になる以上、拒否するほどでもないだろう。何よりアーレア村に向かった際の件で俺の方に負い目がある状態だからなあ。

「解りました。父にフュルスト伯爵のご意向は伝えましょう。父が了解した場合に面会の日程や時間は改めてご連絡させていただくことになると思いますが」

「感謝いたします」

　ヘルミーネ嬢に頭を下げられた。反応に困るからやめてほしい。それに、正直なところトイテンベルク伯爵家なんて縁遠すぎて存在を忘れ去っていたぐらいだ。よかれあしかれ何らかの関係があれば忘れないはずだから、うち《ツエアフエルト》とは縁が無きに等しい家なのだろう。

　相手は武官系の貴族家だし、文官系の我が伯爵家は武官系の家全般との縁が深くない。

　それにしても、急いだほうが有利になる案件だとは思うが、戦場《ここ》でする必要があるとは思えん理由でわざわざ訪ねてきたのは、やっぱり俺の女装見物を兼ねてなんだろうか。物好きだなと思う。

◆

ヴェルナーに典礼大臣インゴへの面会に関する口添えを承認してもらい、そのまま自陣に戻る途中でミーネは安堵《あんど》のため息を吐《つ》いた。

実は最初、ヴェルナーのもとには兄であるタイロンが今回は自分が行くと言い出していたのだ。ただタイロンはヴェルナーの女装罰が興味深いという表情を隠そうともしていなかったので、その表情を見てここで話がこじれたら困ると考えたミーネも自分が行くと立候補し、最終的にバスティアンがミーネを選んだのである。タイロンの方も多少つまらなそうな表情をしつつも引き下がったので、本当にヴェルナーの女装を見る事だけが目的であったのかもしれない。

「ミーネ」

「アネットではないですか」

自陣に戻るために歩みを進めていたミーネを呼び止めたのは、ミーネと同様に貴族家出身で女性騎士であるアネット・エルザ・メルダースである。補給部隊の護衛騎士として参陣しているため、直接戦場には出ていないが、女性騎士としてはかなりの実力者だ。個人の実力でいえばミーネよりも強いかもしれない。知り合ったのは学園の入学後であるが、気心もある程度知れているので、二人の時は砕けた調子で会話を交わしている。

「なぜここに？」

「負傷者へポーション類の搬送と確認です」

ポーション類は決して安いものではない。それも単品であればともかく、軍で使用する程の量ともなれば多額の金銭が動く。そのため、中には大した怪我《けが》でもないにもかかわらずポーションを請求し、差分を自家騎士団の所有物にしてしまうような不届き者もたまに現れるのだ。残念ながら、どのような状況であっても自分の利益を求める人間が出てくるのは避けられない。

そういった不正請求に対し、補給部隊に所属している人間は請求が適切であったかどうかを確認する業務を担っている。本来文官の仕事だが、量が多いときは騎士も協力するのだ。真面目で誠実なアネットには適任だ、と内心でミーネは頷《うなず》いてから口を開いた。

「なるほど。私はツェアフェルト子爵にお話が」

「典礼大臣のご子息様ですか」

アネットの反応は悪いものではない。無断で離脱したという意味では問題行動であったが、勇者の家族を救うためであった、という事情を知った人間からの評価は好意に近いものとなっている。

なにしろ、勇者《マゼル》はヴェリーザ砦《とりで》奪還の功労者なのだ。武勇が評価される世界である。貴族という立場的なしがらみがない目で見れば、勇者の功績は尊敬に値するものだ。その勇者の家族を守ろうとしたという行動には好意的な評価をする人物が出てくるのも当然であろう。

「ところで、状況はどうなのです」

「積極的に戦いに出た貴族家と、命令が出たので出撃したという貴族家が半々ぐらいでしょうか」

いくつかの陣地を行き来していたアネットがミーネの疑問にそう応じる。

「ただ、積極的に出た貴族家の中には戦果を挙げた家もあるので、そういう評判が広がりつつあるようです」

混戦の中でさえ味方の負傷者だけではなく、斃《たお》した魔物《モンスター》の死骸も回収して魔石や素材を得るというのも魔物相手の戦いではままあることだ。殺伐としているといえば確かにそうであろう。それに違和感を覚えないのはヴェルナーのいう脳筋世界の一面かも知れない。

「ではまた貴族家の中にも戦意を取り戻す家も出てくるかもしれませんね」

「そう思います」

ミーネの感想にアネットも頷いて賛意を表明した。事実、どこそこの貴族家が多数の魔石を入手したようだといった噂《うわさ》が王国内部に広がり始めると、ただ働きになってはかなわないと思いだした王国軍の将兵たちが徐々に積極性を取り戻し始める。

騎士や兵士の欲得混じりではあったが、この評判が広まるにつれ戦況は次の段階へと変化していく事になった。

◆

王国軍が攻勢に出てから二日目。この日も同じように王国軍各部隊それぞれが魔軍と個別に戦う形で交戦を繰り返している。広範な戦場の各地で短時間の激戦は展開されるが、ベリウレスが現れると王国軍は作戦通りすぐに陣に引っ込んでしまう。

一度は王国軍の陣にベリウレスが近づいたこともあったが、その陣は騎士までもが投石攻撃を主眼にするほどすべての兵士が徹底的な遠距離戦を展開した一方、その隙を狙い、第一騎士団が大神殿の門に向かうような突進を見せたため、ベリウレスも転進を余儀なくされる。

この際、人間側の魔術師隊の動きが変化したことにベリウレスは気が付いていた。それまでの一斉に攻撃魔法を唱えて行う一点集中攻撃ではなく、詠唱の時期と場所をずらしての、面攻撃を基準にした広範囲打撃戦術に方針が転換されていたのだ。ヴェルナーの魔法実験を知る魔術師隊隊長とセイファートが相談し、魔術師をあえて少数のグループに分けて分散配置、各個に攻撃するように方針転換を行っていたためである。

だがこれにより、一発一発の魔法による打撃力が本来の力を発揮するに及び、さすがのベリウレスも無理攻めを諦めざるを得なくなった。剣や槍《やり》といった武器ならば使い手次第では無傷で済むベリウレスの鱗《うろこ》も、魔法攻撃では必ず一定以上の傷を負わされてしまう。魔術師の数が多い王国軍に対しては、魔将であるベリウレスも強攻することは躊躇《ためら》わざるをえなかったのである。

そのため、局所的には王国軍と魔軍の間に激しい戦いが繰り返されるものの、魔軍の側は主力が直接戦える機会が少ないため、被害数は増加していても主戦力の損害という観点では両軍とも決して多くはない。

三日目。王国軍は一歩たりとも陣を出ることはなく、沈黙を貫いた。魔軍はいつ王国軍が動くかと睨《にら》みながら様子を見ていたが、王国軍は魔軍に隠れて森に現れ始めた魔物《モンスター》狩りのみでその日を終えることになる。

四日目には再び王国軍は戦いに出た。とはいえ依然としてベリウレス以外には戦いを挑むものの、ベリウレスが近づくと戦う様子も見せずに後退し、戦況に大きな変化はない。セイファート将爵が自ら最前線で指揮を執ったことにより、先手、先手と軍を動かした王国軍が柔軟な軍の運用を行ったのが違いといえば違いであろう。

五日目には魔軍の損害に質的な変化が生じた。支援戦力である魔獣のほか、魔術師や僧侶などの魔法使いの損害が急増したためだ。魔獣の数が減少した事で敵魔術師たちの防備がおろそかになったことを確認し、魔法を使う魔物を優先的に斃すようにセイファートが指示をしたのである。これにより、ベリウレスはフィノイの城壁上にいる衛士を遠距離から攻撃できる戦力を大きく損なったため、ますます大神殿への攻撃を行いにくくなった。

同日、王都からの物資補給の第三陣が到着し、近隣の貴族領からの物資も合わせる事で、王国軍の食糧不足は一時的にではあるが息をつくことができている。

そして六日目には再びぴたりと王国軍は戦いを停止した。

この六日目には王国軍の中で軍議が白熱している。一部貴族から戦闘を続けるべきだという声が上がり始めたためだ。だが、グリュンディング公爵は、命令違反をした貴族家に対しては国王陛下に処罰を進言するとまで述べ、それらの貴族を抑え込む。

一方で、一部貴族隊の将兵がツェアフェルト隊と共に密《ひそ》かに魔物狩りに森に入っていた。希望者のみの選抜である。森の中で復活しつつある魔物をサンプルに集団戦闘の訓練を行っていたことは参加したものしか知らない。

「別に俺をライバル視するのはいいけど、ライバルから戦い方を盗むぐらいずるがしこくないと駄目だろ」と後にヴェルナーは語ったという。

七日目。早朝から王国軍が戦闘を再開する。ここで初めて魔軍は主力に大規模な損害を出した。この日、ベリウレスが前線に出てこなかったのである。

どうせ自分が出ていくと王国軍は逃げると判断したのだろう。部下だけを向かわせたベリウレスだったが、そのベリウレスがしばらく来ないとわかったとたん、周囲の王国軍も一斉に陣から出撃し、魔軍に強力な一撃を叩《たた》き込んだ。

ここで用兵の妙を見せたのはノルポト侯爵で、ヒルデア平原での戦功を賞されて正式に自分の兵を率いることになった、若く戦意十分のクランク子爵とミッタータ子爵の軍を正面から叩きつけて乱戦状態を作り出すと、その間にイェーリング伯爵の隊を迂回《うかい》させて、乱戦状態になっていた魔軍の一部部隊を魔軍本隊から分断した。そして孤立した魔軍の一部を相手に侯爵家の精鋭部隊を突入させて撃破、殲滅《せんめつ》したのである。セイファート将爵が芸術的と評するほど完璧な戦い方であった。

八日目は再びベリウレスも前線に出てきたが、そうなると王国軍は再びベリウレスからは逃げ回り、ベリウレスのいない場所で激戦が繰り返される。じりじりと損害が拡大していく中で、ベリウレスの苛立《いらだ》ちは頂点に達していた。

◆

その日の夜。巨大な咀嚼《そしゃく》音《おん》を周囲に響かせながら、ベリウレスは不機嫌さを隠さずにいる。その醸し出す空気に恐れを抱いたのか魔物《モンスター》たちですら近づかないほどだ。

実際、ベリウレスは不愉快そのものである。その原因の最たるものは、今この場にいない蜥蜴魔術師《リザードマジシャン》のガレスに関してだろう。

もともとベリウレスはあまり頭を使うことは得意ではない。魔族に必要なものは力だからだ。それゆえ今回の大神殿襲撃作戦に関してはガレスにほぼ任せる格好になっていた。

それでも計画を聞く限りは問題がないようであったし、事実、途中の町はガレスのいうように容易《たやす》く踏みつぶすことができていたので、ベリウレスもすっかり信用しきっていたのである。

計画が狂い始めたのは大神殿の攻略にかかってからだ。戦力的に自分が出るまでもなかろう、と部下に任せた初戦、なぜか大神殿にいた勇者とやらに正門突破を妨害されてしまい、聖女に大神殿での籠城を許す結果となってしまった。古代王国の頃から魔軍を梃子摺《てこず》らせた硬化魔法による城壁は、今の肉体のベリウレスが力任せに破壊するには数年かかるだろう。ベリウレスにしてみれば計算違いもいい所だ。

実は大神殿と呼ばれる施設は、古代魔法王国時代に魔軍の攻撃を防ぎ切った事から特別視されるようになった城塞なのである。僧侶系の《スキル》があればどこであろうと神の加護が得られる世界にあって、神殿には信仰の拠点以上の理由はない。あえていうのであれば、フィノイの建築そのものはどうなっても何も変わらないのだ。人間の国から見た場合、政治的にはそう単純ではないが、魔軍の側には全く関係はない。

　いずれにしても初戦で攻略に失敗した状況でにらみ合いをしていた際に、神殿内部に潜入させていた部下からの情報を得たガレスは、大神殿内にいる勇者とやらをおびき出す方法があると言いだす。

　しかも他の魔将、ヴェリーザ砦で敗れたドレアクスにも恩を売れるという事なので、ベリウレスはその計画を認めることにした。その少し前に、後方から王国軍という多数の敵《エサ》が接近しているというのも大きかったであろう。

　ガレスは勇者の弱点を押さえるまでは持久戦にすることと、その間に神殿内で聖女を孤立させるような手配をする事を提案すると、ヴェリーザ砦から脱出し、ヴァイン王国の王都でも一時活動していたドレアクスの部下と共に戦場を離れた。

　だがそれ以来、ガレスは一切の連絡を絶ち、王国軍はベリウレスを見ると戦闘中であろうとさっさと逃げだしてしまうため、無駄に戦場となっている地域を歩き回るだけとなっている。しかも、なぜか神殿内部の情報も漏れてこなくなったため、神殿を強攻してよいのかどうかさえ決めかねているのだ。

　結果的に、ベリウレスは前後の敵、そのどちらから襲うべきかを悩み、なかなか結論を出せぬままに中途半端な形で戦いを継続し、損害を増やす結果となっている。戦えば負けないという自信が作戦行動の足を引っ張っていることには気が付いていなかった。

鰐兵士《アリゲーター・ウォーリアー》の遺体を齧《かじ》りながらベリウレスは腹立たしさを抑えきれない。人間的にいうのであれば、ストレスが溜《た》まっているような状態と言えるだろう。魔物《モンスター》にとっては、たとえかつての仲間や部下であっても死んだ存在は餌と同じだ。だがそれは、人間ごときのせいで部下が餌になっているという事にもつながる。

『気に食わん』

ぼそりとベリウレスは呟《つぶや》き、周りの二足歩行する爬虫人型《レプタイポス》の魔物たちが身を竦《すく》めるようなそぶりを見せる。表情に浮かべる事こそないが、微《かす》かに怯《おび》えているような雰囲気さえあった。そして、その弱気な態度が更にベリウレスの神経を逆なでする。強さがすべての魔物が恐怖に捕らわれるなど、あってはならぬことだからだ。

忠告や助言ができる存在がいないため、感情のままベリウレスは決断した。

『もう我慢がならん。皆集まれ』

腹の底から響くような声に恐る恐る魔物たちが集まってくる。魔物の癖にだらしがないその様子を見ながらベリウレスはまた癇癪《かんしゃく》を起こしかけたが、内心で怒りに身を焦がしながらもかろうじて抑えて声を上げた。

『人間どもは三日続けては戦ってこない。それほど体力もないのであろう』

二日戦い一日休む、が二度繰り返されていたせいもある。翌日も王国軍は戦わないとベリウレスは確信していた。基本的に人間を見下していたことによる判断であるが、自身はその正しさを全く疑っていない。

『明日は我《ワレ》自らが先頭に立ちあの忌々しい大神殿とやらを踏み潰す。お前たちも続け』

ベリウレスのその宣言に魔物たちはそれぞれの声を上げて応じた。その不気味だが巨大な声は夜空に浮かぶ月にまで届かんばかりであったと言われることになる。

◆

宣言通り、翌日早朝にベリウレスは最前線に立った。後ろからは二足歩行する爬虫人《レプタイポス》や、人間ぐらいなら丸呑《まるの》みできそうな鰐《わに》、蜥蜴《とかげ》、蛇といった巨大爬虫《はちゅう》類《るい》が土煙を上げて大神殿に押し寄せる。集団が走るにつれ徐々に砂煙が立ち上るほどだ。魔軍が怒濤《どとう》のように神殿への道を進む中、大神殿の方は静まり返っていたが、やがてベリウレスが近づくとその門が音を立てて開き始めた。

一瞬、ベリウレスですら予想外だという表情を浮かべたが、ローブを被《かぶ》った小柄な影が門の中から手招きするのを見て、初戦でうまくいかなかった内側からの手引きかと判断し、獰猛《どうもう》な笑いを浮かべる。

これまでの鬱憤を解消できると思った瞬間、ベリウレスは走り出した。破壊と殺戮《さつりく》を好んでいるベリウレスにとって、聖女を捕獲し魔王の前に連れて行くというような任務に縛られているこの地にいること自体がもはや苛立ちの原因ですらあったのだ。

これでこのくだらない任務が終えられると信じたベリウレスは、部下さえ置き去りにする勢いで疾走する。途中、低い城門に頭をぶつけそうになるが、破壊するのは手間がかかると理解しているため、頭を下げて門を潜《くぐ》り抜けた。巨体であるがゆえに下を向く格好になった相手が通り過ぎたその横で、フードの人影が門の外側に向けて何かを投げる。

ばっ、と魔除《まよ》け薬が門の外側に広がった。

ベリウレスの巨体で走ったため、他の魔物《モンスター》との間にかなりの距離が生まれていたのだ。砂煙によりベリウレス以外の魔軍兵が人影を見落としたことも大きかったかもしれない。

後方の魔軍との隙間に広がった魔除け薬は、他の魔物が神殿内に踏み込むことを躊躇《ちゆうちょ》させる目に見えない壁となる。魔軍の足が短時間ではあるが確実に止まった。

次の瞬間、ベリウレスの周囲に無数の矢と魔法が降り注いだ。

文字にならない咆哮《ほうこう》を上げてベリウレスはそれらをはたき落とし、魔法に抵抗する。その間に再び大神殿の城門が押し閉じられ、ベリウレスのみが大神殿の中に孤立した。

「まんまと引っかかったね」

『！』

矢や僧侶系魔法の乱打により巻き上がった砂埃《すなぼこり》の中から聴こえてきた声に対し、ベリウレスはとっさにその巨大な剣を振り下ろす。だがその剣は信じがたいほどの強さを持った一撃によってはじき返された。ベリウレスが竜の顔に驚愕《きょうがく》の表情を浮かべる。

その間に城門は閂《かんぬき》まで完全に閉じられ、今度は壁の外側に向けられた矢や魔法による魔物《モンスター》の絶叫が聞こえ始めた。門越しに聞こえる部下の悲鳴に思わず振り向いたベリウレスの視界に、閉じた門を背にし、巨大な剣を持った男がふてぶてしく笑いながら立つ。

「こっちも結構苛々《いらいら》がたまってるんでな。派手にやらせてもらうぜ」

態度に欠片《かけら》の恐れも見せないルゲンツの隣で、うっとうしそうにローブを脱ぎ捨てた小柄な少年が笑いかけた。

「マゼルの兄貴、これで負けたらヴェルナーの兄貴に合わせる顔がないよ」

「もちろん」

フェリに短く応じ、ベリウレスの剣をはじき返した〝勇者〟マゼルの右にエリッヒ、左にマゼルの隣が一番安全だと自ら前線に立つことを願い出たラウラを従えるように立つ。

聖女が向こうから出てきた、と思ったのもつかの間。鋭い表情の勇者《マゼル》と視線を合わせたベリウレスは、得体のしれない感情が湧き上がり、魔将という立場でありながら僅かに顔をひきつらせた。気圧《けお》されたことを認めるわけにはいかないベリウレスがもう一度咆哮を上げ、マゼルに向かって剣を振りかざす。

マゼルはそれを冷静に、目を細めて見やると、剣を構えなおし、呟くように宣告した。

「これで終わりだ、魔軍の将」

◆

早朝から武装を確認しつつ息をひそめていた俺たちであるが、大神殿から火矢が放たれたのを確認し、王国軍の各陣地で一斉に声が上がった。

「合図が上がった！」

「怪物が檻《おり》に入ったぞ！」

どっ、と喊声《かんせい》を上げて王国軍が一斉に陣地を飛び出し魔軍に突撃した。魔軍は狼狽《うろた》えた様子を見せながらも抵抗を開始するが、勢いがまるで違う。個々の強さで言えば戦闘力が強いはずの魔軍の方が、王国軍に寸断されて逆に押し込まれている。ここまでの戦いで魔軍側は蛇や鰐といった魔獣類が打ち減らされているため、戦線を維持するための数が足りないのも大きいようだ。

それにしても、王国軍は別人と言うか別軍だな。勢いは一つの力だと思う俺の横でシュンツェルが遠くを見やるように手のひらをかざしながら口を開いた。

「優勢ですね」

「あれだけ逃げ回ればな」

あらかじめ準備できていたこともあり、俺の指揮する伯爵家隊《ツェアフェルト》も戦場の一角で戦闘状態に入っているが、その勢いは他家の隊と比べると大人しい。マックスやオーゲンらに指示して兵の勢いを抑えているからだ。

今はまだ全力を出す時じゃないんだよなあ。敵の激しい抵抗を見ながら独り言《ご》ちる。それにしても、深夜にあんな声を上げたら明日は攻撃するとこっちに伝えているようなもんだろ。馬鹿ですか奴《やつ》らは。気にもしないということは基本的に魔軍が人間を見下しているという事の間接的な証明だろうか。

王国軍の全軍で攻勢準備を整えるだけの指示が行き渡ったんで、むしろありがたいと思っておこう。負ける軍って後世から見ると何でそんなバカなことしたんだと思うような事をしてることも多いしな。

「逃げ回った事でこのような効果になるのですか」

「心理的な問題さ」

戦場の様子を見ながらノイラートの問いに俺は短く応じる。ここ数日、王国軍は魔将《ベリウレス》が出てきたときだけは逃げ回ったが、そうでないときはむしろ魔軍と互角に戦えることも多かった。ベリウレスが主力を率いて移動しているから、どうしたって弱めの敵ばかりが残っていたからな。

数日それを繰り返したことで、魔将以外なら決して恐ろしくはなく、戦えない相手ではない、という印象が王国軍全体に浸透したわけだ。イメージって怖いね。

「恐怖を消すには勝利が一番いい。それが小さな勝利でもな」

「なるほど」

　ベリウレスが怖いイコール魔軍が怖い、からベリウレスは怖いが魔軍は怖くない、に上書きさせただけだ。ベリウレスを怖くないとするのは無理なんで、無理なく印象を書き変える方法を選んだ。

　っていうか、俺だって怖いわあんな化け物。遠目で見ただけでもなるべくなら接近戦はしたくないと思った。奴が主戦力を引き連れて移動するような相手でなければ別の方法を考える必要があっただろうな。

「要するにこいつらとの戦いは遊牧騎馬民族相手の戦闘と同じなんだよな」

「何か？」

「いや、確認していただけ」

　シュンツェルに聞かれたようだがごまかしておく。これはローマにおけるゲルマン民族とか中国における北方騎馬民族とかのパターンの一つだ。要するにやたらと好戦的な指導者が個人の強さで軍を統率しているような場合。

　こういう軍は指導者がいると結構な脅威だが、その分、組織化が遅れているから指導者の目の届かないところはそうでもない。だから指導者がいない軍を狙い、各個撃破を積み上げて相手の戦力を削る。その際は前線指揮官に任せ、細かい指示は必要ない。

そしてそういう、強さで統御している指導者が現場にいない場合、逃げ出しても許してくれるような性格ではないため、指導者の目がなくても兵は必死に抵抗する。ただ、それは組織的にはなりえず、個々の戦闘力だけのものとなりがちだ。今の時点での魔軍がちょうどそんな状態で、暴れるような抵抗をしつつ何とか踏みとどまっている。必死に抵抗している相手に無理な攻勢をかけるとろくなことにならないんで、俺は戦力を温存中。

王国軍の運用はなかなか巧みだな。グリュンディング公爵も年の功って奴だろうか。勢いを殺すような指示は出さずうまくコントロールしてる。

お、少し向こうで随分食い込んでいる一隊がいるな。掲げている家紋は見覚えがある。あの先頭で戦斧《せんぷ》を振るっているのがヒルデア平原でも勇戦したっていうダヴラク子爵か。なるほどありゃ猛将の名にふさわしいな。少なくとも俺が勝負挑んだら多分負ける。

ちなみに猛将と勇将ってよく混同されるが、古くは自分で武器を振るって敵を倒すのが猛将で、軍指揮官として勇敢で優秀なのが勇将と区別されていたらしい。木曽義仲《きそよしなか》が有名な敵将を斃《たお》していないけど勇将と呼ばれているのとかが解《わか》りやすい例。

陣頭の猛将って言葉は将が最前線にいる事の証明だし、勇将の下《もと》に弱卒無しって表現は指揮官ではなく兵士が戦っている描写だ。ほかに闘将って表現もあるが、こっちは自分で敵を倒す小部隊指揮官に当てられている。猛将はそれより率いる兵の規模が大きい。

とはいえ、戦国時代あたりで既に語呂やノリとしか思われない使われ方をしていたりするけどな。言葉っていい加減なことも多いね。

「無理はするなー。落ち着いていけー」

「互いに協力して一体ずつ葬れ！」

「訓練通りにやれば良いぞ！」

両翼にいるオーゲンやバルケイが兵を叱咤《しった》している。だから今の段階ではそんな気合い入れた大声出さなくてもいいんだって。やっぱり目の前で戦いが始まるとつい興奮してしまうのが武人の性《さが》なんだろうか。

「うおおっ！」

そしてマックス、お前一応伯爵《ツェアフェルト》家隊の団長だろうが。最前線で切り合いしてるなよ。生き生きとしているなと思うけどさ。これで俺より書類仕事もできるんだから色々あれだ。

俺自身は乱戦に参加していない状態なので、あちこちの状況を目に入る範囲で目に入れていく。馬上というのは意外と高くなる。馬の体高は種類にもよるが普通は一五〇センチ以上ある。大きな馬なら一七〇センチを超えることも。つまり身長ぐらいの高さの台の上に座っているようなものだ。プールサイドの監視員の椅子ほどではないが、それでも明らかに遠くまで見える。その分、相手からも目立つから、銃の時代になると格好の狙撃の的になるんだが。

「ヴェルナー様、何か気になる事でも？」

「二人はどう見る？」

俺がそう聞くとノイラートとシュンツェルがもう一度戦場を見た。ツェアフェルト隊の兵も戦闘状態には入っているので、二人も騎士や兵士が蜥蜴人間《リザードマン》や鰐兵士《アリゲータ・ウォーリアー》と戦っているのを目にすることはできるだろう。全体としてはこっちが押しているが、複数の兵の槍《やり》に貫かれながらも反撃をしている魔物《モンスター》もいる。魔物はタフだよな、ほんと。

「全体としては優勢かと思われます」

「私もそう思いますが……」

「別に苦戦しているとは思ってないいんだけどな」

やっぱり気が付いてないのか。それが普通だと思っているのかもしれない。これもゲーム世界だからだろうか。一瞬考え込みそうになったが俺が何か言う前に事態が動いた。

『魔物と戦う勇敢なる戦士たちよ、聴くがよい』

唐突に戦場に声が響いた。渋い爺《じい》さんの声だな。他人に語り掛け慣れている感じから、多分偉い人なんだろう。そういやゲームでの最高司祭様とか呼ばれていた人もチップキャラしかなかったな。

戦場全体に声が聴こえているのは音声を拡大するような魔法でもあるんだろうか。そんなもの今まで聞いたこともなかったが、信者が集まる大神殿にならあるのかもしれん。

『我らが神の守り給《たま》う大神殿に無謀にも押し寄せたる魔物の首魁《しゅかい》は、勇敢なる若者の手によって打ち倒された』

　どよどよと言うかざわざわと言うかそんな空気がゆっくりと広がっていく。そうか、マゼルはやってくれたか。神殿の兵士が倒したんならそう言うだろうからな。

『見るがよい！　これが邪悪なる魔物の末路である!!』

　そう声が響くと神殿の城門上に何かが掲げ上げられる。槍かなんかの先端に突き刺しているのか。重いのか一本じゃなく三本ぐらいで掲げているようだが、ここからだと遠すぎて大豆に三本の爪楊枝《つまようじ》刺して持ち上げているみたいに見えるな。

　俺としてはその程度の感想だったが、魔物の方はそんなレベルの話ではなかったようだ。一気に動揺が広がっている。ってことはあれがベリウレスの首で間違いないようだ。魔物の方が目はいいらしいとか意味のない事を一瞬考えてしまったが、今はそれどころじゃない。

「ツェアフェルト隊、突撃！」

「おうっ！」

「突撃いっ！」

　今まで抑え気味だったところに敵が動揺しているのが見て取れたんだろう。俺の指示にみんな躊躇《ちゅうちょ》なく応じ、ツェアフェルト隊は文字通り魔軍の列に雪崩《なだ》れ込んだ。他家の隊もそれに続くように動き出したが、うちは他と違って勢いがある。

より正確に言えば、周囲の他の隊は敵がまだ頑強に抵抗していた時に全力を出していたのに対して、伯爵家隊《ツエアフエルト》は今から全力を出すからだ。疲労度も違うし、俺も敵が動揺を始めるこのタイミングを待っていたしな。

一方の魔軍は指導者の強さと、見苦しい真似《まね》をすると処罰されるという恐怖で維持されていた戦意が、その指導者を殺せるほどの敵の存在と、逃げても問題視されなくなるという奇妙な解放感から士気を維持できなくなっている。前世の歴史でよくあった事態だ。

俺自身、今回は騎馬の勢いを借りて敵中に駆け込む。行きがけの駄賃とばかりにすれ違った一匹の喉を刺し貫いた。俺のスキルだけではなく武器がいいおかげだが、それでも周囲の騎士や従卒には頼りがいがあるように見えるはずだ。

「一体ずつ押し包め！」

「右から行くぞ！」

さすがに集団戦にも慣れてきたみたいだな。細かく指示をする必要もなくなってきた。

俺もノイラートとシュンツェルの二人が左右にいるんで手強《てごわ》めの相手にも躊躇なく突き込んでいける。

倒し損ねた相手は二人がとどめを刺してくれるんで、前だけ向いてただひたすらに突入し、敵を刺し貫き地面にその血を吸わせる。馬上から槍を振るうのはそれなりに訓練が必要なんだが、水道橋警邏《けいら》中に練習しておいてよかったぜ。

と、神殿の門も開いて中から味方も打って出てきた。いいタイミングだ。そういえばルゲンツも神殿内にいるんだっけか。ルゲンツもある程度戦争慣れしてるはずだもんな。戦機を見る判断は間違えないか。

「神殿内の兵力と連携して敵を分断する！　マックスの隊を先頭に行かせろ！」

「はっ！」

まだ体力に余裕はありそうだし、任せても大丈夫だろう。俺は逆に馬の足を止め、少し背を伸ばし敵の動きを確認する。マックスが先頭になって突入していくのに合わせて敵軍の一部が崩れた。

右側面の敵集団はダヴラク子爵が追い立てた結果、更に後方に下がったのか。魔物《モンスター》も後方にスペースがあると逃げるらしい。魔物暴走《スタンピード》の時に逃げたくなるのは実感したんで気持ちはわかる。逃げ場なんかないけどな。

「オーゲンの隊は左側面からの敵に後ろに回り込まれないように抑えるように伝えろ。バルケイは俺の隊の後方について来るように指示。俺の隊はマックスに続いて神殿前まで駆け抜けるぞ」

「ははっ！」

中央突破すると宣言したようなもんだが、ベリウレスが死んだと知った魔軍は明らかに混乱している。目立たないといけないんで敵を倒すより派手な動きをさせてもらう。

もともと半包囲しているような状況で中央を突破されれば、もはや魔軍は軍としての体裁をなさなくなるだろう。ここは一気に突っ切る所だ。

「右側面の敵は崩れるから気にするな、前にのみ進め！　俺たちの隊が突破すれば敵は崩壊する！」

「おうっ！」

隊全員が声をそろえて突貫する。中世やそれ以前の戦闘だと、半包囲して攻撃した側か、中央突破・背面展開を敢行した側の軍が大体勝利している。というより包囲された側が崩れるのがどうも戦理というものらしい。

ちなみに戦理という言葉はあまり一般的ではないが、要するに戦争における原理・原則というような意味だと思ってとりあえず間違いはない。どっからどこまでを戦理というのか、詳しい定義は俺も知らん。強いて言うと自軍の取りやすい勝ちパターンを見つけて、どうやってその勝ちパターンに持っていくかを筋道立てて考えるのが戦理じゃないかと思っている。けどまあそれはいい。俺は軍事学者でも言語学者でもないからな。

兵の士気とか戦況に指示が間に合わなくなるとか理由はいろいろあるんだろうが、詳しい理屈は個々の状況によっても変わるだろうからここでは考えない。要はあの一撃で敵軍が完全に崩れた、と周りに印象付けられればそれでいいんだ。

ツェアフェルト隊と一丸となって敵中を突破しながら、神殿側から打って出てきた集団の先頭によく知っている顔を見つけて思わず笑みを浮かべてしまった。

◆

ツェアフェルトの旗を掲げた一隊が魔軍の中央に突入する様子を視認すると、周囲の王国軍も後を追うように動き出した。魔将の首が晒《さら》されたことで、魔軍との戦いが最終局面に入ったことをほぼすべての将兵が理解したためだ。

だが、魔将が罠《わな》にかかり大神殿内部に孤立したという時点でつい勢いづいていた貴族家隊は主力の騎士たちに疲労があり、動きが遅れていた。フュルスト伯爵家隊も同様である。

「武門の誇りを見せろっ！」

嫡子であるタイロンが叱咤し、魔軍の中に突入した。だが、魔軍の側は戦意が低いとはいえ、襲われれば反撃もするので、あちこちで激しい戦いが発生し、時には王国軍の側にも犠牲者が生じている。そのような状況で、ミーネは負傷者を救出し後送する役を自ら引き受け、勝ち戦の中で負傷した騎士を助け出し、兄であるタイロンの背中を守るべく魔物《モンスター》を倒しながら歩みを進めていた。

同時に、グリュンディング公爵も動いた。戦力として王国軍屈指の強さを持つ第一・第二の両騎士団を、意図的に魔軍の残存戦力が多数集まっている所に突入させたのは、密約のあるヴェルナーに功績をあげさせるためであったことは事実である。

だがそれとは別に、魔軍を一匹も逃がさぬというように鋭く指示を出し、魔軍を分断して周辺から確実に削り、魔軍を王国軍の鎧《よろい》の列の中で融《と》かすように削り倒して行く。

同時に、本陣からの角笛の音と旗を使った指示を了解したノルポト、シュラム両侯爵も兵を動かし、魔軍の残存魔獣らを殲滅《せんめつ》するため、それぞれが指揮下にある貴族家隊を展開し、包囲殲滅戦に移行し始めた。その様子を見ながらセイファートは一つ頷《うなず》いた。この状況になれば自分の出る幕はないと判断したためである。

戦場の指揮をグリュンディング公爵に任せ、本陣となっている天幕に戻ったセイファートは、つい先日王都から届いた書状に目を通す。一通は王太子《ヒュベルトゥス》からであり、一通は国王その人からの物だ。

両方の書状にゆっくり二度目を通し、書状を運んできた使者にいくつかの確認をして、少しの間沈思してからセイファートは返信を書き始めた。そして王国軍が魔軍を殲滅する直前に書状を書き上げ、すぐ王都に届けるよう指示を出したのである。

◆

昨日の今日で大神殿での式典。ゲームでスチル表示はなかったが、さすが大神殿だな。

荘厳な雰囲気と美しいステンドグラス、明かりの配置さえ計算されつくされている感じがする。この世界、ガラス高いんだけどなあ。

その大神殿の大礼拝堂での戦勝式とはある意味王宮よりレアだ。壇上にいるのはグリュンディング公爵とセイファート将爵、それに最高司祭様と第二王女殿下たるラウラまでいる。王城以外の場としてはかなり豪華で、自分が場違いな場所にいると思ってしまうな。

一方、どこか殺伐としているとも思うのは、いまこの瞬間も大神殿の外で魔物《モンスター》の死骸から魔石を取り出す作業とか、死体の焼却処分とかが継続して行われているからだ。従卒や兵士が休めるのはもう少し後。なんか申し訳ないと思うのは俺の根っこが庶民だからだろうか。補給がギリギリの今は無理だが、ツェアフェルト隊の兵士たちには王都に戻ったら安酒でもいいから出してやりたい。

ちなみにというか一応鰐兵士《アリゲーター・ウォーリアー》とかも食える。食えるが、ヴァレリッツの民衆や兵士を食ったかもしれない相手を食うのは流石《さすが》に生理的に無理。あんまり美味《うま》くはないらしいということもあって、俺は少なくなった補給の分で我慢する。

あと、革は鎧や盾に使えるはず。普通の革鎧よりも丈夫だが、見た目があれなので冒険者か傭兵《ようへい》が使うのが普通。鎧にすると胴の部分が鰐《わに》の着ぐるみを着ているみたいになるんだよなあ。生き残ることだけ考えれば性能は悪くないんだが。

なお戦場でのドロップアイテムは基本的には一度上司に提出して、しかる後に下げ渡される。上司が買い取ることもあるが大体適正価格であることが求められるな。手に入れた側が買い取ってくれと願い出ることも可能。

上司である貴族は安く買いたたく事や、買い取りの拒否もできるんだが、そういうのが噂《うわさ》になると今度は自分の評判が悪くなるんで大体は希望通りになる。

そう言えば死体剣士《デッドソードマン》の剣のうち一本はこの時点ではレアなアイテムだった。運がいいんだか悪いんだか。一本しかないんで俺が買い取ってノイラートたち二人には金銭でのボーナスにしないと。とは言えこの剣どうするかねえ。俺が剣持っていてもしょうがないし、マゼルたちの装備はこれよりも高性能。父への土産にでもするか。

「……勲功第一位、マゼル・ハルティング、前へ」

「はっ」

無関係なことを考えているうちに儀式が進んでいた。公爵閣下の呼び出しにマゼルが進み出て、段の下で跪《ひざまず》いて頭を下げる。いやほんと、騎士でもないのになんでそう絵になるかね。これが主人公属性という奴《やつ》なんだろうか。

「魔将を討ち取る功績、この戦場において比類ないものと認める。誠に見事であった。その功績に報いるため、王国より報酬を取らせる。望みはあるか」

「ではお言葉に甘えて、お願いがございます」

なんともいえない空気があるのはむしろ周囲の貴族連中だ。何を言い出すつもりなのかと思っているんだろう。

「うむ、申すがよい」

「私は平民の出であり、家はさほど豊かとは申せません。それゆえ、このたび戦地となったこの大神殿および周囲の惨状に対して何もできないことを心苦しく思っておりました」

本心でもあるんだろうから声に説得力があるな。報酬内容を助言した側としては微妙な気分だ。

「それゆえ、恐れながら報酬の全額を神殿および被害者への救済として寄付させていただきますようお願いいたします」

先ほどまでがざわざわだとすれば今度はどよめきに近い空気が起きている。そういうことを言い出すとは思っていなかったんだろう。

「見事な心掛けである。承知した。我が公爵家から予算を出し、卿《けい》の名において大神殿および周辺の復興に力を尽くすこととしよう」

「お聞き届けいただき、ありがとうございます」

さりげなく公爵家を先に言うあたり公爵もしっかりしている。ポーカーフェイスを保つのにちょっと苦労した。落としどころとしてはこんなもんだろ。

これでマゼルの功績に文句を付けようものなら、報酬を承認した公爵家と、マゼルの名で復興資金を寄付されることになった神殿の両方を敵に回すことになる。この国では自殺行為だ。

　しかも報酬の金額については全く触れていない。公爵もプライドがあるから安い額ではすまないだろうが、ポイントはマゼルが金額を指定したわけではないという所だな。贅沢《ぜいたく》ともわがままともケチをつけようがない。せいぜい偽善者と陰口をたたくぐらいが関の山だ。そして、そんなことを口に出そうものなら、魔将退治の英雄に嫉妬していると言われるのがオチ。そんな奴は勝手に恥をかいてくれ。

「続いて勲功第二位。ヴェルナー・ファン・ツェアフェルト。前に」

「ははっ」

　やべえ、俺の方が緊張してきた。表情に出さないようにしてマゼルの横まで進み、一礼。平民のマゼルは戦場式典でも跪かないといけないが、貴族の俺は礼をするだけでいい。戦場式典でも跪くのは陛下がいる時。この辺りの差別があるのもこの世界だ。

　気になったんで視線を向けたら、ちょうどマゼルがこっちを向いて笑いかけてきた。扱いの差を気にしてないのはいいんだが、ちょっとは気にしてもいいんだぞ。

「ヴェルナー・ファン・ツェアフェルト子爵。卿はこのたびの戦いにおいて見事な献策を行い、敵を殲滅することに貢献した。無断離脱の件も問題なしとし、かつその功績をたたえ、褒美を与えるものとする」

「ありがたき幸せ」

それだけなのか、と思う向きもあるかもしれないがこれは本音と建前というか、戦功として結構ややこしい状況になっているから。

戦略評価と戦術評価という言い方になるだろうが、要するに、ここで評価できることと評価できないことが割と複雑に入り組んでしまっているのでしょうがない。半分以上俺のせいなんだけどさ。

戦術というのがその場の戦場を範囲とするものだとすると、戦略はより広域での軍事行動を指す。ものすごく大雑把にプロスポーツに例えると、年間を通して優勝するための作戦が戦略で、一試合ごとの作戦が戦術。

この場合『昨日の試合で活躍したから今日の試合もお前がMVPね』という訳にはいかないのは当然だ。そういう考え方で見ると、このフィノイ近辺での戦功と、それ以外、今回の俺で言えばアーレア村での功績は別々に考えないといけない。そうしないと『戦況と無関係だけどあっちの城を攻め落としたからこの戦場でも俺が勲功一番だ』とか言い出す奴が出てきちゃうからな。

また、実際はどうであれ、ツェアフェルト家としての勲功、例えば中央突破を成功させた件などはあくまでも家の功績であり、称賛されるのは家の代表である父になる。これは魔物暴走《スタンピード》の時と同じだ。

一方、献策は俺個人がやったこととして理解され認められている。また指揮官としての件も含め、俺がやったことは軍上層部も把握しているので、代官であるお前にはこの場で褒美は出さないが評価としては加点するよ、という非常に微妙な表現を使う事に。

　戦場での評価はその軍を率いている指揮官が賞罰を与える事ができるが、戦略的な功績はそれより上、例えば陛下とかが評価し褒賞を出すことになる。戦国時代でも戦場で褒められる褒美と、国に帰った後に褒美を貰《もら》う場合の二種類があるのと同じ。

　俺やマゼルを称賛する際に『この戦場』や『このたびの戦い』とか、わざわざ注釈を付けているのもこれに準じている。だからこの場ではあくまでも献策の件と、俺個人としても戦場で勇敢に戦いました、という点だけで評価される形。公爵の〝功績をたたえ〟ているのが発言の一部に掛かっているのか、発言全体に掛かっている表現なのかでどっちともとれるあたりが貴族の言い回しだ。

　ただ、たまに理解力のない奴が「ああ言ったじゃないですか」と後から文句を言うこともないとはいえない。この辺りは腹芸《はらげい》の得手不得手もあるかもしれん。俺だって得意とはいえんけどな。俺としては功績を評価はしているけどこの場では褒められない部分もある、という理由が解《わか》っているからそれ以上は何も言う気はない。

　戦功二位ぐらいになるとご褒美は普通、先方からの提案というかこれをあげようという指示。そして目下の側はありがたく受け取っておしまいになるんだが、今回はラウラの件があるんでちょっとだけ会話というか演技が続く。マゼルの報酬希望も含め、この辺は昨日のうちに打ち合わせ済みだ。

「特別に望みを聴こう。何を望むか」

「では謹んでお願いがございます。私は現在、王都で対魔軍対策のために提案をしております。その件につきまして公爵閣下のご助力をお願いいたしたく」

「提案とは何か」

「王都で実物をお見せいたしたく存じます。それゆえ、この場での報酬は不要でございます。そのうえで、公爵閣下のお声がけで予算と腕の良い職人を手配していただけますようにお願いいたします」

実際、いい職人の数が欲しい。割と深刻に。なのでこの際希望として言わせてもらう。そのぐらいは要望を口にしてもいいだろう。

「卿はそれでよいのか」

「王国のため魔軍対策が進む事こそ我が望みでございます」

将爵閣下、笑いを堪《こら》えんでください。俺だって我ながら大根役者だと思うよ。この世界で大根役者って通じるんだろうか。そもそも役者の社会的な地位が違うか。基本、役者は貴族のお抱えだし、当たらない役者が自称役者で生活できる世界じゃない。

「よかろう。王都で実物を見せてもらいたい。そのうえで予算手配と推薦状を書こう。またツェアフェルト伯爵には王都に戻った後、国からの褒美を与えるものとする」

「ありがたき幸せ」

一礼。これでおしまい。勲功一位《マゼル》の希望は大神殿復旧と被害者救済、二位《おれ》は魔軍対策のための予算と人員募集。伯爵家には別に褒美が出るがこれは向こうからの指定なんでこっちからお願いすることは何もない。これじゃ第三位以下は贅沢が言えたもんじゃないだろ。

とはいえ褒美をケチりすぎるのも士気とか忠誠心とかの観点からあまりよくないんで、そのあたりは個人宛ではなくツェアフェルト伯爵家宛とかの形で調整がつくはずだ。マゼルに対しては後日王家内で相談される予定。何というか、黒幕は公爵閣下だが完全に共犯者だよな俺。

大神殿内部とはいえ戦地での式典だ。パーティーとかはないが儀礼的なものは続く。勝利した軍が神のご加護に感謝をするとか、そういうのはおろそかにできない。俺自身は神様を信じてないが、兵士の中には信じているのもいるからな。伯爵家の指揮官は神を信じてないらしい、なんて評判が立つと兵士の士気にかかわってくる。

前世日本ならともかく、この世界だと神の奇跡が身近だから、そういう意味では俺の方が異端なのか。神様がいるのは確実なのに神様を信じていないんだからな。だからといって神頼みが過ぎるとやっぱり別の問題が起きるし。バランスが難しい。

なんか色々複雑なんで考えていたら肩が凝った。早く終わらないかな。

◆

戦場記念式典とでもいうのか、ともかくそういうのが終わって一段落付いたところで大神殿の一室に呼ばれる。ようやくゆっくり話ができそうだ。ふう。

「兄貴、久しぶり」

「兄貴はやめろ。うまくやってくれたみたいだな、フェリ」

部屋に入るなりこれだよ。苦笑しながらフェリに応じ、それからマゼルと笑って挨拶代わりに握りこぶしを軽くぶつけ合う。

「さすがマゼルだ、感謝するぜ」

「それはこっちのセリフだよ。報酬の相談にも乗ってくれてありがとう」

いやいや、そもそもお前さんがベリウレスを倒してくれなかったら全部パーだったしな。ゲーム補正があったのかどうかは知りようもないが、マゼルに感謝するのは間違っていないだろう。

その後で同室の……あー、まず男性二人に軽く挨拶しとくか。

「ルゲンツ、エリッツヒも久しぶりだ」

「おう、見事にあの腐れ外道《げどう》を罠《わな》に引っ掛けたな」

「お見事でした」

なんか偉く褒められてる。むず痒《がゆ》い。とりあえず礼儀不要と手振りで示す。んで、気になっているほうに目を向ける。しっかりラウラがここにいるのは何ですかね。

「第二王女殿下、この度は」

「そのような礼は不要です、ヴェルナー卿《きょう》。気楽にしてください」

そう言うとは思ったけど、あなたのオーラで言われても反応に困るんですけど。俺が言うのと違って本当に大丈夫なんだろうかとか。

とはいえ、地位で考えれば最初にご挨拶しなかったんだから今更か。フェリのおかげですっかり順序が狂ってしまったが、ラウラ本人が気にしていないようなんで、藪蛇《やぶへび》にならんためにもそこには触れないことにする。

一応過剰にならない程度には礼儀を保ちつつ、ラウラの許可を取ってマゼルの正面に座って一息。エリッヒが器用に茶を入れてくれたんでありがたく受け取った。朝からあの式典で結構疲れたよ。一口喉を潤したところでラウラが口を開く。

「まず御礼《おれい》を申し上げます、ヴェルナー卿。助かりました」

「いえ、私は何もしておりません」

だからそう頭下げないでください。お願いですから。それに実際問題として今回は後手後手に回っていたのは否めない。本気だったんだがラウラは首を振った。

「あの魔物《モンスター》たちは私を狙っていたと聞いております。マゼル様たちがいなければ危ない所でした」

多分、主人公補正で間に合ったと思うんで大丈夫だと思いますがね。あとこの時点では様づけなのはゲーム通りだが、マゼルたちとの距離感はだいぶ近くなってはいるな。籠城中に親しくなったんだろう。そっちは良い傾向だ。

呼び捨てまでは次のイベント待ちか。もっとも俺はそのイベントは見ることはできないだろうが。この国での話じゃないからな。

「だとしてもそれはマゼルたちの功績ですので」

「謙遜するのですね。マゼル様にフィノイを警戒するようにと伝えていてくれなかったら間に合わなかったかもしれないのですよ？」

偶然です。いやほんとに。物語《シナリオ》的に次に仲間になるのはラウラだからフィノイを目標にしたらと言っただけなんだよ。まさかそんなことは口に出せないが。

ただ、王族相手に否定を続けるのも非礼なのよね。とほほ。話をそらそう。というか俺にとってはもっと重要なことがある。

「恐縮です。ところでマゼル、すまん。お前に詫《わ》びないといけない」

「え？」

突然話を振られたマゼルがきょとんとした表情を浮かべるが、話さないわけにもいかない。アーレア村で何があったのかを順を追って説明していくことにした。

「……ありがとう、ヴェルナー」

「いやむしろいろいろ手が回らなくて俺が謝罪しなきゃいけないんだが」

説明を終えたらマゼルに感謝されてしまった。生家が焼失していたり妹は誘拐されかかったりと、俺からすれば失態だらけなんだが。任されていただけに申し訳ないと思っているんだけど。あと地味に沈黙して話を聴いていたラウラの纏《まと》う空気が冷たい。俺に対してではないのが救いだが。そしてもっと露骨なのはルゲンツとフェリ。

「んで、その村長はどうなったんだ」

「知らん。というか、俺はそのままこっちの戦場に来てるんで放置中」

「それでいいのかよ」

「優先順位ってもんがある。あいつら馬鹿だし腹も立ったが、フィノイの状況と比較すれば部屋の隅に溜《た》まった埃《ほこり》みたいなもんだ」

「もっと厳しくしてもよかったんじゃないの？」

「言いたいことは解るが俺の身体《からだ》は一つしかないんでなあ」

その場で処罰して終わりにするのは貴族としては実は悪手だし俺の趣味でもない。処罰も簡単にはできないんだけど。

基本的には貴族が平民を無礼討ちすることもできるが、その現場が別の貴族の領地だったりすると相手の貴族側に面子《メンツ》の問題が生じる。他の方法はなかったのかと問い詰められたり、あいつは短気だとかの悪評が付いたりすることも。前世の江戸時代、武士の切り捨て御免もルールとしてはあるが、現実にはほとんど行われなかったのと似ているかもしれん。あの場で俺が手を出さなかった理由だ。この辺のバランスは本当に面倒なんだよな。

それにしても、二人ともその場にいたら一発ぶんなぐっていたのにといわんばかりの口調はやめてくれ。エリッヒは態度では何も反応していないが、あの場にいたら俺よりも鋭く追い詰めていたような気もする。

「ま、そのままにはしておかない。そっちは心配しないでくれ。ただ手が回り切らず危険な目にあわせてしまったことは本当に済まない」

「それを責めたら僕の方が悪人だよ」

マゼルに苦笑された。この善人め。勇者じゃなくて聖人か。後、すみませんラウラ殿下、何ですかその私からもお父様にとかぶつぶつ言ってるのは。

思い返してみるとラウラってお茶目なところもあるが本気で怒ると怖いんだよな。ゲーム中でもそういえば……あーあー、殿下の独り言なんかなーんにもきこえなーい。

「すると父さんたちは王都に？」

「しばらくはな」

マゼルの疑問にはそう答える。王都襲撃前に逃がしておく必要はあるだろうが。幸い、あてはある。何か適当な理屈を付けてヴェリーザ砦《とりで》の加工工場に参加してもらえばいいだろう。料理上手って事だし、料理担当《コック》とかだと喜ばれるんじゃなかろうか。

と、そういえば気になっていたことを聞き忘れていたな。

「フェリ、お前の言ってた怪しい連中はどうした？」

「あー、あいつら？」

捕縛できているんなら色々尋問とかしてみたかったのでそう聞いたが、斃《たお》されていたと聞いて納得半分、ちょっと残念な気持ちも半分。魔族を捕縛した例はないんでこの状況もやむなしか。

それにしても、姿を見せた魔族との戦闘、それに騒動も起きたようだが、よく死者が出ずに済んだもんだ。あとあの薬はやっぱり加護的に魔物《モンスター》が嫌がるのか。そしてそれがどうやらラウラと親しくなる原因にもなったと。

「あの時は危なかったです」

「正体がばれたとわかったとたん、その部屋にいたラウラを襲おうとしたんだよね」

「……それは何というか申し訳ない」

「事故のようなものですから」

一歩間違えれば本当にやばい事になっていたんだな。無事でよかった。終わり良ければ総《すべ》て良しと思っておく事にしよう。

あと、さらっとラウラを呼び捨てにしているな、マゼル。まあいいけど。というかこれもゲーム通りといえばそうか。妙なところでゲームと同じ状況なのを確認してしまい、内心で苦笑いしていると、エリッヒが口を開いた。

「ところで、ヴェルナー卿はこれからどのようにすればいいと思いますか」

「ん、そうですね……」

むう、そういえば問題だな。この後本当《ゲーム》ならアーレア村でレベルを上げた後、星数えの塔に行くはずだが、今のアーレア村にマゼルが向かうだろうか。行かないだろうな。俺なら行かない。えーと、アーレア村での重要な情報は……。

「……殿下、ウーヴェ・アルムシック殿をご存じですか」

「もちろん存じ上げていますが、その名をどこで？」

勇者パーティーの最後の一人。現国王陛下の教師をやっていたっていう老人で、伝説的な大魔法使いだが、数年前に突然行方不明になった、という設定。外見は絶対ガ●ダルフのイメージだなあれは。あの当時、ファンタジーと言えば指●物語だったしなあ。

とりあえずその辺はスルーしておこう。ゲーム的には数年前に魔王復活を知り、それに備えて一人調査をするため姿を隠したことになっているが、国の上層部以外はこの事は知らない。今は音信不通になっているはずだ。

大魔法使いって呼ばれているのに仲間に入った時はレベルが低いのはゲームあるあるなんで特に言及する必要はないだろう。ついでに言うと爺《じい》さんの癖に結構短気。ゲーム中だと崩壊した王都に居座っていた敵ユニットにでかい魔法ぶち込んで、丸焼きにするイベントがある。チップキャライベントで人間側が一撃勝ちって珍しいといえば珍しいな。

「小耳にはさんだだけですが。老魔法使い殿の足取りで、最後に確認できたのは……」

いつも身に着けていた地図を取り出したらエリッヒとラウラも驚いた顔をしている。そういえば二人はこの大陸地図を見たのは初めてか。下手だからじゃないよな。絵心がないのは自覚してる。

「ここにある塔に向かったそうです。今は魔物《モンスター》が徘徊《はいかい》しているそうですが、何か調べ物をしていたのかもしれません。参考になるでしょうか」

「そうですね……」

ラウラならあの爺さんが魔王復活に備えるために姿を隠している事を知っているはずだ。音信不通になっていることも気にはなるはず。確かゲームでは古代王国の魔法装置が暴走しかかっているのを止めるため動けなくなっているんだよな。

どうでもいいんですが、ラウラのそのちょっと小首をかしげて考えている姿が絵になりすぎているんですが。メインヒロインのそういう仕草はインパクトあるなあ。

「確かに、先生なら何かよいご助言をいただけるかもしれません。探してみてもいいかもしれませんね」

どうやらゲームと同じルートに行ってくれそうだ。内心でほっと一安心。後は星数えの

塔の最上層階にある魔法の星見盤《アストロラーベ》がエムデア遺跡にいるウーヴェ爺さんまで案内してくれるはず。そこまでは言えないが。

「なるほど。ならそこの塔に行ってみることにしようか」

「私も行きますよ。先生のお顔を知っているのは私だけでしょう？」

マゼルの発言にラウラが応じる。おー、ゲームのやり取りをリアルで見る事ができるとは。っていうか、ラウラの祖父であるグリュンディング公爵がうんと言うかね。その辺ちょっと不安ではある。

そこはなるようになるだろう、たぶん。俺は考えるのをやめた。現実逃避？　ほっといてくれ。

◆

内心で懸念を遠い遠いお空の彼方《かなた》まで放り投げておいてから一口紅茶を飲み、そのまま情報交換を続ける。気になったのはマゼルの発言だ。

「そういえば、またあの黒い宝石を見つけたんだよね」

「魔物暴走《スタンピード》やドレアクスの時の奴《やつ》か」

「うん、ここでもあの魔将軍を倒した後に調べたら見つけたんだ」

今のところ最大の謎がそれだ。そういえば俺もすっかり先送りしていたな。

「前の奴は王都で調査中だが、すまん、詳しく進捗は聞けてない。それと、実は俺も拾った。ここじゃなくてアーレア村でな」

「そうなの？」

フェリが口をはさんできたんで簡単に説明した。正体が何だったのかはさっぱりわかってないんだが。ただ、なぜあそこに黒魔導師がいたのかも含めて謎だらけだ。どうも俺の知っているシナリオと違う動きがあるようなんで気にはなっている。

「公爵に提出したんでその後は知らんけどな」

「僕らの方ももう提出はしたんだけど……」

マゼルがちらりと視線を動かすと、エリッヒとラウラが頷《うなず》く。

「最高司祭様が何やら得体のしれない魔力を感じていたと申しておりまして」

「私もそう思いました。あれは危険なものだと思います。祖父にもそのように伝えてはあるのですけれど」

うーむ。そう言われてもな。確かになんか嫌な空気は感じたけどなあ。というか、なぜ俺にそれを相談するのかとも思う。なんか変に期待されてないか。

「なにせ実物を調査どころかゆっくり確認もできていないんで何とも言えん。けどわかった、なるべく俺も調べてみるよ」

「お願いします」

マゼルに言ったつもりだったんだが、それより先に妙に真顔でラウラが頭を下げてきた。だからあなたのオーラで以下略。けど歴代最高クラスの聖女が気になるってことはやっぱりなんかあるんだろう。もっとも魔族クラスが持っていたものだから何にもないと考えるのはお気楽すぎか。

「それ以外にはなんかないのか」

「何かと言われてもな」

ルゲンツの問いに答えられることがなくて困る。王都での状況は俺自身確認できてないから何とも言いようがないし。ああそうだ。

「実は飛行靴《スカイウォーク》がなくなってな。今度でいいんで補充できたら少し分けてくれないか」

「解《わか》った。覚えておくよ」

マゼルが即答。なんかすまんな。そういえばエムデア遺跡の次になるあのイベントは臭わせておいてもいいかもしれん。

「あと少し気になっているのは、大神殿の中にまで魔族が入り込んでいたことだ。それも人に化けてな」

「確かに、そうですね」

エリッヒが頷く。一応、信仰の中心地に邪悪な存在が入り込んでいたわけだから、教会の立場からいえば大失態もいいところだ。一応それなりの強度《レベル》になる結界も張ってあるはずだし。とはいっても王都の結界ですら最終的には破られることを知っている俺からすれば、結界なんぞに過大な期待をするつもりはないわけだが。

「これからもそういうことがあるかもしれない。街中での噂《うわさ》にも注意したほうがよさそうだな」

「確かにそうだが気の休まる暇はねえな」

「さすがにそうそう街中で襲われたりはしないと思うけどね」

ルゲンツにそう答えつつ、なんか頭の片隅で引っかかった。なんだろう。ひとまず先に話を進めよう。

「以前と人が変わったみたいだ、みたいな話があった時は気を付けたほうがいいと思うが、ずっと気にする必要もないと思う」

「そんなもんかね」

「もちろん油断しっぱなしも困るけど」

ゲームだと魔族が領主に化けていた町に行く前にそんな情報が聞けたんだよな。あそこの町の領主は何か急に人が変わったって噂。

　その噂の町にようやくたどり着いたと思い、まず宿に泊まったらいつもの宿の音楽が流れてそのままいきなり戦闘画面。寝入ったところに襲撃かけられたって設定だろうあのイベントには驚かされた。

武器や防具をしっかり装備していたままだったのは、あの当時のゲーム機の処理能力的にはしょうがないところだが、鎧《よろい》を着て寝てたのかよ、と突っ込まれることにもなってたっけ。いやそれはいいんだ。

さっき引っかかった自分の発言を自分で咀嚼《そしゃく》する。そうそうは襲われないってことは逆に複数いる可能性はある、ってことだよな。少なくとも魔族全体で一人とか二人ってことはないだろう。

例えば、難民全員がお互いの名前と顔を知っているだろうか。もし五〇〇〇人の難民の中に人間に化けた魔族が潜り込んでいたら。あるいは王都に入り込んできている商人や旅人、冒険者なんかの中に魔族が紛れ込んでいたら。

ゲームの王都襲撃イベントはマゼル《プレーヤー》がいないところで起きていた。何が起きていたのかはわからない。難民発生なんてイベントもなかったが、それも含めてどうやって王都が攻められたのかわからないってことだ。

これはひょっとしてまずいんじゃないか。少なくとも調査確認する必要はある。優先順位はかなり高いぞ。タイムリミットまではまだ時間はあると思うが、調査にかかる時間も考えると余裕があるとは言えん。

「ヴェルナー？」

「ん、ああ、ちょっとな」

　急に沈黙した俺にマゼルが問いかけてきたが、それに対する俺の反応と言えばこれだ。返答になっていないことは自覚している。だがマゼルたちに心配かけるわけにもいかんのでポーカーフェイスだ。

「ちょっと思い出したことがあってな。けど、そっちは任せてくれ」

　と言いつつ誰かに頼るつもりではあるが。調査の必要性は高いが俺の手には余る。調査とかは俺の専門じゃないし、そんな権限もない。ん？

　権限がない。待て待て待て、何で俺はそこに引っかかった。権限がないことをやっているのは今更じゃない。今更じゃないことが気になったってどういうことだ。取《と》り敢《あ》えず先送りにしておいたことを順に思い返してみる。

　……そういうことか。今、引っかかったんじゃない。ずっと引っかかっていたんだ。思わず舌打ちしてしまった。

「殿下」

「は、はい。何でしょう」

　俺が突然話しかけたんで驚いていたラウラが俺の表情を見て真顔になる。何というか王族の前で舌打ちとか、礼儀をすっ飛ばしているが後で怒られてもいい。これは早いうちに報告というか相談しておかないと。

「申し訳ありませんが、公爵閣下にお話をさせていただきたいのです。それも可能な限り早急に」

気が付けただけよしとしよう。手遅れになるよりよっぽどましだ。

◆

結局、俺にマゼルとラウラも同行してグリュンディング公爵との面会は許可された。一度ツェアフェルト隊に戻って、シュンツェルにラウラの手紙を預けて公爵閣下のもとに申し出るという大変面倒な手順があったが。

ラウラが直接申し出てもいいんだが、そうすると教会の最高司祭様とかの立場がいろいろね。とはいえ、ラウラも最高司祭様経由で願い出ていたらしい。明日以降にならなかったのはラウラのおかげだろう。

「ラウラ・ルイーゼ・ヴァインツィアール殿下、ヴェルナー・ファン・ツェアフェルト、マゼル・ハルティング、参りました」

「少々お待ちを」

衛兵に申し出るのは俺。申し出たのが俺ということもあるが、王女であるラウラは自分から面会を希望した場合でもない限り、自分からは名乗らず従卒とかその立場の人間が名乗ることになる。

　今度マゼルは王家お声がかりの立場ではあるが、官職とか地位という立場で言えば平民。相手が衛兵であっても自分から先に名乗れるのはマゼル自身が呼び出された時ぐらい。もちろん緊急の場合は別だが。

　というわけで、この場合俺が到着を申告するわけだ。ちなみに中にいるのが公爵であっても立場はラウラの方が上なので敬称はつける。俺は逆に公爵より格下なので自分の名前を呼び捨てる。爵位のないマゼルはこの中では最後。この手の地位に伴うルールは何ともめんどくさい。

「お待たせいたしました。お通りください」

　衛兵が敬語を使うのはラウラや子爵の俺がいるからだな。マゼル一人なら「入られよ」とかそんな言われ方をしたはずだ。衛兵さんも大変だね。

　中に入って一礼する前におや、という顔を浮かべてしまったかもしれない。いやラウラですら驚いている。グリュンディング公爵だけでなくセイファート将爵や第一、第二の両騎士団長、最高司祭様に魔術師隊隊長、神官隊隊長にノルポト侯、シュラム侯まで。今回ここにいる首脳陣勢ぞろい《オールキャスト》じゃないか。その方が有り難いけど。それぞれの副官とか護衛兵もいるが、ここでは数に数えない。いないものとして扱うのが貴族のたしなみだ。

「公爵閣下、皆様もお時間をいただきありがとうございます」

「うむ。ちょうど我々も話をしたいと思っておったのでな」

　今度最初に口を開くのは王女であるラウラ。こういうのは順番も含めたルールがあるからな。私的には祖父と孫だが公的な面会だと発言はこうなる。一応俺たちが面会を求めたのは公爵閣下なので公爵が応じるが、最高司祭様と公爵閣下だと最高司祭様の方が公的地位は高いのか。うお、今回めんどくさいなほんと。

「話、ですか」

「こちらの話は後にしよう。まず緊急の要件があるとのことだが」

「はい。詳細はツェアフェルト子爵から」

「はっ、それではご説明いたします」

　俺がそんなことを考えている間にラウラと公爵のやり取りが終わり、ようやく俺が話せるターン。一礼してから口を開く。が、ここからは礼儀を飛ばしてでも話を進めないといけない。

「結論から申しますと、早急に王都で調査をしていただきたく存じます。物的証拠はありませんが、王都に危機が迫っております」

　一瞬沈黙。一拍おいて公爵が声を出した。

「どのような理由か」

「順を追ってご説明いたします。今回、大神殿の内部において、人間に化けた魔族が入り込んでおりました」

「承知しております」

最高司祭様が口を開いた。いや別に咎《とが》めているわけではなくてね。

「そのようなことができる魔族がほかにいないという可能性はありません。むしろいると考えたほうが自然かと思われます」

実際出てくるしな。ゲームでだけど。

「うむ。続けたまえ」

「先日、マンゴルト・ゴスリヒ・クナープ侯爵令息殿が側近を含む少数の兵でヴェリーザ砦《とりで》に襲撃をかけた件はご記憶かと存じます」

最高司祭様は知らないかもしれないので、一応こういう説明を含む言い方になる。幸いこの件も最高司祭様はご存じだったようで頷《うなず》いていた。

「私も少し調べておりましたが、マンゴルト卿《きょう》は王都の城壁外で目撃された際に、数十人を率いていたと聴いております」

「その話は私も聴いている。城壁上の警備をしていた衛兵が目撃していた」

フィルスマイアー第一騎士団長が口をはさんだ。そっちで目撃されていたのか。後で詳しい情報欲しいけど、それこそ後だ後。

「ただ、王都からそれほどの兵士、冒険者、傭兵《ようへい》などが消えたという話は聞き及んではおりませんし、調査した結果も同様です。城門を出たところを目撃されてもおりません。マンゴルト卿が率いていたのは謎の一団ということになります」

　頭の悪い人間はここにはいないなと思った。説明済みのマゼルとラウラを除くほぼ全員が顔色を変えたからだ。セイファート将爵が確認するように口を開く。

「つまり卿《けい》はその数十人が怪しい、と、こう申すのじゃな」

「と申し上げるよりも、その数十人分の人間が魔族と入れ替わっていると考える方が自然なのではないかと」

　どこでどうやってマンゴルトが兵を集めたのかとか、そのあたり今はどうでもいい。だが、数十人という規模で人が消えたのなら冒険者ギルドや傭兵ギルド、あるいは王都の戸籍管理者あたりなら気が付くはずだ。

　しかし、例えば数十人の傭兵が王都の外に出たのと前後して、同じ顔をした奴《やつ》が素知らぬ顔で傭兵ギルドに顔をだしたら？　多少の人数のずれがあったとしても大問題にはならないだろう。

　もともと王都は人の出入りが多いんだ。数人だけ別行動で旅に出たとか、長期の休みを取っているとか、旧知の人間が今日から合流したとか言われれば、その日のうちに忘れる程度の話のはず。

　もしこの想像が正しいとなると、数十人の魔族が武器を持っていてもおかしくない立場で王都の中を闊歩《かっぽ》していることになる。これはいくらなんでもまずい。しかも、だ。

「マンゴルト卿がクナープ侯の派閥の貴族から騎士を預かっていたとします。本物の騎士はマンゴルト卿と行動を共にして行方不明となり、化ける形で入れ替わった魔族が貴族の傍《そば》にいる可能性まで考えうる事態です」

最悪の場合、貴族の護衛という形で王城にまで入り込んでいるかもしれない。顔だけでなく記憶まで似せられるのかどうか、結界が有効なのかどうかとかいろいろ疑問はあるが、まずは最悪を想定しておくぐらいでないといけない状況だ。

シュラム侯が口を開く。

「しかし、王都城門の門番もマンゴルト卿やその集団を目撃していないと聞いているが」

「その門番が人間ならその証言を信じてもよろしいのではないでしょうか」

ややそっけなくなってしまったかもしれない。しかしこれも当然考えられる。目撃者は消すのが犯罪者の鉄則だ。そのうえで門番が入れ替わっていたらもうわからない。

「マンゴルト卿を始め、集団すべてが敵に利用されたということかね」

「これは印象からくる想像になりますが……」

マンゴルト自身はおそらく大人しく従う人間がいるだけで気にしなかったのだろう。あの傲慢さだ。自分の命令が伝わるのが当然だとでも思ったかもしれない。

あるいはマンゴルト自身も既に手遅れになっていた可能性もあるが、それはもう俺には把握しようもない。そう言えばマンゴルトが何度か面会していたという相手もいたという報告もあったな。そいつが怪しいか。どっちにしてもマンゴルト自身、多分生きてはいないだろうから祈っておくべきかね。

ちなみに、この世界には冥福を祈るという言葉はない。死ねば神様の前で裁判が行われ、善心が認められれば神の庭たる神界に迎えられ、悪心と評価されると魔界で魔物《モンスター》の餌になる、とされている。本当かどうかは知らん。

正しいか間違っているかはともかく、そもそも冥府とか冥土という概念がないので、冥土での福を祈るという言葉も必然的に存在していないわけだ。前世で同じように冥土という概念のなかった宗教の信者に冥福を祈ると言うと間違いだと指摘されるのに近い。

違いといえば、この世界には神聖魔法と称される魔法を使う神官を通じて、確かに神様が実在している事を実感することがあるということだろうな。

それはともかく、マンゴルトはおだてればどうにでも踊らせることができそうな一方、兵として集められた人たちがその時点でどうだったのか、これは謎としかいえない。

だが、例えば偵察だけの名目で集められて、毒やら魔法やらで意識を失った状態なら抵抗もせず城外に連れ出されることもあるだろう。状態異常系の魔法にかけられたんだろうと思われるリリーさん、あの時まったく抵抗する様子はなかったし。同じような状態になっていたらどうだろうか。ゲームでも混乱系の状態異常だと敵と味方の攻撃対象が逆転するしな。そういえばゲーム中に常時混乱する呪いの装備もあったような。あれ、装備の数値だけ見れば優秀なんだよなあ。

呪いの装備はともかく、魔物暴走《スタンピード》で予想外の敗北を喫した魔族側が、それからある程度時間をかけて準備しておけば数十人単位の入れ替わりは決してできなくはないだろう。

意外と人間、周囲の人間を把握できているようで、実はできていないことは多い。前世でも味方の兵士に化けた敵兵が城内に紛れ込んだような話はいくらでも例がある。

現在の王都の衛兵は魔族がそういう形で人間社会に入り込む事もあるということを知らない分、どうしても油断しているだろう。あいつ最近付き合い悪くなったなとは思っても、まさか外見が同じ姿の別人とは思わないはずだ。

「もっと前から既に何者かの人形となっていた、か。その可能性は否定できぬ」

「確かに緊急の案件じゃの。ヴェルナー卿、よく言ってくれた」

「考えすぎであってくれればよいとは思います」

俺としてはそう言うしかないが、公爵と将爵は顔を見合わせて頷きあうと騎士団長に向き直った。

「グリュンディング公爵の名により命じる。第一、第二騎士団からそれぞれ最も優れた騎士を一〇名選抜し、今から記す書状を陛下に届けてもらいたい」

「かしこまりました」

「第一騎士団の使者は正規の街道を使え。第二騎士団の使者は支道を使って王都に向かってもらう。とにかく確実に届けるのだ」

「はっ」

「公爵、少々お待ちを」

　魔術師隊隊長が割って入ってきた。そして一度マゼルの方に視線を向けてから、背後に目を向けると副官らしい人が箱をテーブルの上に載せる。よく見るとなんかお札みたいな物が貼ってあるな。封印とかそういうたぐいの代物《しろもの》だろうか。

「こちらの事も確認しておくべきです」

◆

　そう言いながら魔術師隊隊長が箱を開けると、中には黒い宝石のようなものが二つ入っていた。片方は俺がアーレア村で拾った奴っぽい。もう片方はベリウレスを倒した後に出てきた奴か。一個でも嫌な感じはあったが二個あると何ともいえん雰囲気だな。どう表現すればいいのかね、この漠然とした不安感を感じる空気は。

　グリュンディング公爵はじめ、多かれ少なかれ同じような表情……って珍しくマゼルが難しいというか険しい顔をしてるな。こいつのこんな顔は珍しい。

「先にご説明いたしますと、この黒い宝石を鑑定していた者の中に、正気を失いかけたものが何名かおります」

「正気を、というのはどういうことか」

公爵が尋ねるがどっちかというと確認の口調。むしろ俺たちに聴いておけという感じだ。

「詳しく調べていたものが、理性を失ったような態度をとったのです」

「嫌悪や不快感ではないのかね」

「どちらかというと魅了《チャーム》の方が近いでしょうか。魅入られたとか、独占欲と言う方がより近いかもしれません」

セイファート将爵の疑問に魔術師隊隊長が答える。その横で最高司祭様も頷いているんで僧侶系の人間に対しても同じようなことが起きたのか。こんな胡散臭《うさんくさ》さを感じるものに魅入られるってのも妙な話だ。これに関しては本当に判《わか》らんことだらけだな。

「ヴェルナー卿、片方は卿が確保したものだが、そのような気配はなかったのかね」

「そのような記憶はありません。もっとも、ずっと見ていたり丁寧に調べたりはしておりませんでしたが」

直感だったたが嫌な感覚を覚えたのもあったし、俺は鑑定能力のようなものは持ってない。アーレア村の村長とのやり取り以降、疲労もあり面倒くさくなっていたというのもある。魔物《モンスター》が狙っているのがこれだと思ってからは調べる気にもならなかった。俺は君子じゃないが、危うきに近寄る気にならなかったんだよな。

「そうか。ではマゼル君、卿はどう思うかね」

「その前に一つ確認させていただいてよろしいでしょうか」

普通、こういう風に逆に問い直すのは非礼な行為なのでよい顔はされないが、魔術師隊隊長は頷いた。それだけマゼルの表情に何か感じるものがあったんだろう。

だが次のマゼルの問いはそもそも質問内容が理解できなかった。

「なぜこれがここにあるのでしょうか？」

マゼルの問いは俺だけではなく全員の予想を裏切ったようだ。一瞬、御一同が視線を交差させ、代表したように最高司祭様が口を開く。

「それはどのような意味でしょうか？」

「その黒い宝石の内、向かって右側の物は、先日魔将軍を斃《たお》した際に発見したものです」

右と左という言い方をしているが正直よくわからん。ああやって横に並べて両方を比べれば少し形が違っているのはわかるが、どっちがどうとかはさっぱりだ。よく見ると二つの石の下に色が違う布が敷いてあるのは区別のためだろうか。

第三者的にそんな感想を持ちながらマゼルの話を聴いていたが、次のセリフには思わず目をむいた。

「そして左側の石はヴェリーザ砦の魔将軍《ドレアクス》を斃したときの物です」

一瞬の沈黙。ややあってグリュンディング公爵が口を開く。

「確かかね」

「間違いありません。同じものです」

そういえばマゼルの奴は一度聞いた事でも忘れないぐらい記憶力いいんだった。ゲームだとプレーヤーが画面の向こう側でメモ取っているようなものなんだろうか。いやそれはともかく。

「ヴェルナー卿《きょう》、これは間違いなくアーレア村付近で入手したのじゃな」

「はい。先日の報告の通りです」

事実なのでセイファート将爵の問いに躊躇《ちゅうちょ》なく答える。しかしこれが指し示す事実は一つしかない。この黒い宝石は王城から持ち出されたということだ。魔術師隊隊長、顔色悪いぞ。責任問題になるのは理解できるが。

公爵、将爵や騎士団長たちも難しい顔をしている。最高司祭様が一度箱を閉じるように進言したのは、あまりまじまじとあの石を見ていると魅入られる可能性があるからか。

しかしどういうことだろうか。何か見落としているような。なんとなくもやもやしたものを感じていたらラウラが口を開いた。

「最高司祭様、一度情報を整理したいと思うのですが」

「うむ、何か見落としがあるといかんな」

「そうですね」

公爵が真っ先に応じ最高司祭様もそれに頷《うなず》いてペンを手に取る。互いに確認したいことを確認し合う形での情報交換が始まった。

まずはっきりしていることはヴェリーザ砦《とりで》でドレアクスを斃した際に手に入れた黒い宝石がここにあるという事、それはアーレア村で回収されたこと。

魔術師隊が陛下からヴェリーザ砦の黒い宝石の調査を指示されたことは公爵も知っているし、魔術師隊の研究所にあったことは魔術師隊隊長が一度確認しているらしい。

研究所の担当者を決めたのは魔術師隊の隊長だが、才能も人格も保証していた。現状確認としてここまでは特におかしなところはないなと思っていたが、横にいたマゼルが口を開いた。

「確認させていただきたいのですが、魔物暴走《スタンピード》の際に魔族が所有していた物も魔術師隊で調査中なのでしょうか」

「もちろんだが」

「今もそこにありますか？」

普段なら非礼極まりない問いかけだ。仮にも王宮の魔術師隊を疑うような発言だからな。だが、今の段階ではその疑問はもっともでもある。むしろドレアクスの物だけ持ち出されているほうが不自然だ。魔術師隊隊長が重い口を開く。

「こうなると間違いなく、と断言するのは難しいかもしれん。ピュックラー卿は信用できる研究者なのだが……」

「ピュックラー卿」

思わず口をついて出た。そういえばそんな名前だったな。愛想はあまりよくない相手だったと一度会った時に……一度？

待て。あの時の違和感を思い出せ。ピュックラー卿はあの時何と言った。『お初にお目にかかります』と言ったような。会話こそ初めてだが会うのは二度目のはずだ。

それにフォグトさんは確か『以前はあそこまで不愛想ではなかった』とか言っていた。普段は、じゃなくて以前は、だ。そしてゲームで魔族と入れ替わった領主は人が変わったという噂《うわさ》があった。

もし魔族が専任研究員であるピュックラー卿と入れ替わっていたり、この石に魅入られて何らかの状態異常になっていたりしたら、こっそり持ち出すことができるんじゃないか。というより、状況証拠だけでいえば第一容疑者と言ってもいいのでは。

「ヴェルナー卿、どうしたかね」

「……証拠は何もないのですが」

公爵閣下に問われた以上、何も言わないわけにもいかない。多分顔色とか変わっただろうし。ポーカーフェイスを失敗している自覚はある。あくまでも怪しいというだけではあるんだが、この際全部話した方がいいだろう。

実のところ、これからは俺の方が目立っておいた方がいいという一面もある。今の段階ではマゼルの方は漠然とした疑いだが、これからの俺の発言は証拠がない以上、誹謗《ひぼう》か中傷になる。いってしまえば問題発言だ。

今後の調査の結果、魔術師隊やピュックラー卿に問題がなかった場合には、批判は疑っただけのマゼルではなく俺の方に来るはず。今後、魔術師隊とマゼルの関係が悪くなるよりはよほどいい。俺はいくらでもリカバリが利くはずだ。

「ピュックラー卿に少々怪しい節があります。実は……」

俺が個人名を挙げて説明を始めた意味を、マゼルはともかく政治的な判断にも慣れている王女《ラウラ》は理解したんだろう。もの言いたげな視線が一瞬こっちを向いたが、今度はポーカーフェイスで気が付かないふり。問題はこっちで引き受ける。勇者《マゼル》には魔王討伐に集中してほしいからな。

「私の思い過ごしであればよろしいのですが、念のため、調査をしていただければ幸いです」

魔族と入れ替わると人格が変わる、というゲームの知識は他人に言えないが、発言の端々に違和感があったことは事実。一応、告発じゃなく注意喚起ぐらいに止《とど》めておく。他に容疑者もいない以上、調査には入ってくれるだろう。多分。

ただ俺自身、この可能性が当たっている方がいいのか外れている方がいいのか判断に悩む。当たっていると魔術師隊レベルに魔族の手が侵入していることになるし、外れていれば誹謗したことになりピュックラー卿との関係は後に尾を引く。どっちになっても胃が痛い結果しか見えないのが悲しい。当たっていた場合、胃が痛いじゃ済まなくなる可能性もあるわけだが。

案の定難しい表情を浮かべている人もいるが、当の魔術師隊隊長が頷いた。

「解《わか》った。この状況では確認しないわけにはいかぬだろう。内々に調査をする」

「ありがとうございます」

もう一度頭を下げた。いや実際、何もなければ名誉棄損だよなこれ。まあ何とかなるだろう。うん。

それより俺も父に連絡して父本人の身辺警戒に気を付けてもらわんといかんだろうな。ついでと言うと語弊があるがアーレア村の流れもあるんで、ハルティング一家についてもお願いしておこう。フレンセンに調べさせていたマンゴルト関連の資料は、全部父経由で提出してもらうようにするつもりだ。

それにしても、こうなると父が文官系なのは運がよかったのか悪かったのか。伯爵家の家騎士団はほとんどここにいるし、現在の状況だと力こそすべての魔族に襲われるかと言えば優先順位は低いだろう。何が幸いするやらさっぱりだよ。

この後、公爵たちは報告書やらなんやらを書くということで、慌ただしく善後策を打ち合わせてお開きになった。ラウラは最高司祭様や公爵閣下とまだお話があるらしいが、調査の方は俺が王都に戻るより早く始まるだろうから、これでよしとしておくべきだな。

ふと我にかえると、他は勇者とか王女とか公爵とか団長とかで、俺一人浮いてた気がする。夜中に一人で悶《もだ》える羽目になったが、明日に持ち越さないようにしないと。はあ。

◆

同日夜、フュルスト伯爵家隊の中ではバスティアンが嫡子に対し、領から率いてきた兵と共に一度領に戻るようにと指示を出していた。

「……かしこまりました」

タイロンがバスティアンの声に不満げに応じる。事実、タイロンは不満を抱え込んでいた。ヴェリーザ砦に続き平民の勇者《マゼル》に魔軍の将を斃すという功績を挙げられたから、だけではない。ヴェルナーが勲功第二位というのも納得がいかないのである。戦場で何度も激しく戦っていたのは自分だと自負していた事もあるだろう。

「自分で武功を立てるというのであればまだわからなくもないが、平民勇者に功を譲るとは……あの小僧、何を考えているのか」

「結果的にそれでうまくいったのですから、よかったのではありませんか」

「結果の問題ではない」

妹《ミーネ》の言葉にタイロンが苛立《いらだ》たしげに応じ、バスティアンが息子のその様子を見て小さく嘆息した。

息子の心情そのものはバスティアンも理解できる。フィノイの防衛戦中、第二王女殿下がしばしば平民勇者と親しげに会話をしていた、という噂はフュルスト伯爵家にも流れてきている。ヴェリーザ砦の功績も含めれば、いずれ叙勲されるであろう勇者と第二王女が親しいというのは、タイロンから見れば強力なライバル発生と見えるのは仕方がない。

一方、ヴェルナーも功績そのものを立てているとはいえ、あのような形で武勲第二位にあげられているとなると、今回の総大将であるグリュンディング公爵が気に入っているのではないかという疑問は当然発生する。以前からヴェルナーは大臣でもある伯爵家の令息であり、王太子殿下が高く評価しているという話も広まっていた。第二王女の兄と祖父が好意的に評価しているとなれば、政治的にはヴェルナーが婚約者候補の筆頭に見えても仕方がないであろう。

こういった噂はいつの時代もすぐに発生し、広まるものだ。そして実のところ、ミーネの耳には功を挙げるつもりで勇んでフィノイに参陣し、その結果がこういう形になったことに対して、兄《タイロン》と同じような感想を抱いている貴族家は複数あるという噂が聞こえてきている。

　このままではあまりよくないことが起きるのではないか、という漠然とした不安感のようなものを覚えつつ、ミーネは兄の不満げな顔を見つめていた。

エピローグ

翌日早朝、王都への帰還第一陣は第一、第二の両騎士団と魔術師隊、それにグリュンディング公爵とノルポト侯爵を始めとする部隊だったので、まずはそれを見送り、その後マゼルたちに挨拶に行く。

マゼルたちも王都の方が気にはなるようだったが、〝勇者〟が王都に戻ってきたら相手に警戒感を与える可能性もあるということで、大神殿《ここ》から魔王討伐の旅に戻ることになった。俺とはまた別行動だ。

「じゃあ、ヴェルナーも気を付けて」

「俺よりお前さんだ。魔王の首、待ってるぜ」

ぱん、といい音をさせて手をぶつける挨拶。学生の時にはよくやったなこれ。

ルゲンツやエリッヒ、フェリ、ラウラとも軽く挨拶をすませ、マゼルたちを見送る。実際、これからの旅の最中、マゼルたちには困難が多いだろうが、俺は幸運を祈るだけしかできん。その一方、マゼルならどうにかするだろうと思ってしまうのはゲーム補正なのか、マゼルの人柄補正なのか。

そういえばあの後に公爵たちとラウラが別室で話をしてラウラもマゼルに同行することが許されたらしい。一安心。

なんでも、反対するグリュンディング公爵に対し、ラウラ本人が命の恩人に対して礼を失してはいけないと言い張ったらしいが、そこに最高司祭様が大神殿に復興予算を回してくれた勇者殿に神殿代表として同行し旅を助けるようにと命を下し、公爵も文句は言えなくなったそうだ。なんか変なところに援護射撃する人がいたがこれ俺のせいじゃないよな。ゲーム補正に違いない。うん。

飛行靴《スカイウォーク》の補充に関してはマゼルの方に余裕ができたらということでひとまず保留。俺の方の予算が足りない。マゼルの旅に余裕ができたら王都の伯爵邸に持ってきてもらうことになっている。時期が特定できれば家族に会わせてやれるんだが、と言ったら任せているから何も心配していないと笑って返された。あのお人よしめ。

そういえば開戦前に公爵から大神殿と連絡が取れているとは聞いていたが、その連絡を担当していたのはフェリだったらしい。あの包囲状態の神殿からちょくちょく抜け出していたってどんな腕だ。フェリの実力をちょっと甘く見ていたかもしれない。

公爵はフェリにもお抱えにならないかと声をかけたらしいが、引き続きマゼルと同行することを選んだそうだ。聞いたときには内心で慌てたんで、正直ほっとした。なんか公爵には貧乏籤《びんぼうくじ》をひかせまくっている気もするな。

貴族が率いる軍の大部分はここから本領に戻る。実際、自領を空にする勢いで兵力かき集めてきている貴族もいるようだし。他人《ひと》ごとではあるが領内の魔物《モンスター》は大丈夫か心配になる。あと、ここにいると補給の問題もあるんで、そういう意味でも早く戻れという一面があったりするのも確かだろう。

この際、騎士や兵士はともかく貴族本人は全員が直属の騎士団と共に俺たち第二陣と王都に同行。これは軍事行動の結果を陛下にご報告しご挨拶をせにゃならんからだ。先に断りを入れてある場合や、領地で緊急事態発生とかならともかく、そういった理由もないのに勝手に自領に帰ると王家に不満でもあるのかと疑われる。この辺りは付き合いというか不文律というか。

俺が指揮するツェアフェルト伯爵家隊は第二陣のセイファート将爵、シュラム侯爵らの貴族家隊と共に翌日に出発し、王都に向かった。人数が多く道の都合もあるんで、王都までは一〇日前後の行程になるが、戻りは急がない。怪我人《けがにん》は大神殿で治療済みなので無理な行軍をする必要もないし。

緩やかな移動なので時間があったこともあり、セイファート将爵に頼み輸送部隊の編制を見学させてもらったが、完全に組織化されてフォーマットに従いピストン輸送できるようになっているのを見て驚いた。王太子殿下がこの短い間に大改革したらしい。あの人、ほんとすげえな。

なお武装の損壊に関しては公的に予算が下りる。今回は緊急出動令による出兵なので、給与も国からだ。ただ国が貴族家に支払って、それを貴族が騎士や兵士に分配するという手間がかかる。俺や父はそんなことをする気はないが、こっそりピンはねしてしまおうと思えばできてしまうのも事実。実際、中世なんかだとそうやってかすめ取って贅沢《ぜいたく》した貴族もいたらしい。

もちろん手柄を立てた人間に支払う報酬に関しては、各貴族家が自腹を切ることも許されている。父に確認と許可を貰《もら》う必要はあるが、俺は今回アーレア村に同行した騎士たちには少し色を付けるつもり。後はノイラートとシュンツェルにも報酬出さないとな。

ちなみに戦闘の損壊で一番多いのは盾だ。まあこれは想像通りだろう。ただ盾ってものは行軍中、運んでるときは場所を取るわ重いわ運びにくいわであまり好まれない。日本《ぜんせ》みたいに手持ちの盾を使わない国があるのも多少は解る。

反面、実戦を経験した後だと盾の重要性は肌で実感する兵士が多い。そして大体もっと大きくてしっかりとした盾にしておくんだったと後悔する。次の行軍の時はすっぱり忘れて、しっかりとした盾を抱えて重いと文句を言うのまでがワンセットのお約束だ。

行軍の段階では靴の損耗が一番多くなるが、それもあって兵士は何人かのグループに一本、やすりを持っている。工業製品がないこの世界では靴も手作りだからだ。靴職人によって完成度にかなり差があるんで、各自でカスタマイズする必要がある。

特に皮膚に触れる部分がちゃんと面取りされていないと、肌が拷問を受けたみたいにえらいことになったり。なんせ移動中ずっと革紐《かわひも》でごしごしと擦《こす》られ続けるようなもんだからな。そこから菌が入って壊死《えし》するような事態さえ起こりえる。

意外かもしれないが靴下はあまり好まれていない。布が高価なので服が高いように靴下も高価だし、毛織を加工する技術水準も決して高くないんで、逆に蒸れたり擦れて豆ができたりするからだ。この辺りを踏んでいるファンタジー小説だと、水浴びとかのため靴を脱いだら裸足《はだし》ってのが多いのも解《わか》る。そもそも兵士は長距離歩くところからが訓練なので、足の裏が丈夫になっている事もあり、そのまま靴を履く方が早い事の方が多い。

そして靴代は武装じゃないからということで各自の持ち出し。高いがいい靴を買うか、評判がいまいちの店で安いのを買って自力でカスタマイズするかの選択を強いられる。国せこい。口にはしないが。

なお魔物《モンスター》の革でできた革靴ってものもこの世界にはあるんだが、丈夫なことに関しては王都近辺で出没する程度の魔物であっても評価が高い。半面、加工がめんどくさいんでお値段もお高くなるし、有名な魔物の革でできていたりするとステータス扱いされてもいる。前世でブランド物の革靴を自慢している奴《やつ》がいたが、この世界だと強い魔物の革靴を履いているのを自慢するわけだ。人間、何かを自慢したがるものらしいな。

◆

王都への帰還の途中、フィノイ襲撃前に廃墟《はいきょ》にされてしまったデンハンとヴァレリッツで第一陣、第二陣の両方がそれぞれ丸一日かけて鎮魂の儀式を行い、一部の部隊は事後処理のために残る。伯爵家隊《ツェアフェルト》にその任務はなかったが、俺は伯爵家の代表として儀式に参加した。あの惨状を見た俺としては被害者が安らかに眠れるように祈るしかない。と同時に、下手をしたら王都もああなるのかと思うと、胃の底になんか鉛の塊でも溜《た》まっているような気がしてしまう。

その日の行軍中は表に出さないように気を付けつつ内心ずっと悶々《もんもん》としていたが、ノイラートの所に騎兵が来たのを見て意識を無理やり切り替える。俺の内心に気が付いた様子もなく、ノイラートとシュンツェルが近づいて来た。

「ヴェルナー様」

「ああ、どうした？」

「先行している本隊と、王都の伯爵様からです」

わざわざ書面ねと思いながら馬上で苦労しつつ読み進めてため息。調査が早いと感心はするが、やはりというか、怪しい連中がいるのが分かったのはよかったと思う一方でいい気分はしない。今回は処置できても魔軍が諦めるはずもないから、王都襲撃は確実にあるだろうと思うしかないからな。

ただ現状、王都の何が襲撃されるのかわかってないのが気になるんだよなあ。ゲームの時はそういうシナリオだからで思考停止できたが、こうなってくると王都襲撃に魔軍の側にも何か理由があると考えておいた方がいいだろう。

それはともかく、わざわざゆっくり行軍しながら王都と使者を行き来させて、これだけの調査を行わせているんだから、グリュンディング公爵も王都の王太子殿下も役者だなと思う。この短い時間で調査を進めた王都の調査部門の人たちも相当に優秀だな。

「ノイラート、シュンツェル、悪いがマックスたちを呼んできてくれ」

「はっ」

二人が馬で駆け去るのを横目に見ながら王都に戻ってからする作業を確認する。水道橋建設護衛の最中に石工のベテランとか、足場を作る木工の技術者に伝手《つて》はできた。弓に関しては将爵経由で職人も紹介してもらったし、公爵にも要請できるだろう。

後はやっぱり大物を作れる鍛冶師と言うか鋳物《いもの》師だ。養護施設の方も資料をまとめなきゃいかんし、範囲魔法対策の進捗も気になる。やることが多いな。

そしてもう一つ、これ以上やることを増やしてどうするんだと自分で自分に突っ込んでしまう所だが、前世にあってこの世界にないものがあったことを思い出した。今回の敵の戦い方を見ているとあれは使い方次第で有効だと思う。機械的な物じゃないから、時間をかければ作ることもできるだろう。これも何とか作製しておきたい。保管場所の確保が課題だが、何とかできるはずだ。

ひとまず今現在の事に思考を引き戻す。今回、王都における件の処置は騎士団と王都の衛兵が専任するようだから、直接俺が対応することはなさそうだ。王家の立場になれば貴族家をあまり動かすと報酬を出さないといけないし、既に今回のフィノイ防衛戦で複数の貴族家に緊急出動を要請してもいる。国庫にかかる負担を考えれば国有戦力だけで済ませるのが当然だ。本来、そのために騎士や衛兵がいるんだしな。

そう考えると、俺がやるべきことはその先に来るはずの王都襲撃に備える事だろう。今の段階では王都が襲撃されます、なんて言っても証拠がないのだから説得力はない。それどころか、妄言を吐く奴だという評判になったら何を提案しても聞いてもらえなくなる危険性もある。今のところは事態が動いたらすぐに対応できるような準備をしておく段階か。その準備を怠ると、事態が動いた時に負担が多くなるだけだし。工数管理、大事。

「本気でやるしかないよな」

以前、トライオットの難民護送という〝数〟を見て、今回はヴァレリッツという〝実例〟とマゼルの家族という〝個〟を見てしまった。魔軍に王都襲撃を成功させてしまったら、拉致されるにしろ、途中で殺されるにしろ、俺の知る人たちが皆、ああいう目にあうのだと実感してしまった以上、悩んでなんぞいられない。

今回のフィノイ防衛で引っ張り出されたこともあるし、伯爵家に対する軍事行動の指令はしばらくないだろう。水道橋警備の方も多分別の隊がやるだろうし、国もうちはちょっと働きすぎだとは思うだろう。多分。

期待交じりではあるが、もらえるだろう公務の隙間を生かして、王都襲撃前に手を打っておこう。そう思ったところでマックスたちがやってきた。

「ヴェルナー様、御用ですか」

「ああ、すまない。早速だが、話しておくことがある」

マゼルが魔王を斃《たお》すまで、俺は俺にできることを全部やってやる。

あとがき

二巻から間が開いてしまい、読者の皆様にはお待たせしてしまい大変申し訳ありませんでした。涼樹悠樹です。

ファンの方からの差し入れをいただいたり、ファンアートをツイッターで拝見したり、ピクシブ百科事典やニコニコ大百科に本作の項目を立ててくださる方がいらっしゃったりと、多くのファンの皆様に恵まれて三巻を発売する事ができました。ここまで応援してくださいました皆様、本当にありがとうございます。

無事に（？）リリーの本格登場回を迎えることができました。正直、作者が一番ほっとしていると思います。同時に、ヴェルナーたち人間側の活躍や魔物側の危険性の両方を深掘りしてエンタメ性も強めてみようと思いました。既読のＷｅｂ版読者様にも楽しんでいただければ嬉《うれ》しく思います。

最後になりましたが、この場をお借りして、読者の皆様、新しい読者の皆様、先任の担当編集者である吉田様、三巻からの編集者である川口様、今回も格好良かったり可愛《かわい》らしいイラストを描いてくださいました山椒《さんしょううお》　魚先生、漫画版の葦尾《あしお》乱平《らんぺい》先生と新編集者の内田様にも深く御礼申し上げます。

二〇二三年　四月某日　　涼樹悠樹　拝

作品のご感想、
ファンレターをお待ちしています

あて先

〒141-0031
東京都品川区西五反田 8-1-5 五反田光和ビル4階
オーバーラップ文庫編集部
「涼樹悠樹」先生係／「山椒魚」先生係